JN307491

砂漠にビーズを落とした少女は泣いた。
少女は百年かけて砂漠を探す。
漠でなく海かもしれないと少女は泣いた。
少女は百年かけて海底を探す。
海でなくて山かもしれないと少女は泣いた。
本当に落としたのか、疑うのにあと何年？

Frederica Bernkastel

星海社文庫

ひぐらしのなく頃に解

第一話　目明し編

竜騎士07

Illustration/ともひ

脱走

脱獄劇

……キーホルダーに括《くく》り付けられたカギは大小七つ。どのカギが正しいものかよくわからないから、自分の勘《かん》に従って順に一つずつ試《ため》すしかない。期待値《きたいち》は三・五本。最初に試した三本以内のカギで開けば、幸運。それ以外は不運と占《うらな》うことができるだろう。こういう場合、石橋を叩いて渡るなら、正解のカギを七本目に当ててしまうという最悪の可能性を考慮《こうりょ》するべきだ。

頭がしくしくと痛み出すぐらいに、冷静さと緊張感がせめぎ合う。カギを錠前《じょうまえ》に挿《さ》す、開錠《かいじょう》を確かめる。

その行為《こうい》を淡々《たんたん》と繰《く》り返せばいいだけのはずなのに、……指先の微弱な震《ふる》えを抑《おさ》えきれない。……ちぇ、……カギを挿して回すなんて、それだけの動作、幼稚園児《ようちえんじ》だってやれる。

……じゃあ今の私は幼稚園児以下ってわけ？　下らないことは考えなくていい、不器用《ぶきよう》だっていい。……とにかく、淡々とこの七つのカギを全《すべ》て試せばいいのだ……。……どんなに星の巡《めぐ》りが悪くたって、七本目で絶対に開くのだから……………………。

「………………………………………うっそ……。」

……だが、現実は算数じゃない。私の目の前に突きつけられた現実は、どのカギも外れであるという致命的《ちめいてき》なものだった。全身から、ザ――ッという音を立てて血の気が引いていくのがわかる。……このカギ束《たば》ではなかった⁉　いや、プレートにはここの施錠《せじょう》に使うカギだと薄《うっす》らとだが明記《めいき》されている。

……それすらも読み間違えたのか？　今すぐ引き返し、再びあのキーボックスを丹念《たんねん》に調べなおすべきだろうか……？　それはもちろん致命的なタイムロスだった。私は、今ここに居続けているだけで、リスクを一秒毎《ごと》に累積《るいせき》している。

……次の一秒で、どんな予想外のハプニングが起こって、全てが水泡《すいほう》に帰《き》すかわかったものではないのだ……。管理室に引き返し、キーボックスを探し直す以外に、ここを開ける方法がないなら……私は躊躇《ちゅうちょ》なくそれを実行する他ない？

……なら、ここで座して脂汗《あぶらあせ》をかくことに数秒を費《つい》やすことこそ愚《ぐ》の骨頂《こっちょう》……！　管理室がこの時間に無人なのは、統計的なものであって絶対的なものではない。……職員のちょっとした気まぐれで、誰かが戻ってきてしまうのだ。

そうしたらもう、のんびりとキーボックスを漁《あさ》るなんて真似《まね》はできなくなる……‼　……屈《かが》んでいた全身に電気が走って弾《はじ》かれたかのように、私は立ち上がる。パニックに陥《おち》りかけているからこそ、体を全力で動かさないと不安になる……。人間の本能に突き動かされての行動だった。一刻も早く走って戻らないと危険……‼　ここにいるのも危険だし、管理室に誰かが戻ってきてしまうのも、危険危険危険！

……そんな恐怖心を、私は冷たすぎて、むしろ痛みすら感じさせるような……ドライアイスのように冷え切った冷静さで抑えこむ……。落ち着け、詩音《しおん》……。……魅音《みおん》ならこんなことでは取り乱さないぞ……。何かの間違いかもしれないじゃないか……。もう一度、……もう一度だけカギを試してみよう……。もう一度…最初から……。その時、長い長い廊下を満たした空気が震えて、どこか遠くを歩いている誰かの足音をかすかに伝えてきた。いつもの落ち着いた状態でなら、その足音が非常に遠くで、その主と出くわすこともないと理解できる。

……だが、今の精神状態ではそんなの屁理屈《へりくつ》にしか聞こえない。

あぁ……くそ……。この程度の遠い足音が聞こえるだけで、私はここまで動揺《どうよう》できるのかよ。落ち着け……落ち着け……。むしろこの感情を楽しむんだ。……落ち着け、落ち着け。……ただ淡々と目の前の作業をこなすんだ。聞こえてくる遠い足音を、自分に危害を及ぼさないと判断して無視……。……聞こえないものと思え…！

あんな遠い足音よりも、もっと気にしなければならない何かを聞き漏《も》らさないために……！

あぁ、くそ……。このカギ……さっきまであんなにも硬くて冷たかったのに、……いつのまにか熱くなってぐにゃぐにゃになって、まるでゴムみたいになってるぞ……。

こんなにぐにゃぐにゃぐにゃじゃ、鍵穴にうまく挿せるものか……。くそくそくそ……！

カギがぐにゃぐにゃになったりなんかするもんか。

……ぐにゃぐにゃしてるのは私の手先だ。

……あぁもぅ……くそくそくそ……！　その時、ぐにゃぐにゃになったカギはビヨンと弾け、私の指をくぐり抜けて床に落ちた。意地悪にもそいつは、さっきまであんなにもぐにゃぐにゃだったんだから、床に着地する時もそうであればいいのに……、床に叩きつけられる時だけ、まるで食器棚《しょっきだな》を丸ごと床にぶちまけた時のような凄《すさ》まじい音をたててみせた。ジャリリリーンッ!!!　という、凄まじい轟音《ごうおん》が私の心臓を破ろうとする。そのぐわんぐわんとする音に、しばし頭がくらくらとした。それから身を硬くして、この轟音によって世界に何か変化が起きなかったか辺りを慎重《しんちょう》に窺《うかが》った。

落ち着け、落ち着け……。何も変化はない。何も聞こえない。……ってことはつまり、安全ってこと？　落ち着け……落ち着け落ち着け……。あれ……何も聞こえないって？　さっきまで聞こえてた、あの遠い足音はどうして聞こえない？　落ち着け落ち着け落ち着け……！　落としたカギの音に反応して、気配《けはい》を殺してこちらを窺っているのか…？　あぁくそ……、ぼたぼたというすごい音は、私がこぼしている汗が床を叩く音なのか？

……うるさいうるさいうるさい……！

汗が落ちる音なんて聞こえるわけがないだろ……、落ち着けよ、落ち着け落ち着け、……落ち着けぇえぇえぇ…!!!　誤解がないように補記《ほき》しておくが、……もちろん、ここは鑑別《かんべつ》所《しょ》でも少年院でもない。

　学校法人の運営する私立学園だ。もちろん、ただの学校ではない。入学金だけでも数百万。小学校から大学までの一貫教育でしかも全寮制《ぜんりょうせい》。

　その上、この女子校と来たら……これはもう、学校というよりも、貞淑《ていしゅく》な温室野菜の生産工場というべきだ。なにしろ、クラスメートの中には、公共の交通機関に乗ったことがないって本気で言ってるヤツもいるくらいだ。

……まったくもって普通じゃない。まぁ、私にしてみれば、日々の挨拶《あいさつ》が「こんにちは」じゃなくて「ご機嫌《きげん》よう」ってだけでも十分に異常だし、先生のことをシスターと呼ぶのも、虫酸《むしず》が走るくらいに異常だ。朝夕のお祈りだって面倒くさいし、日曜礼拝《れいはい》なんて大嫌いだ。聖書の暗記なんかやってられないし、慈愛《じあい》の精神なんて言葉は聞いただけでもジンマシンが出る！

　こんな施設（私は学校と呼ばずにこう呼ぶ）に何年間も幽閉《ゆうへい》されたら、洗脳されるか発狂するかの二つに一つしかない。ここに在籍するお嬢様どもはみな素直に洗脳を選ぶが、……斜《はす》な私はとてもそれは選べないのだ。

……何しろ、聖書を読んでも、その裏の宗教戦略や布教《ふきょう》のプロセス、信仰という名の商品の国際貿易機構に感嘆《かんたん》こそすれ、間違っても神様の愛に胸を打たれたりすることはない。

そういう姿勢だからこそ、私は入学当初から問題児扱《あつか》いだった。……そういう扱いを受ければ、いろいろと不利益を被《こうむ》るのは誰にだってわかる。

もちろん、私もすぐそれに気付いたから、上辺《うわべ》は大人しく従うように演じ続けてきたのだ。

だが、いつの頃からかそういう演技が退屈になってきて、地が出るようになっていた。問題児再び。周りの態度も急激に硬化《こうか》し始める。斜な態度を取ることは、その場その場では確かに楽しい。……だが、トータルで見れば、何の得にもならないことは火を見るより明らかだ。

……それなのになぜ私はこんな態度を？　後々《のちのち》損をするとわかって、何でこんな無意味な態度を……？

……冷静に自己分析を続けた結果、自分がすでにこの環境に限界を来《きた》していることに気付く。私は、この緩慢《かんまん》な温室の中で飼い殺されることを何よりも恐れていたのだ。

こんなところは、私の生きて行けるところではない。こんなところで、私を殺されてたまるものかー！　この生活から抜け出そう、脱走しようと思い立ったのが、ちょうど半年前だった。

不思議なもので、脱走を生きる目的に掲《かか》げた途端に、私は生き生きとした生活を取り戻した。シスターたちのマークを外すため、再び貞淑なフリを始めた。

脱走という最終目的のための布石と思えば、このフリはたまらなく面白いものだった。

シスターたちが、私が心を入れ替えて熱心に奉仕活動に励むのを見て、神様の御心《みこころ》のなせるワザがなんとやらとか言って、微笑《ほほえ》みながら見守るのが、すっごく痒《かゆ》かったが。

私はそれらに背を向けて、こっそり舌を出しながら、ニヤリと笑っていた。学校敷地内《しきちない》のマップ、職員配置、警備体制をチェックするため、クラスメートの奉仕活動や当番も率先《そっせん》して引き受けた。……調べてすぐにわかったのだが、各界の要人のご令嬢《れいじょう》を預《あず》かるこの学校の警備体制は厳重だ。

警備会社の人間がランダムに巡回し、校内各所に仕掛けられた防犯カメラによる監視網《かんしもう》は鉄壁だった。外部からの侵入者を警戒するこのシステムは、皮肉にも、私という脱走者を警戒するシステムとしても作用してしまっていたのだ。

だが、むしろそれは…私を大いに燃え上がらせた。私は頭の中で何度となく監視網をくぐり抜けるシミュレーションを繰り返す。

授業中もノートの片隅に脱出経路を書き上げ、図上演習に徹した。

脱出に必要なスキルをピックアップし、その習得にも努めた。それらは全部が全部、とても面白かった。……つまり結局、私はこういうことにカタルシスを感じる女なわけだ。

私は私。どう洗脳したって、私は私以外の人間にはならない。そして、心技体《しんぎたい》が共に最高点に達する時期をひたすらに探った。まず、脱走するための勇気、度胸。これは、成功の裏付けや自信があって初めて作られる。私はそれを深めるため、なお一層、計画を煮詰《につ》めていった。そして、技術や体力。……脱出経路の中で、突破せざるを得ないいくつかの障害を想定し、自身の基礎体力増強に努めた。

(面白いもので、そう割り切ると体育の授業もとても楽しいものだった。誰もがいやがる持久走すらも、楽しかったくらいだ)

完璧な計画と、それを実行できる体力と技術。そして、それらに裏打ちされた揺《ゆ》るぎない覚悟。

それら全てが揃《そろ》ったことを確認し、私はゆっくりと温めてきた脱走計画を実行に移すことにした。私はXデーを迎える前に、学校側にある種の爆弾を抱《かか》えさせることにしていた。その爆弾とはズバリ、校内に(わずかだが)いる男性教師の誰かが、一部生徒と密会を重ねている可能性を漂《ただよ》わせることだった。

わざわざ説明しないが、この手の女子校では、それは致命的な問題になる。……そもそも、そういうトラブルから遠ざけるための女子校だ。しかも、預けている親たちは皆、各界の要人ばかり……。事実であり、かつ公《おおやけ》になることがあれば…学長が首を吊るくらいでは済まされない。女の世界は小さな噂《うわさ》が大きく広がる。ましてや、育ち盛りでそういうことへの興味が尽《つ》きないのに、男のいる環境から隔離《かくり》された連中だ。

この手の噂が駆けめぐるのはとにかく速かった。シスターたちは、そういう噂の払拭《ふっしょく》にやっきになり、下らない噂に過敏にならないようにと警告していた。

だが、一番過敏に反応していたのはほかならぬ学校側の方なのは、誰が見てもわかっていた。この爆弾を抱えさせることにより、学校側を、何か不祥事《ふしょうじ》が起こった時、警察や家庭に通報せず、内部で処理しようとする傾向に陥らすことができた。そして、この状況下で上手《じょうず》に私が失踪《しっそう》すると……、ある教師が私を連れて駆け落ちしたようにも見えるのだ。

もちろん、男性教師たちは皆、口を揃えて否定するだろう。もちろん学校側は簡単にはそれを信じない。……何しろ学校内に、不貞《ふてい》な密会の噂がすでに確認されているのだから。学校側は全ての可能性を潰《つぶ》しきり、私が単独で脱走したことにいつかは気付くだろうが、その頃には私は十二分な時間を得て、すでに彼方《かなた》へ逃げ去っている……。私は噂を十分に浸透《しんとう》させ、さらに密会をしている生徒が私である可能性をうっすらと漂わせた。

シスターに何度か問い詰められたが、何しろ密会話そのものがでっちあげなのだ。どう追及したって、アリバイこそあれ証拠など出て来ない。私は、そういう特殊な土壌《どじょう》が十分に仕上がったことを、噂を流してから約三ヵ月目で確認した。そして私は、クラスメートの夕食後の当番のいくつかを個人的に代わってもらい、Xデーの夜に死角となる時間が重なるよう調整した。その晩だけ私と代わって欲しい……という頼み込みは、クラスメートたちの心にほんのちょっとの不信感を植えつけることができる。

この不信感の芽《め》は、私が蒸発したあと、男性教師との駆け落ちという噂を生むための土壌になるのだ。そして、Xデーの夜が訪《おとず》れた。私は食後のいくつかの当番のため、姿を消す。私の失踪が発覚するのは、おそらく消灯時間だろう。

寛大なルームメートは、十分くらいは待ってくれるだろうが、それ以上は待たずにシスターに通報する。私に許される時間は、長めに見積もっても一時間ちょっと。それだけの時間があれば十分…………！　いつもの決められた順路を一歩離れる。その一歩こそが、自由への大脱走劇の幕開けだった。冷静に冷静に考える……。自分が持ってきたカギは間違いがないはず。……この錠前は少々古くて固い。ひょっとして、正解のカギを入れたけれども、固くて回せず、私がハズレのカギだと思い込んでしまっただけでは……？

自分でもわかっているが、今の私は少し緊張気味で、普段よりも不器用になっていると思う。指紋を残さないためにしているこの軍手も、手先を不器用にしてしまっているに違いない。……もう一度、冷静にトライしてみよう……。……一番、そうだと思えるカギをもう一度鍵穴に挿して……そぅっと……。……固い。……無理にねじれば、カギの方が壊れてしまうのではと思った。

さすがに諦めようと思った瞬間、グリッとした手応え。……開いた！　扉を少し開く。さっきから聞こえていた虫の音が、より大きくなって漏れ出してきた。今さら躊躇する甘えなどない。それでも、外へ出るのにわずかの戸惑《とまど》いがあった。少なくとも、今いるここまでは言い訳が効《き》く。苦し紛《まぎ》れにせよ、何とか言い逃れが出来る。

……だが、ここから先にはそういう甘えはない。警備員たちが巡回し、見つかればたとえ生徒であっても事務室へ連行される。過去にも脱走しようとした輩《やから》がいたらしい。

……そりゃそうだ。私だけが異端だとは思わない。私のように、この環境に適応できない人間が過去にもいたのは頷《うなず》ける。だからこそ学校側は、生徒の脱走を、ありえる事態だとして認識していた。……脱走で捕《つか》まった生徒の処遇は、………いくつかの噂を聞いているが、どれも信じたくない。

……この学校にまつわる怪談《かいだん》には、いつも脱走未遂の生徒が絡《から》むからだ。……くそったれ……、上等じゃないの……。私だって、ここでしくじっても、次のチャンスがあるなんて甘えるつもりはない。

……いつだってチャンスはたったの一回。この扉から先こそが……正念場《しょうねんば》……!! 自《みずか》らを奮起《ふんき》させ、……扉を押し開ける。外気は鮮烈《せんれつ》な匂《にお》いがした。普段嗅《か》いでいる空気にこんなにも強烈な匂いがあったっけ……？　こんな、むわっとするような青臭い匂いを嗅いだことはなかった。何か普段と違う事態が発生している……？　注意した方がいい？　今夜は大人しくカギを返して機会を改めた方がいい……？　……馬鹿《ばか》を言うな。何も普段と変わる事などない。これはいつも嗅いでいる空気の匂い。……私が普段、気にも留めないいつもの外気の匂い。つまりはそういうこと。冷静沈着を気取る私にも、人並みに焦《あせ》ったり緊張したりする心があるわけだ……。

……落ち着け、自分。……落ち着け、詩音…！　ここからは頭の中にある地図だけが武器だ。監視カメラの位置は今日までに全て探った。…それらを欺《あざむ》く自信はあるが、一番問題なのはカメラじゃない。警備員だ。警備員の巡視時間と巡視ルートは完全にランダムで、読みきれない。本当の意味での出たとこ勝負。身を隠せる場所があるうちはまだいい。だが、どうしてもやり過ごせない危険地帯が約数十メートルある。

精神を研《と》ぎ澄《す》まし、五感を鋭くする。……ま、何だかんだと言ったって、結局のところ最後は運だ。どんなに私がベストを尽くしても、ちょっと巡り合わせが悪ければアウト。逆に、私がどんないい加減な計画で動いたとしても、運が良ければ何でもOKになるということでもある。……ちぇ、私が今日まで積み重ねてきた努力なんて、そんな程度のもんだとはね。あはは、こういうのをギャンブルって言うんだろうな。自分の行為が博打《ばくち》だと気付くと、何だか緊張の奥底からわくわくする気持ちがこみ上げて来た。そうさ、これはギャンブル。運試し。私、園崎《そのざき》詩音が、自分の意思で生活を一変させようとするこの決意を占う、運試しなのだ。

この程度の学校から抜け出すのに、失敗して捕まってしまう程度の運気《うんき》なら、仮に自由の身になれたとしても、ろくな未来などあるものか。私は違う。ここから踏《ふ》み出す。私自身の運気を試してやる。さぁ……行くぞ、詩音！　うるさい虫どもの声だけを選別消去して、不審な音だけを抽《ちゅうしゅつ》出する。……気配、ゼロ。……一番うるさいのは虫の声より自分の心音。じゃり。……自分の足音すら、やかましくて鼓膜《こまく》が破れそうだった……。一歩、歩くごとに私の想像力たくましきお頭《つむ》は、警備員との予期せぬ遭遇を予感して私を苛《さいな》んだ。その責め苦に耐え切れなくなり、走り出そうと何度思ったことか。……だが、無様《ぶざま》に走れば不穏《ふおん》な騒音を掻《か》き立てるだけだ。人がいてはいけない場所、時間帯に走る音が聞こえれば、誰だって何か異常な事態だと勘付く。仮に聞かれたとしたって、ただ歩く音なら、まだしも疑問には思わない。もちろん私は、その歩く音すら聞かせるつもりはなかった。五感を研ぎ澄まし、視界に収まる以上の情報を採取することに努めた。だが、いくら耳を澄ませても、何の気配も感じられなかった。

……せめて、どこか遠くにいる警備員の気配でも感じられた方が、まだ安心できたかもしれない。何も聞こえないということは、周囲が安全であると教えるよりも、自分のセンサーがこの上なく鈍感《どんかん》で、頼りないものなのではないかと不安がらせる方が強かったからだ。実はすぐ近くに誰かいて、……間抜けにも私がそれに気付いていないだけなのでは……。そう思うと、自分の足音さえ消したくて、時に歩みを止めたりもした。

……これじゃ、足がすくんでいるのと変わらない……。立ち止まるか、走り出すか。そのどちらかを内側の自分が強要してくる。

もちろん立ち止まっては駄目《だめ》だ。慎重に、だけれども迅速《じんそく》に進まなければ何の意味もない。……私は、ここに居続けるだけでも、常にリスクを累積しているのだから。そして走り出すことは愚《ぐ》の骨頂《こっちょう》。……あぁ、そんなことはわかっているのに……！　走り出したくなる衝動を抑えるのが……苦しい。ほんの数十メートルの危険地帯を抜けるまで、私はずっと、それらのことで頭をいっぱいにしていた。やがて、誰の気配も感じず、もちろん誰にも出くわすことがなく、抜け切ったことを知った時。……私はその場にしゃがみ込んで、肺《はい》いっぱいに溜《た》まった、腐《くさ》った空気を吐《は》き出さずにはいられなかった。……ネガティブな感情が一気に引っ込む。……もう一息だ。……もう一息！　そこの茂みを抜ければ、そこは外界と敷地を隔《へだ》てる柵《さく》だ。今にも走り出したい衝動は、どんどん強くなる。

……私はそれを理性でぐっと抑えこみながら、慎重に最後の関門に臨《のぞ》んだ…………。学園の敷地を囲む洋風の柵は、美観上は優秀だったが、防犯上はそれほど優秀ではないようだった。柵をよじ登るという、無防備な姿を発見されやしないかとずっとびくびくしていたが、幸いにもそれはなかった。この柵に、接触感知の警報装置があるかもしれないという、妄想にも苛まれた。……だが、もう遅い。こうしてよじ登っている今、そんな妄想を心に許すことそのものに意味がない。柵のてっぺんから地面までは、二メートルはあったかもしれない。慎重に登ったんだから、降りるときも慎重に。

……理屈ではそうだったが、そこが私の理性の限界だった。私は臆《おく》することなく、その高さから飛び降りることを選ぶ。もちろん、自由落下に身を任せてから少しは後悔した。落下時特有の、ふわっとした感覚が、自分が予想したよりもずっと長かったので、落下しながら怖くなった。綺麗《きれい》に着地できず、尻餅《しりもち》をつく。だが、誰も笑う人はいないし、私だってそんなことに照れ笑いをするゆとりなんかなかった。私が着地した時に出した、最後の轟音《ごうおん》が誰かの興味を引かなかったか、周囲を見回して探る。そして、合唱を続ける虫たちすら、そんな音には関心を示《しめ》していないことを知り、私はようやく胸を撫《な》で下《お》ろすのだった……。腕時計を見る。時間は……二十時五分前。……わずか十五分ちょいの脱走劇だった。数字に直すと、いかに短い時間だったかがわかる。この十五分間にしたことを振り返れば、……一番多くを占めているのは多分、あれこれと自問自答する躊躇の時間だったように思う。……取り越し苦労って言うんだろうな。だがまだ気を許してはいけない。私が監視カメラを全て欺けた保証はないのだ。別にここは銀行とかではない。私の影を仮に警備員が認めたとしても、防犯ベルが鳴り響く訳じゃない。私がこうしてのんびりしている間にも、警備員たちがすぐそこまで来ているかもしれない。

自由の空気を胸いっぱいに吸い込むには、まだちょっと早いのだ。それから、暗がりに身を隠し、時間を待った。予《あらかじ》め決められた時間まで、あと少しだった。

葛西の迎え

時間を待つ間、学園の敷地内に目を凝《こ》らすが、何も変わった動きは見られなかった。こうして、お上品にライトアップされている西洋建築の建物を見ていると、ますますこれが学校であるとは思えなくなる。

……収容施設ならそれらしく、電流鉄線とサーチライト、ドーベルマンで警戒してろってんだ。こういう時、学園で過《す》ごしてきた数々の思い出が走馬灯《そうまとう》のように過ぎるのかな、と思っていたが。そんなことは全然なかった。そういう時の走馬灯ってのは、いい思い出を振り返るためにあるべきだ。私はこの学園でいい思いなんか全然しなかったから、過ぎるべき走馬灯の映像が存在しない。

…もしも、あえて走馬灯で良き思い出の映像を流すとしたら、豪華絢爛《ごうかけんらん》なディナーの数々だけかもしれないな。だとすると私が見るべき走馬灯には、和食や洋食、中華やフランス料理なんかばっかりが過ぎることになる。……なんだそりゃ。さすがにこの想像はおかしかった。思わず吹き出してしまう。……やがて、車が近付いてくる音がした。再び暗がりに身をかがめる。事前に連絡のあったナンバー。……間違いない。私は飛び出して、徐行《じょこう》した車の助手席側に駆け寄り、ドアを開けて飛び込んだ。

「お勤《つと》めご苦労さまです。詩音さん。」

運転席には初老の男。……初老と言ったら本人は怒る。本人はまだ中年のつもりだ。私が無事で、その表情から万事うまく行ったことを悟ると、にやっと笑った。

「シャバの空気は久しぶり～。あ～とにかく今は銀シャリが食いたいかな！」

「あっはっはっは！　…学園では上品なお料理ばかりが出てると聞いてましたが。詩音さんにだけは麦飯《むぎめし》が出ていたんですか？」

「ばぁか、そんなわけないでしょ⁉　冗談に決まってるじゃない。ほら、笑ってる暇があったら、とっととアクセルをふかす！」

「はいはい。仰《おお》せのままに……。」

葛西《かさい》は苦笑いを隠そうともせず、私にシートベルトを促《うなが》してから、一気に車を加速させた。瀟洒《しょうしゃ》なヨーロッパの寺院のような学園は、あっと言う間にバックミラーから消えてしまう。あまりに情緒なく消えていったので、私には和洋中の絢爛なディナーの走馬灯を見る時間はまるでなかった。

さよなら、我が愛《いと》しの学園生活！　見てろよ、私は上品にされた胃袋を、今日から下品なジャンクフードで満たしてやるからな。お前らに叩き込まれたテーブルマナーなんかとは、一生無縁《むえん》な食生活を送ってやる！　あっはは！　ざまぁ見ろ！　欧州の一角なのでは……と勘違《かんちが》いさせられかねないお洒落《しゃれ》な雰囲気《ふんいき》は、しばらく走ると、広大な畑と冴《さ》えない街灯の風景に早変わりしていった。

私もようやく、ここが日本の片田舎《かたいなか》であることを思い出せた。

「お腹《なか》は空《す》いてないですか？　どこか飯の食えるところへ寄りましょうか？」

「食事してるからいい。」

ちょっぴり嘘《うそ》だった。本当はちょっとお腹が空いている。動きが鈍くなるのを嫌って、今日の夕食は少ししか手を付けなかったからだ。葛西の提案はとても嬉《うれ》しかったが、今の私には、帰るべき土地よりも敵地に近いこの土地で、のんびりと食事をする気には到底《とうてい》なれなかった。

「この時間ですから、高速に上がってしまうとSA《サービスエリア》寄っても、自販機しかないですよ。……まぁ、最近はハンバーガーとかの自販機もありますけどね。そうそう、聞いた話では最近じゃ、おでんの自販機もあるって話です。」

「はぁ⁉ 何それ！ コーヒーの自動販売機みたいに、器《うつわ》がぽろっと出て来て、押したボタンの具がボトボトって落ちてくるわけ…⁇ 気持ち悪〜〜〜。」

「あはは、そういうのじゃないらしいですよ。おでんの缶詰《かんづめ》になってるそうで、それがゴロンと出てくるらしいんです。」

「…あ、ごめん。缶詰はパス。」

「缶詰、……相変わらず駄目なんですか？ もう子供じゃないでしょうに。」

「…嫌なもんは嫌なのー。うっさいなぁ。もー何、笑ってんのー！」

葛西はくっくっくと笑っていた。

私の緊張をほぐすために、いろいろと話しかけてくれてるんだろうなと思った。……葛西は本来、こんなにもお喋《しゃべ》りな男ではない。

「私ゃ疲れちゃったよ。少し寝させてもらいます。……これ、リクライニングどうやって倒すの？」

「そっちの左側の根元を探ってみて下さい。レバーみたいなのがありませんか？」

「ん、あったあった。……よっこらしょっと。」

葛西が、また陽気にけらけらと笑う。

「何か面白いこと、私した？」

「いえいえ。……よっこらしょ、なんていう若くない言葉遣《づか》いが、どことなく魅音さんに似ておられたもので。」

……そりゃそうだ。私と魅音は、一卵性の双生児《そうせいじ》。互《たが》いが互いの完全なるコピーなのだ。私が何かに反応を示せば、魅音もまた同じ反応を示す。魅音が反応を示したものなら、同じ状況になれば、私もまったく同じ反応を示す。

「お姉《ねえ》は元気？」

「多分元気かと。私も親族会議の席に親父《おやじ》さんをお連れする時に、少しすれ違う程度ですし。」

「そっか、お姉はもう実家じゃないんだったね。雛見沢《ひなみざわ》の鬼婆《おにばば》のとこだっけ？」

「詩音さんが学園に入られるのと一緒の時期に、園崎本家《ほんけ》に移られました。」

……ふぅん、と、自分から聞いておきながら、私は興味なさそうな返事を返す。園崎本家ってのは、平たく言うと、園崎家当主《とうしゅ》である園崎お魎《りょう》の実家。つまり鬼婆の実家のことを指す。……もっとも、園崎本家という言葉を使う時、それは単に家を指す以上の意味で使われることが多い。

葛西がここで使った園崎本家という言葉も、ご多分に漏れずそういう意味だ。

「……少しは変わった？」

「魅音さんがですか？」

「そ。……あの鬼婆と朝から晩まで顔を合わせてりゃ、少しは変わるでしょ。」

葛西は、くっくっく！　と笑いを漏らす。私が鬼婆を嫌ってるのを知っているからだ。

「私が見る限り、変わったようには感じません。……詩音さんの知っている魅音さんのままですよ。」

「私はどう？　……私は変わった？」

「いいえ。全然。」

葛西は悪戯《いたずら》っぽく笑いながら即答した。

……だいぶしばらくぶりに会ったってのに、こうもあっさり即答されると、それはそれで面白くない。私がむぅ……っと睨《にら》んでいるのに気付くと、葛西は堪《こら》えきれなくなったのか、笑いを爆発させた。

「あっはっはっは！　全然変わっておられませんよ。あれだけのお嬢様学校に入られたのに、まったく変わらないというのは驚くに値《あたい》します。くっくっくっく……！」

「ちぇ〜〜。好きなだけ笑ってろー！　私ゃ寝るよ、寝るー！」

「後ろの席に毛布がありますよ。使ってください。」

「ん、ありがと。」

毛布を引ったくり、それでぐるっと身を包《くる》む。あれだけ疲れを感じていたのに、いざこうして眠る体勢を作ると、一向に眠気《ねむけ》が訪れないから不思議なものだった。そんなことはない。体も心も、慣れない脱走劇に緊張しきっていて疲れているはずだ。それを感じないのは、まだ緊張が冷めていないだけ。

だから、自分に今のうちに寝ておけと命令するため、あえて口に出してもう一度言う。

「寝る！　私ゃ寝るよー！」

「はいはい、さっきからもう三回目です。それとも私が許可しないと寝れないんですか？」

「今日のあんたは喋り過ぎー！　あんたが少し黙っててくんないと眠気も引っ込んじゃう！」

「失礼しました姫君《ひめぎみ》。ではしばらく黙らせてもらいます。……くっくっく……！」

葛西とのどうでもいいお喋りは、私がまだ興宮《おきのみや》の町で平凡《へいぼん》に暮らしていたころを思い出させる。もっともあの頃の生活を、平凡と言っていいかはわからない。ダム戦争の渦中《かちゅう》にあって、朝から晩まで大騒ぎの日々だった。

みんなで結束《けっそく》し、今考えれば、かなりヤバイことをたくさんしてのけたものだ。ひとつひとつ掘り起こされたら、間違いなく年少送りは免《まぬか》れない。……というか、雛見沢の人間の半分くらいは刑務所送りになるかもしれないな。でも、あれは犯罪として行《おこな》ったものじゃない。

そう、戦争だった。戦争という側面を持ちながらも、同時にあれはお祭《まつ》りでもあったかもしれない。雛見沢に連《つら》なる全ての人間が結束して立ち向かう、お祭りだった。苛烈《かれつ》な戦いだったけど、それはそれで今にして思えば楽しかった。

機動隊にみんなで石を投げつけたのだって、面白かった。警官に追っかけられて誰かの家に駆け込み、かくまってもらったり。捕まった仲間の釈放を求めて警察署に詰め掛けたり。工事現場に侵入していろんな妨害工作を行ったのは、戦争というより、戦争ごっこに近い感覚だった。どきどき、わくわくした。……顔も知らない仲間たちと共にする連帯感は、今思い出しても、胸が熱くなる。そう、あの感じは……祭のお神輿《みこし》を担《かつ》いでみんなで村中を練《ね》り歩き、汗だくになってへとへとになって。……最後にみんなで地面に突っ伏して、知らない仲間同士、麦茶《むぎちゃ》を掛け合ってはしゃいだ時の興奮によく似ていた。当時の私はまだまだガキンチョ。親父のところに出入りしてる若い兄ちゃんたちを連れて、いろんな悪さをしたのがとても懐《なつ》かしい。警察にも何度もお世話になったっけな。でもそんなの、宿題を忘れて職員室に呼びつけられて怒られるのとそんなに大差なかった。…………当時は村の連中は、故郷がダム底に沈むって殺気立ってたけど。……私ら子どもには、今にして思えば結構楽しい思い出だった。その楽しいダム戦争は、数年前にひょっこりと終わりを告《つ》げた。祭のような、表層的な運動だけが作用してダム計画が頓挫《とんざ》したわけではない。園崎本家とうちの親父たちの暗躍《あんやく》によって、裏で様々な工作が行われていた。……これは園崎本家のトップシークレットだが、……何でも、当時の建設大臣の孫を誘拐《ゆうかい》して脅迫《きょうはく》したとか、しないとか……。

孫は、誘拐から何日かして、ひょっこりと発見された。……谷河内《やごうち》の方の山奥で発見された。

……そのまま鬼隠《おにかく》しに遭《あ》って消えたのではなく、発見された、ということは。……つまり、裏で何らかの取引が成立したってことだ。その翌年に、ダム工事は計画の無期限凍結《とうけつ》が宣言され、終結した。

警察は孫の証言から、雛見沢の住民数人が直接的に関与していると見て、しつこく捜査をしたが、そんなのは無駄なこと。結局何も摑《つか》めはしなかった。祭の仲間たちは、仲間を見捨てたりしない。仲間を守るためなら、何でもするし、どんな嘘でもつく。

……アリバイから状況証拠までお手のもの。……警察如《ごと》きに、真相など摑めてたまるものか。……ははん！　道路の舗装《ほそう》が悪かったのか、車が大きくガクンと揺れ、はっと我に返った。……そして、自分がいやに上機嫌な顔をしているのに気付く。

……そっか。私は、自分の故郷に帰るのを、楽しみにしてるんだな。

「詩音さん。……起きてますか？」

「………何？」

「お帰りですが、…………興宮でよろしいですよね。」

「……他にどこに帰んのよ。」

1＋1＝2だろうってくらい、当り前なことを聞くなと不機嫌に返す。そうすると葛西もまた、1＋1＝2だってくらい当り前に返してきた。

「詩音さんを聖ルチーア学園に入学させる決定は、園崎本家当主が下したものです。……詩音さんはその学園を抜け出した。……どういうことか、おわかりですね。」

「鬼婆の決めた学校が私に合わなかったってだけでしょ。」

「…詩音さん。」

「……わぁってるって。ぅっさいなぁ。」

園崎本家当主である鬼婆の決定は絶対だ。

……床に落としたおかずを三秒で拾えば、まだ食べても大丈夫なんていういい加減なルールとはワケが違う。

しかも、私を園崎本家から遠く離れた学校に幽閉するというのは、……何しろ、私が生まれた時から決まっていたことなのだ。私に与《あた》えられた名前は『詩音』。姉の『魅音』には「鬼」の一字が入っている。これは鬼を継《つ》ぐという意味。つまり、鬼の血を受け継ぐ園崎本家を継ぐ者という意味だ。

そして私の『詩音』には「寺」の一字が入っている。これは、やがては出家させて寺に閉じ込めてしまう……、そういう意味だ。こうして考えると、私はこの詩音という名前に虫酸《むしず》が走る。そもそも『詩音』という存在は、園崎家にとって忌《い》むべき存在なのだ。

本家を継ぐ跡継ぎが二人。……歴史の様々な事例を見るまでもなく、後々のトラブルの種に成りかねないのが、容易に想像できる。本家に代々《だいだい》伝わるしきたりによるならば、跡継ぎに双子《ふたご》が生まれたならば、産湯《うぶゆ》に浸《つ》ける前に絞め殺《し》せってことになっているらしい。

何ともすごい話だ。ってことはつまり。……私はこうして日々を生きて、呼吸をしていられるだけでも、ありがたがらなければいけないってことになる。実際、産湯に浸かる前に、生まれたばかりの私の首に、鬼婆は実際に手を掛けたらしい。

……その場でどういうやり取りがあったかは知らない。命知らずな親族の誰かが、鬼婆に思い止《とど》まるように進言したのか。さもなきゃ、鬼婆がその日だけやたらと機嫌が良かったかのどっちかだ。(なら手を掛けるなよな、おっかない!)私たちは双子だ。互いに何の違いもない。

だけれども、先に母さんのお腹を出た方が『魅音』と名付けられ、二着にしてビリになったもう一人の方は『詩音』と名付けられた。まわりはやっきになって『魅音』と『詩音』を区別しようとしたが、私たち姉妹にとって、それはひどく滑稽《こっけい》なことだった。

何も違いのない二人なのに。ちょっと帽子《ぼうし》を交換するだけで、誰も見破れないのに。なんで大人はみんな私たちを区別しようとするの？　って。まぁ、いつまでもそんな双子のお遊びは続かなかった。ある日を境《さかい》に、魅音と詩音は絶対的に、くっきりと別れさせられることになる。

それが、魅音は跡継ぎの修業のため、園崎本家で鬼婆と同居。そして私は、例の学園に幽閉されるということだった。……別に私はお姉が本家を継ぐことに、今さら異論《いろん》はない。まぁそりゃ、昔はちょっとは悔《くや》しかったけど。今になれば、むしろ面倒くさいしきたりや風習に縛《しば》られた魅音がお気の毒に思えるくらいだ。

だから、私が興宮の町に戻ってきたって、園崎本家の脅威《きょうい》になるなんてことはない。だが、…あの鬼婆はそうは思わないらしい。私のことを、黒猫とかカラスとか、ぱっかり割れるお茶碗《ちゃわん》とかそんな感じの、不吉なものの象徴として考えてるらしいのだ。……だから、自分の近くから少しでも遠ざけたいらしい。そりゃ別に構わないよ。……私だってあんたの顔なんか見たくない。雛見沢に立入禁止ってんなら、別にそれでもいいよ。一歩踏み入るごとに罰金一万円ってルールにしてもいい。でも、私にとって住み慣れた興宮の町はお目こぼしをしてほしいものだ。小さい頃は雛見沢で過ごしたが、もうそんなに愛着はない。記憶も薄いし。

それよりは、小学校時代を丸々過ごした興宮の町の方がずっと愛着がある。ぱっとしたところもない冴えない町だが、私はそんなに嫌いじゃない。

「興宮の町へ帰れば、親族の誰かの目に触れることになります。やがては必ず本家の知るところになります。」

「鬼婆の耳に入ったらどうなるか、ってことー？　………たはは、まぁ、そりゃあヤバイことにはなるかもね。」

「…………おわかりならいいんですがね。」

「……なぁに、葛西。……あんた、今から私に引き返して、あそこへ戻れって言ってるわけ？」

「まさか。そんなことは言いませんよ。……私が言いたいのは、」

「……相応《そうおう》の覚悟はあるんだろうな、ってことでしょ……？」

「口先だけでなく、本当に理解してるんならいいんですがね。」

「ま、そうだろうねー。万が一の時は、脱走の手伝いをした葛西も責任は免れないだろうしね。葛西も小指に未練《みれん》があるなら、今の内に小指にいっぱいキスをしておいた方がいいんじゃない？　……くっくっくっく！」

「その時は詩音さんも、簀《す》巻《ま》きにされて鬼《おに》ヶ淵沼《ふちぬま》に放り込まれるくらいの覚悟をして下さいよ？　あぁ、あるいは本家離《はな》れの拷問《ごうもん》部屋送りかも。」

実際には見たことはないけど。園崎本家には、大きな拷問部屋があるらしい。

村に仇《あだ》なす者を、そこで苛《いじ》め殺して闇から闇に葬《ほうむ》ったとか葬らないとか……。……実に恐ろしい話だ。自分がその噂を、被験者として確かめるような目に遭わないことを祈っておこう。

「はいはい。ま、何とかなるって。あはははは。」

「つくづく詩音さんは姐《あね》さんに似ている。その出たとこ勝負的なところが特にです。」

「そりゃ似るでしょ、実際の母親だもん。あはははははは。」

私が学校を抜け出したのを知ったら、……親父も母さんも、烈火《れっか》の如く怒りまくるだろうなぁ……。鬼婆に知られるより、私的にはそっちの方がコワイ。あんまり長々とは説明したくないが、私の親父はヤクザだ。鹿骨《ししぼね》市一帯を勢力下に置くそこそこの組織の元締《もとじ》めで、広域暴力団の大幹部でもある。ちなみに、私の忠臣《ちゅうしん》であるこの葛西も、その内のひとりだ。

うちの両親がまだ結婚してなかった頃からの旧友らしく、親父の信頼も一際厚《ひときわあつ》い。ホントかウソかは知らないけど、温和《おんわ》な葛西も、若かりし日にはかなりの武闘派《ぶとうは》で通っていたらしい。見たことはないが、体には物騒《ぶっそう》な傷痕《きずあと》がいくつもあるらしい。親父の片腕《かたうで》としていくつかのシマを任されていたが、抗争で大怪我《おおけが》をしてから一線を退《しりぞ》き、今は親父の相談役（ただの飲み仲間だ）となっている。

いつの頃からか、私のお目付け役みたいになり、いつしか私の便利な執事《しつじ》みたいな存在になっていた。初めの頃は、親父の密命を受けて私を監視してるんだろうなと思い、煙《けむ》たく思っていた。だがその内、この男は本当に私の味方なんだなと思うようになっていた。……これは女のカンなのだが。……多分、葛西は昔、うちの母さんが好きだったんじゃないだろうか。うちの親父とちょっとした三角関係だったんじゃないかと思う。で、結局、親父に出し抜かれたわけだ。でも、母さんの側《そば》を離れられなくて、旧友としていつまでも近くにいるのではないか、と。そういう仮定を持って葛西を見てみると、どことなく納得できるフシがある。

私を通して、若かりし日の母の面影《おもかげ》を見ている、……そんな感じ。ことあるごとに、私のことを姐さんに似ている……と言うのは、特にそんな感じだった。少し気持ち悪いヤツだなーと思ったこともあるが、葛西は悪意を持って私に接してるわけじゃない。……打ち解けてみれば、シャレの通じる面白い男だったのだ。

だから、園崎本家の命令で幽閉されている私の脱走を手助けしてくれるのは、葛西しかありえなかった。私は脱走を思い立った早い内から、葛西と連絡を取り、脱走の計画を調整してきていたのだ。今回の脱走劇の共演者《きょうえんしゃ》、共犯《きょうはん》といっていい。……そう思えば葛西が、興宮に戻ってからのことを不安に思うのは当然だった。

親父たちや本家なんかの色々なしがらみを思えば、…最悪、指を詰めるようなことにもなりかねない。あはは、私も簀巻きにされて沼に放り込まれるって話も、ありえない話でもないかもしれないな。でも、私が帰るところは決まっていた。興宮の町以外に帰るつもりはない。そここそが私の故郷だったからだ。

……この執着《しゅうちゃく》は、ホームシックや望郷《ぼうきょう》の念の類《たぐい》だと言ってもいい。今さらかっこつけるつもりなんて、さらさらないのだから。

「実際、どうするつもりです？　園崎一族の目はそこいら中にありますよ。」

「ま、最初はのんびり隠《かく》れながら過ごします。仮に姿を見られたって、魅音だって言い張ればいいんだしね。あはは！」

「それから？」

「んで、ほとぼりが冷めてきたら、私に近しい親類から徐々に打ち明けていく。私の味方になってくれる人たちだって、そこそこにいるからね。……私も親父と大喧嘩《おおげんか》した時、あちこちでいろんな人にかくまってもらったし。」

「なるほど。味方と既成《きせい》事実を十分に作り上げてから、最終的には園崎本家にもお目こぼしをもらおうというつもりですね。……うまく行きますかどうか。」

「行くって！　そもそも、私を学園送りにする決定だって、結構みんな反対してくれてたもんね。あれは私をやたらと嫌った、鬼婆の猜疑心《さいぎしん》からの決定みたいなもんだったし。……葛西もそう思うでしょ？」

「……えぇ、まぁ。……私もあの決定には、さすがにやり過ぎとは思いました。」

「鬼婆はとっくに更年期障害《こうねんきしょうがい》で、正常な思考なんか出来なくなってんの！　あのダム戦争の興奮で、頭がイカれちゃって、まだその時の興奮が抜け切ってないんじゃないかな。ったく！」

葛西は、さすがに相槌《あいづち》こそ打たなかったが、苦笑いでそれを肯定《こうてい》してくれていた。私は、結局毛布に包まったまま、眠らなかった。自分から黙れと言っておきながら、ずっと葛西とお喋りを続けていた。……やがて、……喋り疲れ、高速道路独特の単調な揺れが心地いいな、なんて思い始めた頃、葛西が不意に声をかけてきた。

「詩音さん。……ほら。」

「…………………………。」

もうさすがに眠かったので、無視を決め込む。…葛西が、ほらと、何を見せたかったのか興味はあったが、眠さの方が勝っていた。それでもぼんやりと目蓋《まぶた》を開けると、看板《かんばん》がすごい速度で視界に飛び込み、そして後ろへ消えていった。

その看板をきっと葛西は見せたかったんだろうなと思った。看板には、市の花であるツツジの花のイラストと共にこう書かれていた。

『ようこそ鹿骨市へ』。

故郷はすぐそこだった。

ノートの冒頭

昭和五十七年六月の某日《ぼうじつ》。

綿流《わたなが》しの祭りの数日後に北条《ほうじょう》悟史《さとし》は失踪する。

悟史くんが失踪する理由は常識的に考えて三つある。

一つは事故等によるもの。

車にはねられ、用水路等に落ちて、遺体が発見されたのが数ヵ月後なんていう話も時にある。

だが、悟史くんの行動半径を中心に警察が十分に捜査した上で、未《いま》だ見つからないのだから、これは違うように思う。

もう一つは自発的失踪。

悟史くんの生活は、精神的に非常に追い詰められたものだった。

実際、彼は周囲に蒸発したいというようなグチを漏らしたこともあるらしい。

警察は、叔母《おば》殺しは悟史くんが犯人で、逃亡したのではないかと見ていた。

それらを加味《かみ》して考えると一番現実味がある。だがその後、犯人は別にいることがわかったため、この説は否定された。

最後の一つは、雛見沢村連続怪死事件、通称オヤシロさまの祟《たた》りの犠牲《ぎせい》者となり、失踪したという考え方。

オヤシロさまというオカルト的な存在の立証ができない限り、この事件は間違いなく人の手で起こされている。

悟史くんは何者かの手によって、消されたと考えるのが一番妥当《だとう》だ。ならば一番の問題は、手を下したのは何者か、ということになる。

結論から言うと。

園崎本家か、その意向を汲《く》んだ御三家《ごさんけ》筋、親戚筋の何者かが犯人であることはほぼ間違いない。

……いや、この程度までなら警察だってわかる。

本当に考えるべきはここからなのだ。

実際に、誰が、どのようにして、何のために？　なぜ悟史くんは犠牲にならなくてはならなかったのか。

動機は何なのか。命令を下したのは誰なのか。実行したのは誰なのか。

黒幕《くろまく》も、犯人も、そして真実も。

全ては私のすぐ近くにある。

ひょっとすると、それはすぐ背中辺《せなかあた》りにあるのかもしれない。

だが、たとえ自分の背中であっても、満遍《まんべん》なく手が届くわけじゃない。

手が届きにくい場所、手で触れるには肩の関節を痛めて歯を食いしばって、やっと指先が触れる程度の場所もある。

私の求めるものは、そういう場所に隠されているのだ。

これより記す記録は。

私の考察《こうさつ》を整理するためのメモであると同時に、私の悔悟《かいご》を書き記《しる》したものでもある。

このメモが私以外の者の目に触れることはないだろうとは思う。

もしも私以外の者がこのメモを読むようなことがあるとすれば。

…私が真相を解き明かしこのメモが不要となったので廃棄《はいき》したか、私が志《こころざし》半《なか》ばで「オヤシロさまの祟り」に遭《あ》い失踪してこのメモだけが残ったかのどちらかだ。

前者ならいい。

……だがもしも後者だったのなら。

どうかあなた。私の力になって欲しい。

無力で、ただの小娘に過ぎない私のために。

双子

明けて朝

起床のチャイムはない。もうここは学園ではないのだ。

そんなことは寝ぼけた頭でもわかってる。にもかかわらず、学園で決められた起床時間に目が覚めてしまうのがとてもシャクだった。寝直そうかとも思ったが、起きてしまったものは仕方ない。それに、これからは与えられた生活を、不平を漏らしながらなぞるわけじゃない。楽しくするのも、つまらなくするのも、私自身なのだ。あっは☆　それって何だかかなり前向き。生きてるって実感。着替えも何もないから、私は相変わらず学園のジャージのまんまだった。…イタリアだかの某《なにがし》とかいうデザイナーがデザインした…という触れ込みだが、こんな味もそっけもないジャージのどこにデザインの余地《よち》があるのか、大いに疑問だ。

自由を満喫《まんきつ》しているというのに、服だけがいつまでも学園のものというのは何だか不愉《ふゆ》快《かい》だった。この格好じゃ表を歩く気にもなれない。あとで葛西に、適当な服を持って来させよう。

それから、部屋のレイアウトでも考えるか。何しろ、ここはこれから私の城なのだから。

ここは興宮の外《はず》れにある、この辺じゃかなり立派な部類に入る高層マンションで、親父の系列の不動産会社が、なんだか得体《えたい》の知れないゴタゴタで「差し押さえた」物件だ。…その得体のしれないゴタゴタの関係で、居住者《きょじゅうしゃ》はほとんどが出て行ってしまっている。

だからこれだけの戸数《こすう》があっても、まったく人の気配のしない、寂《さび》しいマンションだった。それに居住しているのも、管理人夫婦とほんの一、二戸を除いては、みんな親父の関係の、あまりガラのおよろしくない連中だ。このマンションから、善良な住民が駆逐《くちく》される日も、そう遠くないな…。私の住む事になったこの部屋は、元はオープンルームだったらしく、見かけだけはビジネスホテルの一室みたいに見えた。中途半端に家具は揃っているが、生活に必要なものは一切ない。そういう物は、これから細々《ほそぼそ》と買い揃えていけばいいだろう。

「…むしろその方がいいよね。自分の部屋っていう実感が湧《わ》くし。」

自分で口に出したことに対して、ウンウンと頷く。馬鹿っぽいが、景気《けいき》づけはとても大事。学園では共用スペースにしかテレビがなかった上、民放は見せてもらえなかった。その憂《う》さ晴《ば》らしとばかりに、民放のチャンネルを総嘗《そうな》めにしてみる。

もちろん、こんな早朝じゃどのチャンネルだって、大したものはやっていない。それでも、そこそこに楽しく眺《なが》めることができたし、久しぶりに見るCMもなかなかオツなものだった。それにも飽きてお腹が空いた頃、葛西が弁当を持って訪ねて来てくれた。

「詩音さん、おはようございます。昨夜はよく眠れましたか?」

「ソファーに毛布でごろ寝は結構辛《つら》いです。やっぱ日本人はちゃんと布団《ふとん》敷《し》いて床に寝ないとねー。うんうん、たくあんがおいしい～！」

「それは良かった。あとで必要なものを教えて下さい。可能な限り揃えるようにします。」

「ありがとと。あ、でもそんなに気を遣《つか》わないでいいです。私の好きで始めた生活だし。葛西だって、たかられたらお財布《さいふ》もたないでしょ？　あはははは！」

お金とか、これからの生活の話は、やはり真面目に話さなければならないことだ。いつまでも葛西の財布に甘えているわけにはいかない。

「バイトでもしようと思います。生活費くらいは自分で稼《かせ》がないとね。私が選んだ生活なんだから、自分で何とかするのは当然！」

「それはたくましい限りです。でもいいんですか？　外を歩けば、やがては親族の誰かに見つかりますよ。」

「そこは少しは考えてある。そこで魅音の力がいるわけよ。葛西さ、本家に電話してもらっていい？　魅音が出たら電話代わって。」

「やれやれ、何を企《たくら》んでるやら。どういう作戦ですか？」

葛西は本家へのダイヤルを回しながら聞いてくる。本家に見つからないように生活する私が、真っ先にかける電話が本家なのだから、何ともおかしな話だろう。

「……もしもし。おはようございます。……魅音さんですか？　……ご無沙汰《ぶさた》しています、葛西です。……ぇぇ。おはようございます。……少しお待ち頂けますか？　今、電話を代わります。」

葛西から受話器を受け取る。

「もしもし？　……くっくっくっく！　私が誰だかわかります？」

「そ、……その声は!!　でもそんなはずは…！　詩音は聖ルチーア学園に幽閉されてるはず…!!　そんなはずはない……！」

「学園では外部との電話は禁止だからねぇ。…それが電話してきたってことは、…くっくっく！　血の巡りの悪いお姉でも、意味がわかるでしょ。くっくっく！」

「…あんた、……学園、抜け出したの!?　……ど、……どうやって……!!」

「そんなことはどうでもいい。…会いたかったですよ、お姉ぇ……。」

「……く、……詩音……!!!」

「…………。」

私にとってここが限界なら、それは魅音にとっても限界だった。

「ぷ。……くっくっく、…わーっはっはっはっはっはっは!!!」

互いに茶番《ちゃばん》に堪《こら》えきれず、大笑いしてしまう。

…受話器越しに、姉妹《しまい》は本当に久しぶりにお腹の底から笑い合った。

「久しぶりだよ詩音!!　あんたホントに、どうしたの!?」

「どうしたもこうしたも。別に私ゃウソ吐《つ》いてないです。」

「って、……じゃああんた、本当に脱走したの⁉　……ひぇぇぇぇ…、やっるぅ…。」

「私を閉じ込めておくには、ちょっと警備が甘かったかもね！　あはは！」

「…学園は、詩音が穏便《おんびん》に脱走したことに感謝するべきかもね…。本気の詩音だったら、全施設を爆破してから脱走するくらい、朝飯前《あさめしまえ》かもー。」

「爆破はできないけど、放火《ほうか》くらいはやるかもね。あはははははは！」

物騒な話題で盛り上がる姉妹だ…と、葛西は呆《あき》れながらも微笑んでいた。

「お姉、今は電話大丈夫なの？」

「大丈夫。婆っちゃはお稽古《けいこ》に行っちゃってる。今日は帰りは夕方になるって言ってた。」

「それは好都合《こうつごう》。近い内に会って話をしましょーね。取《と》り敢《あ》えず、今日の所は電話で。」

「うん。」

「本家に、学園から私が脱走したっていう連絡は来てます？」

「うんにゃ。来てない。本家への電話も来客も、全部私を通すから、私を素通りして婆っちゃに連絡行く事はない。だから、来てないって断言できると思う。」

「……ほー。そりゃすごい。さすが園崎本家次期当主。」

「私はそんなの嫌だよ、詩音が代わってよ。」

「鬼が憑《つ》いてるのはお姉でしょ？　まーせいぜい頑張ってください。陰《かげ》ながら応援いたしております。まーそんなことはどうでもいいや、あはは！」

「すっごい他人事っぽい言い方だなぁ…。まぁいいや…。」

「私関連で何か動きがあったら、葛西に連絡をヨロです。ここの番号はお姉には教えてもいいかなって思うけど、…しばらくは内緒にしときますね。ごめん。」

「そうだね…。学園脱走したって話が婆っちゃの耳に入ったら、…いろいろ面倒になると思うよ。連絡の件は了解。何か動きがあったら、葛西さんに伝えとく。」

「ありがとです。それと後、お姉にお願いがあるんだけど。」

「そう来ると思ったー。あ、お金は無理だよ⁉」

「さすがにお金を無心できるとは思ってません。お姉には、ちょっと私のバイトのお手伝いをお願いしたいんです。」

「なるほどね。……そういうことか。で、具体的にはどうするの？」

こういう時、私たち姉妹は意思の疎通《そつう》が速い。

相手の考えてることがすぐにわかるから、いちいち説明しないですぐに本題に入れる。

「義郎叔父《よしろうおじ》さん、私の味方だったじゃないですか。義郎叔父さんの持ってるお店のどれかでバイトできないか打診してみます。で、シフトが決まったらお姉に連絡しますから。」

「あんたがバイトしてる時間帯には消えてりゃいいわけだね。…面倒《めんどう》くさい役だなぁ。」

「何ですか、お姉。双子の妹の頼みを断る？　ホントに？」

「いいよいいよ、引き受けるよ～！　あんたの頼みは断ると後がイヤだ。」

「あはは！　サンキュです！　今度、シュランクベルタのケーキでもおごるから！　かわいいタルト、山ほど食べさせてあげますから～☆」

「…あ、詩音。シュランクベルタね、去年の秋に店、閉じちゃったんだよ。」

「え？　……………………あ、そうなんだ。」

「うん。マスターが脳梗塞《のうこうそく》で倒れてね。退院してから一度は店を開けたんだけど。やっぱり体が持たないらしくてさ。…惜《お》しまれたけど、閉店しちゃったわけ。」

「……そか。…そりゃ残念です。…よくばりモンブランをお腹いっぱい食べる夢は、もう夢のままで終わっちゃったんですねー。」

私が落胆《らくたん》したのは、お気に入りのケーキ屋が閉店したことよりも。

この町を離れている間に、町が自分の知らない姿に変わってしまっていたことによる、…寂しさみたいなものだった。

「……他にも変わった事、私の知らない事、ある？」

「うん。いくつかある。今度会ったら全部話すね。」

「ありがと。私も学園で見て来たこと、全部話しますね。近い内に機会を設《もう》けましょ。追って、こっちから連絡します。」

「うん。わかった。」

「…魅音？」

「何？」

「元気でやってる？」

「あははは、もちろん！」

「ならよかった。切るよ。」

「うん。じゃあね。」

久しぶりの姉妹の会話は、ひとまずそれで終了した。受話器を置いて、一息《ひといき》ついたところで、葛西がお茶を持ってきてくれた。

「結局、どういう話になったんですか？」

「義郎叔父さん、私のこと可愛《かわい》がっててくれたじゃない？　叔父さんにね、私が学園を抜け出して来たの、打ち明けようと思います。で、叔父さんの持ってるお店のどれかでささやかに働かせてもらえたらなって。」

「人目に触れますよ？　義郎さんはいいとしても、他の親類に見つかるかもしれないじゃないですか。」

「その為のお姉ってわけよ。私が働く時間が決まったら、お姉に連絡する。で、お姉は私が働いてる時間には、ちょっと人目を忍《しの》んでくれればいいわけ。わかる？」

葛西が小首をひねるような仕種《しぐさ》をする。そんな難しい話じゃない。

「つまり簡単。バイト中に私が何か咎《とが》められるようなことになったら、私が魅音だと言い張ればいいだけの話なんです。おわかりぃ？」

普通なら、そんな馬鹿な手、うまく行きっこないと言いたくなるだろう。だが、私たち姉妹を幼少の頃から知る葛西は、姉妹がいかに簡単に入れ替われるかをよく知っていた。

「つくづく、大胆というか、悪知恵《わるぢえ》が働くというか…。いやいや、…脱帽《だつぼう》です。」

「もちろん褒《ほ》め言葉だよね、葛西？　くすくすくすくす…！」

葛西は呆れた顔をして苦笑いしていた。本当にことがヤバくなれば、葛西にも責任は及ぶ。

…親父たちの世界のしきたりを思えば、ごめんなさいと謝れば済むということにはならないだろう。だから、葛西は本当は、私が危ない橋を渡ることを望まないのだ。

…それを全て承知で、私の脱走を手助けしてくれたのだから、私はこの忠臣にもっと報《むく》いないといけないなぁ…と、そう思った。

祟りは継続中

「あぁあぁ、任せとけよ。詩音ちゃんのことをどうのこうの言うヤツがいたら、俺が少しシメとくから。」

「あっはは！　やっぱ義郎叔父さんは頼りになります。叔父さんならきっと助けてくれると思ってました。」

叔父さんは任せとけを連発し、胸をドンと叩いてみせた。

私が真っ先に頼りに来てくれたのがよほど嬉しいらしかった。

「いいんだよ。俺は詩音ちゃんの、自分の生活費は自分で稼ぎたいっていう気概《きがい》に感心してるんだ。金をたかりに来たんだったら、本家に突き出してるところだぜ。」

「えー？　わぁ、叔父さん、怖いぃー！　あはははははは！」

やっぱり義郎叔父さんは話せる人だった。私の立場をよく理解してくれて、力になってくれることを約束してくれた。

「店長〜、シフト表もってきましたぁ。ここに置きますね〜。」

お店の人が店員の出勤シフトを書いた表を持って来てくれた。…カレンダーは、部外者の私にはよくわからない記号でびっしりだ。

「………で、詩音ちゃんはどのくらい働けるんだい？」

「私とお姉の都合次第、かな。できたら、私の指定する日だけ入れるのが一番いいんですが。」

「おいおい〜、そんなムシのいいこと言うヤツ、面接じゃ会ったことないぜー？　まぁなぁ、…仕方ないもんなぁ。」

私が働くためには、魅音の協力が欠かせない。つまり、私と魅音の二人の都合が付かないと働けないのだ。…その辺のややこしい経緯も、もちろん叔父さんは理解している。

だが、自分たちの都合のいい日だけ働きたい、なんていう図々しいバイトを雇《やと》い入れる余地がなかなかないのも、わかる…。結局叔父さんは、ちゃんとしたバイトの雇用《こよう》ではなく、事務所のお手伝いに入ってはどうかと提案してくれた。

正規雇用ではないので、シフトはない。給料はお店からというよりは、叔父さんのポケットから出る。

「あはは、体裁《ていさい》は構いません。生活費が稼げればそれでOKです。」

「じゃあ、そうゆうことで頼むぜ。一応、金を払うんだから仕事中はしっかり頼むぜ。あと事務所内じゃ叔父さんは勘弁《かんべん》な？」

「はいはい、わかってますよ、店長さ〜ん☆　不束《ふつつか》者ですけど、よろしくお願いします、ね！」

「こちらこそ、どうぞよろしく。わっはっはっはっは！」

堅苦しい話が終わると、今度は叔父さんからいろいろと質問攻めを受けた。聞かれる内容は、全寮制のお嬢様学校というのはどんなところだ⁉　というものだった。

私が閉じ込められた聖ルチーア学園については、いろいろと噂が飛び交うだけで、その中身についてはみんな興味津々《きょうみしんしん》だったらしい。私は学園生活がいかに普通でなかったかを、あれこれ尾ひれをつけながら説明した。

　叔父さんは、秘密のお嬢様女子校の実態をいろいろ根掘《ねほ》り葉掘《はほ》り聞けて、大層《たいそう》ご満悦《まんえつ》な様子だった。…助平男《すけべえおとこ》め。叔父さんが一通《ひととお》り、思春《ししゅんき》期の女の子の花園の秘密を満喫できたらしいので、今度は私がいろいろと聞く事にした。私が学園に閉じ込められてから一年ちょっとの間に、町で何か起こらなかったか知りたかったからだ。

　この一年のミッシングリンクを埋めないと、私が本当の意味で「魅音」のフリをできないというのもある。

「そんなに大きく変わったことはないな。ダム戦争が終わってからこっちは、もうそりゃのんびりしたもんさ。」

「私はダムの計画中止が発表されて少ししてから学園に行ったからなぁ。私がこっちにいた時はまだ、ほんの少しピリピリしたムードが残ってましたよ。」

「中止発表のあとの一年くらいは同盟も、計画は凍結されただけで中止になったわけじゃないって言って神経質になってたんだけどな。翌年には解散式をやったよ。雛見沢の境内《けいだい》で大式典だった。それでダム戦争は本当に終わりだな。」

「じゃ、私が閉じ込められたすぐ後だ。…戦争も終わっちゃって、みんな腑抜《ふぬ》けちゃったんじ？」

「わっはっはっは！　詩音ちゃんなんかはダム戦争は、戦争ごっこみたいで楽しかったんじゃないか？　子どもたちが警察のお世話になる度に、引き取りにいっていろいろ苛められた大人の身にもなってくれよ。」

「あははは！　まぁ確かに否定はできないかな。私ら子どもにとっては、ダム戦争はかなり遊べるイベントでしたし！」

　叔父さんは、ダム戦争が大人と子どもでここまで感じ方が違うものかと、感服《かんぷく》（呆れ？）しているようだった。

「そう言えば、バラバラ殺人なんてのがありましたよね。あのクソムカつく現場監督の野郎がバラバラにされたヤツ。あれ、確か犯人がまだ全員捕まってなかったですよね。捕まったんですか？」

「あー……、確か主犯がまだ捕まってねぇんだよなぁ。そうそう、確か捕まってないはず。」

「しかも、雛見沢の守り神、オヤシロさまを祀《まつ》る綿流しの晩にね。当時、オヤシロさまの祟りだって騒がれたのを覚えてます。……あれ、子ども的には結構コワかったなぁ。」

「あぁあぁ、オヤシロさまの祟りねぇ。その翌年にも起きたんだよな。」

「そうそう！　あれも怖かったですねー！　何でしたっけ、ダムの推進派の男が事故で死んだヤツ！　北条だっけ？　しかもまたしても、オヤシロさまを祀る綿流しの日に。これはもう祟りしかありえない！　って、ずいぶん騒いだっけー！　あれは怖かったです。うんうん。」

嫌われ者だったダム工事の現場監督が、綿流しの祭りの夜に、殺されて遺体をバラバラにされた。それだけでも子どもにとっては十分、刺激が強過ぎる事件だった。

しかも、遺体の一部がまだ見つかっていない…というのも子どもの世界では十分に怪談になりえた。

切断された右腕が、体を求めて未だ徘徊《はいかい》している…という話は、子どもの世界では圧倒的信憑性《しんぴょうせい》を持ってまかり通っていたものだ。しかもその事件のあった日は、雛見沢の守り神、オヤシロさまを祀る祭の夜…ともなれば、噂が噂を呼び、オカルト色を深めるのに時間はかからなかったものだ。でもどんな噂も、さすがに一年を経過すれば色褪《いろあ》せる。

…そして、ダム計画の凍結宣言が出て、本当の意味でお祭りになった初めての綿流しの夜。

祟りは再び起こったのだ。犠牲者は、雛見沢の住人でありながら、ダム計画に賛成していた北条という男で、旅行先で夫婦共々、転落事故に遭い死亡した。(厳密には、妻の死体は捜索中だと思った。確か、まだ見つかってないんじゃなかったっけ?)オヤシロさまの祟りを一番受けるべき男が、またしても綿流しの祭の夜に。

薄れかけていたオヤシロさまの祟りの話は一気にぶり返したのだった。それまで、オヤシロさまの存在は希薄《きはく》なものだった。

少なくとも子どもの世界では、神社の御神体《ごしんたい》の名称であるだけで、それ以上の意味も以下の意味も持たない、そんな程度の扱いだった。神社の鳥居《とりい》でおしっこをしている悪ガキもいたし、私だって賽銭箱《さいせんばこ》に手を突っ込んだことくらいある。神社の神様なんて、そのくらいどうでもいいものだった。二年繰り返せば、もうオヤシロさまの祟りを疑《うたが》う子どもはいなかった。皆、本気でオヤシロさまの存在を信じて、怖がったものだ。

今までは誰も興味を示さなかったオヤシロさまの昔話が、急に脚光《きゃっこう》を浴びるようになった。年寄り連中がするカビ臭《くさ》い昔話に神妙《しんみょう》に聞き入り、少し前までなら誰もが笑い飛ばしたような、オヤシロさまの奇跡の数々を本気で信じたものだ。で、そのオヤシロさまのルールというのがひどく単純明快だったのだ。

曰《いわ》く、雛見沢に踏みいる外敵を祟る。里から出ていく村人を祟る。この里の定義がひどくあいまいで、雛見沢村から出たらいけないのか、興宮の町はセーフなのか。

一歩でも出たらアウトなのか、二泊三日の温泉旅行くらいだったらセーフなのか、子どもの世界で様々な線引きが行なわれたものだ。最終的には、オヤシロさまがセーフとする圏内《けんない》は雛見沢村か興宮の町に自宅があること、自宅があるならば、長期旅行も可能…というヘンチクリンな決着になったはずだ。

(子どもの世界のルールだし。くだらない、って言うのはダウトだろう)

それに照らし合わせると、私が、遠方の全寮制学園に送られるという話は、オヤシロさまに祟られる条件を満たしているようにも見える。

祟りを信じているると対外的に言うのが恥ずかしいお年頃だったので、私は口には出さなかった。

でも内心は、異郷《いきょう》に送られることで、オヤシロさまの祟りに遭うのでは……と、ちょっぴり怖がっていたことを覚えてる。

「でさ、その翌年にも起こったんだよな。」

「やっぱり二年連続ってのは結構、キますよねぇ。私ゃ今でもオヤシロさまは信じてるなぁ。」

「詩音ちゃん、二年なんてもんじゃないよ、知らないの？」

「知らないですよ。何の話？」

「…………そっか。詩音ちゃんはアレの直前に学園に行っちゃったんだもんな。…知らないよな。」

叔父さんが、少し余計なことをしゃべり過ぎたというような顔をする。……知らないなら、知らないままの方がよかったかな、…そんな顔。

「何、叔父さん。そこまで話を振《ふ》っておいて、急に黙られると面白くないですよー。」

「…………まぁ、詩音ちゃんももう小さい子じゃないもんな。」

「叔父さん、私の体のラインが未だ幼児体型に見えるってんなら、目医者行くか、ロリコンって呼ばれたいかのどちらかを選んでもらうことになるんですけど。」

「……あー、もぅ、わかったよ。別に隠しゃしないよ。あったんだよ、その後も。」

「あったって。…叔父さん、さっきから何の話？」

ちくり。もっと小さかった子どもの頃。…………何かよくない話を聞かされる直前には、必ずこの、ちくりがあった。

胸の奥に住んでいる小人が、良くない事があるのを事前に知らせてくれるのだ。…手に持った、小さな針で心をちくりと刺して。このちくりがあった直後に親に呼ばれたなら、それはきっと嫌な話やお説教。

…だから私は敏感に反応して逃げ出したものだ。でも、歳月《さいげつ》は私を鈍くしてしまっていた。

せっかく、心の中の小人が教えてくれたのに、……私は何もできず、ぼーっと座しているしかなかった。

「えっとなぁ…。実は推進派の北条が転落事故で死んだ次の年にもな。…つまりは去年なんだが。またあったんだよ。」

「あったって。…また綿流しの日に!?　三年連続で!?　また!?」

「そうなんだよ。ほら、雛見沢の神社あるよな？　古手《ふるで》神社。…あそこの神主《かんぬし》が祭りの夜に突然、ポックリ逝《い》っちまってよ。聞いた話じゃ原因不明の奇病で急死したとかしないとか！　それもまたしても綿流しの夜に。で、カミさんもその晩の内に沼に飛び込んじまって…、そりゃあもう大騒ぎさ。村長たちが集まっててんやわんやの………」

魅音とおしゃべり

「うん。奇病ってのは尾ひれだと思うけどね。急死したってのは本当。神主さんは綿流しの準備で大変だったと思うし、あの頃は少し体調を崩《くず》してたみたいだからね。急性心不全とかそうゆう感じの、よくあるヤツだったんだと私は思ってるけどね。」

「でも綿流しの日にってのが異常でしょ。それも三年連続で。普通に考えたら、人の死がこうも同じ日に重なるなんてことは考えられない。」

「警察も検死したみたいだけど、その後、特に騒がなかったってことは、死因に不審な点はなかったってことじゃないの？　……まぁでも、詩音の言う通り、人の死が三年も続いて綿流しの日に重なると、やっぱり普通じゃないって思うね。」

「それに、さっきお姉も言った通り、オヤシロさまに祟られそうな人ばかり怪死する。これは絶対に何かあります。祟りでも陰謀《いんぼう》でも、とにかく絶対裏に何か因果関係がある。」

魅音とは興宮駅に近い図書館で落ち合う事にした。…魅音を信用しないわけじゃないが、私の住んでいる場所をわざわざ知らせる必要はない。この、賑《にぎ》わいのない図書館は、町の人間もそんなには使わないし、ましてや雛見沢の人間はさらに使わない。

だから、人知れず私たちが落ち合うには都合がよかった。私たちは今後の生活の仕方や、私のバイトの今後の進め方、姉妹の連携の仕方を十分に確認し終えると、よもやま話に花を咲かせるのだった。私が町を離れていた期間は約一年に過ぎない。だが、一年もあれば環境も何かの変化を遂げるものだ。

…私はそういう様々な変化を魅音から聞き出し、空白の一年を取り戻そうとしていた。そして…たくさんの話をする内に、さっきバイトの打合せに行った時、叔父さんに最後にされた話…。

オヤシロさまの祟りの話に行き着いたのだった…。私が町を離れる時。祟りはすでに二年連続で起きていた。一年目の現場監督バラバラ殺人も結構インパクトがあった。そして翌年、ダム計画の凍結が発表され、勝利に沸《わ》き返る雛見沢で迎えた綿流しの祭りの日に、今度は村の裏切り者であるダム推進派の北条夫妻が転落事故。

これも…相当のインパクトがあった。雛見沢を穢《けが》すダム現場の監督に天誅《てんちゅう》が下り、そして次に村の裏切り者に天誅が下る。

……一年目だけなら、オヤシロさまの祟りだと騒ぎつつも、不幸な事件だと思うことができる。

でも、二年目が重なると、これはひょっとして…まさか……本当に祟り？という、そういうムードだった。私が知るのはここまで。

そして私が町を離れている間に。…三年目も起こっていたのだ。雛見沢でも興宮でも、…あの頃とは比較にならないくらいの鮮烈なインパクトを持って、オヤシロさまの祟り説が飛び交っていた。

…私は認識を改める必要があった。私が町を離れている間に、オヤシロさまの祟りは圧倒的現実感を得ていたのだ。私の知る二年目までが、ひょっとして祟りかも？　という疑問形だとすると、三年続いた現在は、これはもう祟りに違いない…という確信めいたものにまで至っている。そして三年目に死んだ神主も、村の仇敵《きゅうてき》とまでは行かないものの、雛見沢の村人たちから、あまりいい目で見られてなかった事実があるので、…その信憑性はますます高まった。

「神主は確か……嫌われてませんでした？　同盟の役員から。」

「うん。日和見《ひよりみ》主義なんじゃないかって叩かれてたね。戦争末期は、同盟内でも過激な理論がまかり通ってたから。神主さんの穏健《おんけん》な態度はそういう人たちにとって、気に食わないものだったと思うね。」

神主は顔は厳《いか》めしいし、言葉遣いもどことなく硬くて、確かにぱっと見、おっかなそうな人だった。

だが、実際にはすごく温厚で、控《ひか》えめな性格の紳士《しんし》だった。この控えめ、という辺りは多分、神主さんが婿養子《むこようし》だからというのもあるだろうが。夏祭の会場でもあり、村の集会場所として開放もされている神社の管理人としては、そういう性格の神主さんは、適材適所であったかもしれない。だが、そんな井戸端《いどばた》会議場みたいな神社は、ダム戦争勃発《ぼっぱつ》と同時に結成された反ダム抵抗組織、鬼ヶ淵死守《ししゅ》同盟の事務所所在地になった途端に、その雰囲気をがらりと変えることになる…。そもそもダム戦争以前は、オヤシロさまはそんなに祀られていなかった。信心深い年寄り連中はもちろん崇《あが》めていたが、平均的な人々にとっては、当たるも八卦《はっけ》当たらぬも八卦程度の、その程度の扱いの神様だった。

そしてダム戦争が始まった時、その程度の扱いだったオヤシロさまは、村の抵抗のシンボルとして急に担《かつ》ぎ出されることになったのだった。オヤシロさま信仰は根源を紐解《ひもと》けば、自分たちは仙人《せんにん》の一族で麓《ふもと》の下民どもとは違う、汚らわしい下民《げみん》どもは村に近付くな…という、排他的《はいたてき》な選民思想《せんみんしそう》に行き着く。

もちろん、そんな自分勝手な思想は大昔の話で、戦後の平和な日本ではそんな思想、まかり通るわけもない。だからこそ、時代の移り変わりと共に廃《すた》れた思想だった。だが、その思想はしっかりと残っていて、ダム計画に対抗するために郷土《きょうど》は団結せよというナショナリズムの煽《あお》りに掘り起こされる形で、復活してきたのだ。

そういう思想が復活すると、物事は過激な方へ流れる一方になる。……鬼ヶ淵死守同盟が、攻撃的な性格を持つのに時間はまったくかからなかった。あとはもう戦時体制みたいなものだ。一億一心火の玉だ、鬼畜米英《きちくべいえい》、欲しがりません勝つまでは。

大人も子どもも、外部からの敵を迎え撃てと意気込み、鼻息を荒くした。

……こうやって表現すると、何だかすごく嫌ぁな、まるで日本の戦時中の暗黒時代を彷彿《ほうふつ》させるが、前にも述べた通り、子どもたちにとってはあれは戦争というよりは戦争ごっこで、村全体が一丸となるお祭りのようなものだったのだ。………だが、お祭りとは言っても、異論を唱《とな》える者についてはその扱いは冷淡《れいたん》だった。

…その冷淡さについても、戦時体制という表現は逸脱《いつだつ》していなかったのだ。そういう流れの中で、ダム計画受入を表明した北条夫妻は…本当に勇敢《ゆうかん》だったと思う。

そして、二年目に事故死し、誰もがオヤシロさまの祟りだと信じて疑わない、「村の仇敵・裏切り者」の烙印《らくいん》を押されることになるのだ…。北条夫妻は村の裏切り者として、村《むら》八分《はちぶ》以上の責め苦を受けていた。誰もが冷たい目で後ろ指をさしていた。

そんな北条夫妻を村で唯一、敵視しなかったのが……神主だった。神主は、反ダムに異論は唱えなかったものの、北条夫妻の「立《た》ち退《の》きに応じて国から賠償《ばいしょう》金《きん》をもらい、生活を再建する」という主張にも、異論を唱えなかったのである。

北条許すまじをスローガンにし、スケープゴートにすることで村の団結を図《はか》ろうとしていた御三家（特に園崎家だが）にとって、同じ御三家の人間であり、しかも反ダムのシンボルのオヤシロさまを祀る神社の神主が、それを容認したというのは…とても苦々《にがにが》しいことだったのだ。鬼ヶ淵死守同盟の屋台骨《やたいぼね》であり、雛見沢村の大黒柱である御三家で足並みが揃わないことは好ましくない、御三家間でトラブルを起こしたくないということから、神主への糾弾《きゅうだん》は一切行なわれなかった。

……だが、人々は異端な神主を陰でヒソヒソと、オヤシロさまの神社の神主として相応《ふさわ》しくない、今にきっとオヤシロさまのバチが当たる…、と噂し合っていた……。

「今にして考えると、神主さんって結構オトナだったのかもね、って思いません？」

周りが熱に浮かされてるみたいな状況だったからこそ、ひとりクールに中立を保ってたのは結構、カッコいいことかもしれない。私はこの見解に、魅音も同じように考え相槌を打ってくれると思った。

……だから、魅音が苦笑いしながら、…私の意見に同調しなかった時、…ちょっと驚いた。

「…うーん…。本当に大人だったら、あそこは周りに合わせて協調すべきところだったと思うね。古手のおじさんは単に神社の神主だっただけじゃなく、仮にも御三家のひとつ、古手家の長だったんだからさ…。

雛見沢全体が結束しなくちゃならない時に、模範《もはん》となるべき御三家の人間が、自分から和を乱すのは……、それが大人と呼べるかどうかは、…私には難しいなぁ。」

思わず、きょとんとしてしまった。そして、こう言うのが精一杯《せいいっぱい》だった。

「……………。……………ふぅん。」

私たちは瓜二つの双子であっても、魅音・詩音という個々の個性を持っている。時には互いの見解に相違があることもある。でもそれは大抵、取るに足らない些細《ささい》なものの話だ。こんな…大きな意見の差があったためしは、一度もない。私はその違和感が面白くなくて、魅音と私の意見の違いを探ろうと思った。

「お姉の言う協調って言葉が、何だか好きじゃないんですけど。つまりそれって何？　村全体を考えて、神主さんは自分の考えを隠しているべきだったって、そういう話？　要するに全体主義の中で個を主張するなと、そういう話？」

「…べ、別にそこまでは言わないけど…。ただその、…やっぱり御三家の長のひとりなんだから、もう少し言動は慎重にしてもよかったんじゃないかって、…そういうことだよ。」

私の言い方が詰問《きつもん》めいていたのか、魅音は少し狼狽《ろうばい》しながら答えた。私は自分の言い方がきつい口調になっていたことに気付く。…魅音の言う話の方が、多分私たちの尺度《しゃくど》でいうところの大人の意見に違いなかった。

国という巨大な敵に立ち向かうため、全員が立ち上がらなければならない局面で、それに水をさすような真似は慎《つつし》むべき。

……こうして字に書いて読めば、それは理解できないことじゃない。だが、その全体主義的な考えに頷けるほど、私が大人ではなかったということだ。

いや、…私が大人でなかった、というのは適当じゃない。……魅音が、大人的な考え方をした、という方が正しいかもしれない。…私たち姉妹が、魅音と詩音に厳密に区別されてから一年ちょっと。

その間に私は学園に隔離され、町との接点を空白にしていた。…だがその間、魅音は園崎家当主の下《もと》で、次期当主としての帝王学《ていおうがく》を学んでいたのだ。もちろん、魅音は私が隔離される日以前からも次期当主として扱われてはいた。

何かの式典や会合がある度に鬼婆の隣に座らされたし、鬼婆不在の際には挨拶文を代読《だいどく》するくらいの役割はやらされていた。でも、そんな程度だった。私と意見を違えるくらいの差は生まれなかった。

この一年ちょっとの間に、魅音は…こんなにも「次期当主」になっていたのだ。

「……ふぅん。お姉もいつの間に大人になっちゃいましたね。」

魅音も、私が何を感じて何を漏らしているのか理解できたらしい。

「…やっぱり、私も婆っちゃみたいな考え方になっちゃってきたかな…?」

「いいじゃないですかー。お姉は次期当主なんだから。いつまでも下々《しもじも》と同じ考え方じゃまずいでしょ。さっすが帝王学を学んだだけのことはある。」

「そんなの学んでないよ。どうやれば婆っちゃのフリができるかって、それだけだよ…。」

詩音にだって簡単にできるよ。」

「あはははは、そんなのやりたくないです。鬼婆のお守《も》りは魅音のお役目。ま、疲れない程度にほどほどに頑張《がんば》りなさいませ。」

突き放した言い方のつもりはなかったが、魅音には少しそういう風にも聞こえたらしい。魅音は媚《こ》びるような苦笑いをしていた。私は少し表情を和らげた。

「お姉。………………うぅん、魅音。」

「…な、………何？」

「確かに私たちの別離《べつり》はいつも穏便じゃなかった。名前を引き離され、住まいを引き離され、…そして体を引き離された時も、いつもね。」

魅音は表情を暗くし、俯《うつむ》く。…そして、上目遣《うわめづか》いに私の表情を窺った。

「…あんたは私が、その辺りで逆恨《さかうら》みしてるんじゃないかって思ってるかもしれない。でもそれは、誤解。そりゃ確かに確執《かくしつ》はあったよ？　でもそんなのは時間の流れで消える程度のもの。あんたが引け目を感じるようなことは、何もない。」

私たちは母の胎内《たいない》を出る瞬間まで限りなく公平だった。

そして、生まれ落ちてから、外界の都合で無理やり優劣《ゆうれつ》が与えられた。

…その理不尽《りふじん》に、子供心が怒りの火を灯《とも》したこともある。それはもう否定しない。だが、そんなことが禍根《かこん》で、いつまでも私たち姉妹が心をすれ違わせる必要はないのだ。魅音は私の言いたいことは辛《かろ》うじて理解できたようだった。……私たち姉妹は互いの分身なれど、もちろん個性がある。私たち姉妹しか知らない個性。…それが互いへの依存度《いぞんど》だった。

私に比べると魅音は、相手への依存度が高い。…何かことあるごとに私を気にして遠慮《えんりょ》する、そういう性格だった。

魅音にだけ饅頭《まんじゅう》が与えられると、二つに割って私に持って来る。

与えられたのが飴玉《あめだま》なら、私の表情を窺って、同意が得られるまで口には入れられない。

そこへ行くと私は冷たい。自分だけが得できるなら、相手なんか気にしない。いただきます、ごちそうさまの二つ返事で口に放り込む。（もちろん、十分な姉妹愛が互いにあるのを前提《ぜんてい》にした上での話だ。私はお姉が嫌いなわけじゃないことを、改《あらた》めて強調しておく）

……その辺りは、互いに知っていて認めている。

魅音は、次期当主という分けて口に入れられない飴玉を、…口に入れていいものか、ずっと私の表情を窺いながら今日まで過ごして来たに違いないのだ。

「がんばれ、…魅音。私も詩音をがんばる。」

魅音の額《ひたい》に、ゲンコツをこつりと、押し当てる。……魅音はその私の拳《こぶし》にじっと額を付け、温《ぬく》もりとかそういう、触れ合わなければ感じられない微量なものを感じているようだった。この子は魅音。私は詩音。

この子は園崎家の次期当主で、私は明日はどこ吹く風の自由人。

それは差別じゃなく、個性だ。もう互いに相手のことを変に気にすることはやめよう。

互いに自分の個性で、肩の力を抜いて生きていこうじゃないか…。これらを口に出す必要はない。こうして、互いに触れ合うことでそれは伝わるのだ。

「…………うん。………ありがと。詩音。」

「がんばろ、魅音。困ったことがあったらいつでも相談して。私たちはいつだってそうやって来た。それはこれからも何も変わらないよ。」

「……うん。……うん。」

魅音は額で私の拳をぐいぐいと押しながら、俯きがちに頷き続けていた…。魅音とは、夕方を待たずに別れた。私は、空白期間にあった町の出来事を全て取り戻したし、姉妹水入らずなおしゃべりを十分に堪能《たんのう》できた。

…それに、互いが心の中で持ち合っていた、わだかまりも、解くことができた。今までの私たちなら、そんな話はしない。互いに会えなかった一年という空白期間のお陰だったのかもしれない。

「…………ふー。」

夕方を目前に控えた昼下がり。……私はほんの少し軽やかになった肩で、う〜〜んと、背伸びをして空を仰いだ。澄《す》み渡《わた》る空は、どこまでも青くて、そして遠い。

私という木が、どこまで枝を伸ばしても何もぶつからない。そんな、高くて遠い、大空だった。私は園崎詩音。……押し付けられた人生である学園を脱走した自由人。

咎められこそすれ、私の行く末は誰にも褒められないものになるだろう。

…でも自分が自分で選び取った人生なのだ。

「あっは！　…なぁんだ、私だって大人な考え方、できるじゃない。」

自分で自分を景気付けるように、勇《いさ》んでみせる。

元気も出たところで、夕食のお買い物にでも行こう。葛西に当面の生活費は工面《くめん》してもらったけど、やっぱり節約《せつやく》して使わないといけない。ジャンクフードもいいけど、割安《わりやす》にするためにも自炊《じすい》は避けられないかな。…皮肉にも、学園で叩き込まれた家庭科が役に立つ。上一色《かみいっしき》の商店街でも行くか。…あれ？　だったらこの道、こっちじゃない。向こうから行った方が少し近いはずだ。

夕方前の、ちょっと涼しくなりかけた風がとても心地よかった。

脱走連絡

買ってきたものを袋から出して冷蔵庫にしまっている時、葛西がやってきた。

「あー、待って待って。今、カギ開けます。」

「…お買い物の帰りですか？　お疲れさまです。」

「買い物程度で疲れてちゃたまんないよ、あははは。あ、葛西も食べてく？　独り者にはスーパーの野菜の単位は大き過ぎだしね。」

「よろしいんですか？　…ご厄介《やっかい》になってもいいものでしたら、ぜひ。」

葛西は、さてさてどんなものが出てくるやらと、興味津々な笑みを浮かべている。

「ちぇー。その顔は全然、私の腕を信じてないなぁ？　見てろぉ〜！」

「これらは冷蔵庫でいいんですか？　入れておきますよ。」

「あ、悪いね。…二人分だとお米はこのくらいかな。よっこらしょっと。」

葛西は袋いっぱいの食品の山を吟味《ぎんみ》しながら、器用に冷蔵庫にしまっていってくれた。

そして、ふと気付き、私に声をかける。

「……詩音さん。相変わらず缶詰はダメなんですか？」

葛西に言われるまでもなく、私の買い物には缶詰がない。…偶然じゃなく、意図的にだ。

「缶詰を避けての買い物はいろいろ大変でしょう。」

「ん〜〜…。理屈じゃわかってんだけどねぇ。…無理《むり》強《じ》いされりゃ、食べないこともないけど。……うぅん、それでも私ゃやっぱりパスだな…。」

「悪かったと思ってます。少しふざけすぎたと思ってますよ。だからそろそろ、あんな下らない話、忘れて下さってもいいのに。」

「あ〜〜もぅ、うっさいなぁ！　男が厨《ちゅう》房《ぼう》にちゃらちゃら出入りしない！　テレビでも見てて大人しくしててよー。」

葛西は小さく笑うと、それ以上ちょっかいは出さず、大人しく引っ込んでくれた。自分でも馬鹿だなぁと思うのだが。……私は缶詰がダメだ。知らずに食べても、あとからそれが缶詰の肉だったと教えられるだけで吐きそうになってしまう。

きっかけは下らない。……昔、小さい頃に、葛西に吹き込まれた怪談のせいなのだ。……ほら、都市伝説なんかによくあるじゃない。

出所《しゅっしょ》不明の怪しげな肉の話とか。ハンバーガーの肉にはミミズが混じってるとか、牛丼屋《ぎゅうどんや》の牛肉には犬の肉が混じってるとか、そういう類の話。

小生意気《こなまいき》な私が大いに怖がるので、葛西はだいぶ面白がって吹き込んだらしい。葛西は面白いからそれでいいが、当時の私には大いに問題だった。スーパーの缶詰コーナーで泣き出すくらいの缶詰嫌いになったのだから。

もちろん、今ではそこまで過剰な反応は示さなくなったつもりだが…。やっぱり好きではない。……好きでないなら、無理をすることもないと、今ではごく当り前のように缶詰を避けて生活している。ちなみにこれは私だけの固有のものだ。魅音にはない。

葛西のヤツも、少しはこれについて責任を感じているようだが、舌を出して謝る以上のことはできないようだ。私みたいなパーフェクトな人間にも、その程度の好き嫌いがあった方が面白いかもしれないしね。あはははははははは。

「葛西〜、机の上の新聞どけて〜。」

「いい匂いですね。ご馳走《ちそう》になります。」

「量が足りないと思ったら、あとは勝手に牛丼屋にでも行くことー。あ、テレビは切らないで。私ゃ静かな食卓ってヤツが苦手だから。」

「では、いただきます。」

「で？　葛西、何の用だったの？　何か用事があって来たんでしょ。」

お茶碗を渡しながら聞く。食事が終わってから聞いてもよかったが、そういう回りくどいのは苦手だ。

「…食事が終わってからの方がいいかと思ってましたが、…食べながらにしますか？」

「葛西が来た時点で、ずーっと何の用か気になってるから。先に言ってくれた方がゴハンの通りがよくていいかもです。」

「ご自宅に学園から電話が今日、ありました。」

「今日？　あっははは、そりゃ遅いね。よーっぽど表沙汰《おもてざた》にしたくなかったと見えるなぁ。あっはははは。…で、どうなったの？」

「電話は茜《あかね》さんが取りました。親父さんには後で折《おり》を見て話すそうです。」

茜さんってのはうちの母を指す。両親が結婚する前から旧知の葛西らしい呼び方だ。

「で？　母さんなんか言ってた？」

電話を受けたのが母さんなのは、まだツイてた方かもしれない。母さんは比較的私の味方だからだ。

「仕方のないヤツだ、と漏らしておりました。…こういう結果も、決して予想外ではなかったような顔つきでしたね。」

「……ふーん。親父にはまだ知らせてないんだ？」

「茜さんなりにタイミングを計っているんでしょう。多分、二、三日中には話すものと思います。」

「……親父は鬼婆寄りだからなぁ。耳に入れば自動的に鬼婆にも伝えるだろうな。で、鬼婆の耳に入れば、見つけ次第、即刻ここへ連れて来い。申し開きの如何《いかん》によっては、指の一本や二本…ってことになるだろうねぇ。…おっかないこって。あははは！」

「笑い事で済めばいいんですがねぇ。…詩音さんの指だけじゃ済まないかもしれないってとこだけ、よくお願いしますよ？　…あちちち…。」

「あっははははは！　がっつくからだよー。あ、ちなみに味噌汁《みそしる》もご飯も作りすぎてるから、御代わりは強制ね？　三杯は絶対食べること！」

その数日後、魅音から、鬼婆の耳に私の脱走の話が及《およ》んだことが伝えられた。

「で？　鬼婆はどんな感じだった？」

「婆っちゃはカンカンでさ。もしも興宮界隈《かいわい》に帰ってきてるなら、見つけ次第即刻、自分の前に引っ立ててろってさ。」

「おーコワ。で？　実際に親父とかの動向《どうこう》は？」

「近々の親族会議で、詩音をかくまってないか問《と》い質《ただ》すみたいだね。でも、若いのに町中を捜《さが》させるとか、そういう真似はしないみたいだよ。」

親族会議で問い質す、というのは鬼婆の手前《てまえ》だけのこと。町中を根こそぎ捜す気がない、ということは、これは暗に私の存在を認めてくれてるようなものだ。

もちろん、目立つところに堂々と出て行けばすぐお縄になるのだが。

「……母さんがずいぶん暗躍してくれたみたいだね。」

母さんなりに、私の生き方を応援してくれてるのがわかった。……長くなるから説明を端折《はしょ》るが、母さんは園崎家の血を引く人間だが少し異端なのだ。

ずいぶん昔、園崎家の戒律《かいりつ》とかそういうのを徹底的に嫌ったことがあるらしく、鬼婆ととことん喧嘩し、勘当《かんどう》されたこともあるらしい。

…本来、園崎家次期当主は母さんだったのに、それが剝奪《はくだつ》されて、孫であるお姉が次期当主にスライドしたのには、そういう経緯があるらしい。今でこそ大人しくなり、波風《なみかぜ》を立てないようになったが、母さんが異端であることに変わりはない。……だから、園崎家のややこしい戒律で差別を被《こうむ》る私に、母さんは昔からいつも味方してくれたのだ。

「親父、最初はすっごくカンカンだったらしいよ？　母さんがだいぶなだめたらしい。…何のかんの言っても、親父は最後には母さんには勝てないからね。」

「ＯＫ、ありがと。また何かあったら教えてね。……本当の本当にヤバくなったら、私もこの町を離れるつもりだから。葛西とか義郎叔父さんとか…それに母さんとか、世話になった人の顔は潰せないからね。」

「…………………………。」

「…お姉、あんたが今、何を考えてるかわかりますよ。どうして同じ血を分けた姉妹なのに、詩音だけこんな隠れるように生活しなきゃならないのか…でしょ？」

魅音はしばらくの沈黙をもって、それを肯定した。

「詩音だけ…こんな窮屈《きゅうくつ》な思いをするのはフェアじゃないよ…。絶対。」

「…ありがと。気持ちだけでもうれしいです、お姉。」

「……表に出たい時とか、あったら相談して。詩音がいつでも魅音になれるよう、協力するからさ…。」

お姉の申し訳なさそうな口調。…こういう時は、変に言葉を失ったり、付き合うようなことを言ったりすると泥沼になる。

お姉は私と違ってドライじゃない。深みにはまると落ち込みやすい性分《しょうぶん》だ。だから、そっけなくこう告げてやった。

「ありがと。……実はそれが一番ありがたいです。じゃ、切りますね。じゃあね、またね。」

にじんだ日記

沙都子《さとこ》は、僕の背中に隠れて泣いていた。しがみ付いて泣いていたので、涙と鼻水で僕の背中はすっかり濡《ぬ》れてしまっていた。ヒステリックに叫び続ける叔母も、さすがにもう体力が続かないようだった。……やがて、時計が深夜の午前一時を指していることに気付き、それでもなお、暴言にも等しい捨《す》て台詞《ぜりふ》を吐き続け、…ようやく矛《ほこ》を納めてくれた。沙都子はずいぶん前から泣き疲れ、朦朧《もうろう》とした表情で俯いていた。

叔母がいなくなっても、まだ自分が解放されたことに気がつけていないようだった。だから僕は、そっと沙都子の頭を撫《な》でながら、言ってやった。

「……終わったよ。…沙都子。」

ぴくんと、…沙都子のうなじが震える。沙都子の瞳に、生気と涙が蘇《よみがえ》る。……そして、僕の顔を見上げた。

「…………………。」

何が終わったのか、わかっている。…でも、それをはっきりと僕の口から聞きたいと、沙都子の目が訴えていた。……本音を言えば、…僕も精根《せいこん》尽き果《は》てていた。

その程度のことを、わざわざ口に出させようとする妹に、ほんのわずかな煩《わずら》わしさを感じた。

でも、僕は涙ぐむ妹を少しでも労《ねぎら》ってやりたくて…。やさしく、沙都子の期待している言葉を口にしてやった。

「……もう、叔母さんの小言は終わったよ？　……だから、ね。…寝よう？」

沙都子は…瞳からまた涙をぽろぽろと零《こぼ》しながら、僕にしがみ付く。

そして声を殺しながら、再び泣いた……。かすかに震えるその背中が痛ましい。

……そんな背中を見る度《たび》に、…沙都子は僕が守らなければならない、僕以外に誰も守ってくれないということを思い出す…。

「さぁ。…歯を磨《みが》いて、それから布団を敷こ。…そしてぐっすり休も…。」

沙都子は弱々しいながらも、笑顔を見せて頷き返してくれた。頭がくらくらする。

…全身の緊張が解けるに従い、深夜の一時に相応しい暴力的な睡魔《すいま》が襲い掛かる。

沙都子が洗面台を使っている間、僕は用を足すために便所にいた。じょぼじょぼじょぼ…と、…自分の小便が便器に注《そそ》ぎ込まれるのを見て、…僕は放心していた。

気を許すと、小便が便器から外れそうになる。…いや、自分自身が便器に吸い込まれるような錯覚《さっかく》さえ感じた。……もう思いだすこともできない。

今日の叔母は、何がきっかけで怒鳴《どな》り出したんだっけ……？

悟史くん

悟史くんとの出会い

のんびりとしたいつもの昼下がりだった。ぶらぶらと表を歩けない私は、買い物ですら、魅音と口裏を合わせる必要があった（口裏合わせは慣れみたいなもので、今では何も苦痛に感じなくなっていた）。

だから必然的《ひつぜんてき》に、買い物はまとめ買いになる。今日の買い物もそうで、私はいくつものお店と自宅を往復して、あれやこれやと買い漁っていたのだった。

「え～～と、あれは買った、これも買った。…あ、そうだ！　今日って百円セールの日じゃなかったっけ⁉　忘れてた忘れてた！」

そう思い、上機嫌な私は両腕《りょううで》を振り回すようにして、ぐるっと踵《きびす》を返す。さながら小さなつむじ風。

そのつむじ風は、歩道を塞《ふさ》ぐように、実に邪魔《じゃま》っけに停《と》めてあったバイクに腕をバシンとぶつけてしまう。

「…痛《い》って‼　な、……もぅ‼　何、こんなとこに停めてるの誰ー⁉」

上機嫌な私はノーウェイトで、その邪魔っけなバイクに蹴《け》りをくれてやった。バイクは三台。それらはドミノ倒しのように、バタバタンと倒れていった。あまりに綺麗に決まったので、自分でも少し面白かった。上機嫌な時ってのは、いろいろとガードが甘いものだ。

私はこのバイクの持ち主がすぐ近くにいて、しかも非常にガラの悪そうな連中だということを、全然気にしていなかったのだ。連中はバイクを蹴り倒して意気揚々《いきようよう》と立ち去ろうとする私の襟首《えりくび》を摑んで、薄暗い路地裏《ろじうら》に引きずり込む。

そして浴びせる罵詈雑言《ばりぞうごん》…。私はあまりの舞台転換《ぶたいてんかん》の速さについていけず、しばらくの間、何が何やらわからずきょとんとしていた…。

「んだてめンなろぉおおぉおおおッ!! すったるぁ、おるぁあッ!!」

「をるぉんったら、ぅッってん場合じゃぇえぇんあぞぉぉお!!」

「ごらあッ!! んまってンら、なしツくとぉッんじゃねえぞおおぉおおッ!!」

…うっわ。素敵に日本語支障《ししょう》してるなぁ。そもそも、何を言ってるのかわからないから、思わず苦笑いして、小首をかしげたくなる。最大限に彼ら三人の発言を好意的に翻訳《ほんやく》すると、つまりこういうことだ。

私たち三人は、自分たちのバイクをあなたに蹴り倒されて大変、憤慨《ふんがい》しています。あなたは非を認めた上で謝罪《しゃざい》し、係《かか》るバイクの修繕料《しゅうぜんりょう》と慰謝料《いしゃりょう》を直《ただ》ちに即金《そっきん》でお支払いいただきたい。……とまぁ、多分こんな感じかな。

で、私どものご意見を申しあげましたが、それについてそちら様はいかがお考えでしょうか？ ご意見賜《たまわ》れれば光栄かと存じますので、どうかよろしくお願いいたします……。

ってな感じだと思う。

「うらぁ!! うッとんでぁあいじゃねえどおらあぁッ!!」

「あぁ、ごめんなさい。さすがにそろそろ翻訳不能かも。」

「ああぁッ!? んだとごらあぁッ!!!」

もちろんご趣旨《しゅし》はわかってる。

でもまぁ、あんなに堂々と歩道塞いでバイク停めてりゃさ。いずれ誰かが天誅《てんちゅう》下さなきゃならなかったと思うわけだし。ノーマナー行為には然《しか》るべきペナルティがなきゃ、公衆道徳を遵守《じゅんしゅ》してる人たちが気の毒でしょ。私のあれは、まぁ偶然《ぐうぜん》の事故だったわけだけど、神さまの視点から見れば、これは立派な天罰《てんばつ》だ。でも神さま…。私を使って天罰を下すのは勝手だけど、その後こうして路地裏みたいなところに引きずり込まれて、不良三人組に、よってたかって罵倒《ばとう》されることに対するフォローはどうなってるわけ…? はぁ、と大きなため息をひとつ。

…今さら言うまでもないだろうけど。私はこの状況に欠片《かけら》ほどの恐怖心も持っていない。なぜなら、…そんなに危機的状況とは思わないからだ。女の子ひとりに対して、大柄《おおがら》な男が三人がかりで、ありったけの怒声《どせい》を浴びせるってのは、インパクトとしては強いかもしれないけど、いろいろと彼らに不利な点が多過ぎる。

まず性別の違いと人数の違い。言うに及ばず、たとえ私が八割方悪くても、女を怒鳴る男は自動的に悪者扱いになる。そして、人数比も一：三ともなれば、さらに数の暴力も成立するから、どう公平に見たって、両成敗《りょうせいばい》にはならない。そして路地裏というシチュエーションと、彼らの要求が謝罪に留《とど》まらず、金銭要求に及んでいる点も、彼らにとって致命《ちめい》的《てき》だ。

これだけ致命的条件が重なれば、大衆《たいしゅう》正義《せいぎ》は私に味方する。…つまり、結果の見えた勝負なわけだ。彼らの勝利条件は、そういった大衆正義に裁《さば》かれる前に、私を観念《かんねん》させてなけなしの小銭《こぜに》を巻き上げること、ということになる。

…そう考えれば、大衆に発見される可能性が少しでも低そうな、この路地裏に私を引っ張り込んだのは十分に理解可能だ。

「ううらぁ!!　聞いてんのかンにゃろおおぉおぉお!!」

だが、私は彼らにほとんど勝率がないのをすでに知っている。まずは相手が私だということ。今、ここにいる私は「園崎魅音」なのだ。

その私を、この興宮の町で襲うのは愚の骨頂だ。雛見沢関係の人間がすぐに群れ集まってくるだろう。彼らは同郷の人間に対する外敵を許しはしない。そして次に、彼らに土地《とち》勘《かん》がないこと。土地勘があれば、そもそも「魅音」がどういう人間で、ちょっかいを出すことがどれだけ命知らずなことかわかっている。そして、この一見、ひと気のない路地裏が、実際はそうでもないことも知らないのだ。

この一見、誰も通らなさそうな路地裏は、然るべき時間には、家路への近道として使われる、地元の人間ならみんな知ってる抜け道であることをわかっていないのだ。

夕暮れ時にもなれば、ここは様々な人間が通る主要幹線に早変わりする。そして、刻限《こくげん》はそろそろ夕方。あとはのらりくらりと時間を稼ぐだけで、ここにはたくさんの人通りができるようになる。こいつらは退散《たいさん》せざるを得なくなるのだ。

押しもせず引きもせず。あと少し粘《ねば》れば私の勝ち。そんな気軽な喧嘩だった。彼らは口《くち》汚《ぎたな》く罵《ののし》ったり、襟首を掴み上げたりはするものの、実際に暴力を振るうわけじゃない。レディーファーストを潜在意識に刷《す》り込んでくれた彼らの義務教育に乾杯だ。

……だが、私が魔性《ましょう》なのは、待てば勝てる喧嘩なのに、遊び心を出してしまう点だった。彼らをより一層、悪者に仕立て上げ、より一層、言い訳がしにくくなる状況に、さらに追い込みたい。…そういう小悪魔的な興味が、ピンと角《つの》を立ててしまうのだ。平たく言えばつまり、私がより一層、可哀相《かわいそう》な可哀相な犠牲者を演じればいいのだ。誰もが同情したくなるくらいに、痛々《いたいた》しくて気の毒な悲劇のヒロインに。

…こういう時、いきなり泣き出すと男はぎょっとして手を引いてしまう。危機回避ならそれもいいのだが、私の目的は回避でなく泥沼《どろぬま》化なので、それはやらない。初めは虚勢《きょせい》を張り、粋《いき》がり、挑発気味《ちょうはつぎみ》で。…だけれども、だんだん声に張りがなくなってきて、おどおどしてきて、うるうるになってきて。……ここで微妙に、強気な女の子が徐々に屈伏《くっぷく》していく辺りに発する、萌《も》え要素が入ればよりベターな感じかもしれないな。……仮に理屈でそれが理解できても、それを実際に実行できるのは、…多分、私と魅音くらいのもんだろう。…ま、魅音よりは数段うまくやってみせるけど☆

「……そ、…そんなにしつこく言わなくてもいいでしょ!? 悪かったって、言ってるじゃないですかぁ…。」

微妙に虚勢をのぞかせながらも、どこかそわそわ。気付けばうっすらと目に涙。…こんなところかな? そう言えば、男の人って、自分の意志で涙腺《るいせん》を調節できないって聞いたことある。不器用な生き物だな。私が突然、モードを変えたので、三人組は一瞬戸惑うが、すぐに気を取り直し、ぎゃんぎゃんと意味不明な言葉ぶつけを再開してくれた。

徐々に深く、徐々にディープに…。誰がどう見ても言い訳のきかない弱い者苛めの構図へずるずると引き込んでいく…。

「……もぅ…許して、…ください。……っく、……えっく。…ぅう……!」

「な、なんだよこら!! さっきまでの威勢《いせい》はどこいったんだよンにゃろおぉお!!」

「…そんなの………ったって、……ぅっく、……えっく、…あぅうぅぅ…。」

「……そんな…今頃泣くくれえなら、調子くれてんじゃねえんだよッたくぉおぉ!」

ありゃ、三人組の威勢がちょいとなくなってきた。…少~し哀れにやり過ぎた? このまんま、今日はこの辺で許してやらあなんてことになると、つまらないなぁ…。

…そんな風に思いかけた時だった。

「い、…いい加減にしないか…！　もう泣いてるじゃないか、やめてやれ…!!」

私と同い年くらいの、男の子だった。体つきは細く、男としては華奢《きゃしゃ》に見える。線が細い、そんな感じが、誰もが抱《いだ》く第一印象だった。か細い体つきと顔つきは、どう考えても本来の年齢よりも下回る印象を受ける。

知性を感じさせる涼《すず》やかな眼は、蛮勇《ばんゆう》としか言えない今の局面にも臆《おく》することなく、大きく見開かれていた。

「なんだぁあぁあぁぁ…!?　ンなこの野郎おぉぉおぉぉ!!!」

「ッだんねえことっしてんと、ぁあじゃまねえぞぉおらあぁぁあァ!!!」

三人組は、泣き出した女よりも、新しく現れた文系の男の方がよっぽど与《くみ》し易《やす》しと判断したのか、私を放置してその矛先《ほこさき》を彼に向ける。彼は、次々に吠《ほ》え哮《たけ》る三人組に、多少たじろぎはしていた。これだけ攻撃的な感情に晒《さら》されれば、臆さないわけがない。…だが、こうなることを彼は覚悟して臨んだ。私を救うために声をかければ、こういう事態に絶対になることを充分に覚悟してから、臨んだ。

「黙ってたらわからんがなあぁああ!!　返事せんか返事ぃいいぃいい!!!」

「…………………。」

彼だって、猛々《たけだけ》しい言葉を返したかったに違いない。…だが、彼は今日までに辿《たど》ってきた人生の中で、こんな汚らしい言葉を応酬《おうしゅう》させたためしはなかった。だから彼は感情の高まりを言葉にして口に出すことができなかった。いや、どういう言葉で表現すればいいかわからず、口にできなかったのだ。だからせめて彼は、眼で語ることしかできなかった。不退転《ふたいてん》の決意でここにいることを、せめて眼差《まなざ》しで伝えるしかなかった。

三人組には、目の前の男が自分たちに畏縮《いしゅく》して言葉を失っているようにしか見えないのかもしれない。だが、やがてわかる。……気迫というもので、決着がつくのなら、三人はすでに彼の気迫に負けているのだ。

……そして彼らは、負けた。気迫に負け、追い詰められ、腕力《わんりょく》に訴える以外の手段を失ったのだ。三人組は、彼に摑みかかり、殴《なぐ》って、蹴って、投げ飛ばしたりした。…それはもちろん、彼にとって苦痛を伴うものだったが、全部見ていた私だけはわかっていた。

彼は間違いなく勝ったのだ。やがて、…私が望んだとおりの頃合《ころあい》に、通行人たちがやってきて、この蛮行を咎めた。三人組はこれ以上、この場に留まっても何も得る物がないことを今さら悟り、慌《あわ》てて退散していった。……すっかり土埃《つちぼこり》で汚れてしまった服を叩きながら立ち上がる彼。私と目が合うと、本当に薄く苦笑いしながら、大丈夫かい？　と私に声をかけた。………大丈夫かと声をかけられるのはあんたの方なのに。

「……あんたも、よくもまあ、勝てない喧嘩を買う人ですね。次からは勝てる算段《さんだん》がついてから、喧嘩を買うことを強くお勧めしますけどね。」

「…最初は迷ったよ。あはははは…。」

彼は、苦笑いする。……彼は見ていたのだ。初めのうちは。

…一対一でだって恐ろしいようなチンピラ崩れの不良が三人も。見て見ぬフリをして、立ち去る選択肢を、最後まで選ぶ余地があったのだ。

…なのに彼は、その選択肢の誘惑を拒否し、躍《おど》り出てくれた。

「そーゆうのは勇気って言わず、蛮勇って言います。身の程知らずとも言うかな？」

「……むぅ。魅音は口が減らないね…。助けてくれてありがとうくらい言ってくれよ。泣いてたじゃないか。」

「……べ、別に泣いてなんかいません！　あれはちょっとした演技でぇ…！」

「あはははははは。いいよ、演技でも。あはははは。」

「ちょ、ちょっとぉ！　信じてないでしょ!?　私が本当に泣き出すと思いますかー!?」

「思わないよ。天下御免の園崎『魅音』が、不良に苛められて泣き出したなんて、誰も思わないよ。あっはっはっは。」

「なな、何を笑ってるんですかー！　全然信じてないでしょ!?　私が半泣きなんてするわけないー!!」

「はっはっは、信じるから、信じるから。」

その一連のやりとりでこっそりと気付く。…彼は、お姉の、園崎魅音の友人なのだ。

そして彼は、私が魅音の双子の妹であることを知らない。私のことを、髪《かみ》をおろした魅音だと思っているのだ。…私たち姉妹は、小学校に上がる時に住まいを分けられた。魅音は雛見沢。私は興宮。そして、学校も環境も、まったく雛見沢と重ならないようにさせられてきた。

だから、私という、魅音の妹の存在を知らない人間がいてもおかしいことはない。いや、むしろ知っている人間の方が希少《きしょう》だろう。私は、魅音じゃなくて自分は妹の詩音だ、と喉《のど》のすぐそこまで言い掛けたのを危《あや》うく飲み込む。

……詩音はここにいていい存在ではないのだ。彼は雛見沢の人間。彼に、魅音と瓜二つの別人が町にいた…と知られるのはまずい………。だから私は、魅音として振舞《ふるま》うことを躊躇なく選ぶ。…考えようによっては、彼とのやりとりは、今の不良連中との喧嘩よりも厄介なものなのかもしれない。

「…でも、ま。魅音にも少しは女の子らしいところがあったんで安心したよ。」

「何だか、みょーに引っ掛かる言い方ですけど、つまりはどういう意味です?」

「魅音のことだから、何だか珍妙《ちんみょう》な拳法でも使って、瞬《また》く間に撃退してしまうんじゃないかって期待してたね。…だから、泣き出したときは、正直、驚いた。」

「だだ、だーかーらー――! あれは泣き真似だったたって言ってるじゃないですかー! さっきから人の話、ちゃんと聞いて、………………。」

…彼は大きな手の平を私の頭の上に、そっと載《の》せると、…まるで赤ん坊の頭をそうするように、撫でてくれた。………私だって、幼少の頃にはこんな風に頭を撫でられることもあったが、…もうずいぶんとこんなことをされた覚えはない。

あまりに…唐突《とうとつ》のことで、わわ、わ、……ぅ…。……なんで私はこんな恥ずかしい目に…？

……顔中が火を噴いたように真《ま》っ赤《か》になって、言葉が失われてしまう……。

「ちょ、…………………ば、馬鹿にしてます？　ひょっとして……？」

赤面して言葉が詰まりがちになってしまう私。だが彼には照れる様子はなく、さも当り前のことをしているかのように涼しげだった。

「あはははは。…何でもいいよ。よかったじゃないか。」

「……よかったって、…何がです？」

「無事で。」

短くそう言い、頭を撫でてくれた彼の笑顔は、…言葉で形容できない神々《こうごう》しさがあった。逢瀬《おうせ》の時間は長くはなかった。…私があの三人組から解放されたのだから、彼の目的はすでに達せられている。

「…じゃ、僕は行かなきゃならないから。そろそろ行くね。」

「あ、…………うん。」

私にとっては初対面として踏まえたい数々の段階も、彼にとっては存在しない。彼は友人の危機を救い、恩着せがましくすることを嫌って、さっさと立ち去ろうとしているだけなのだから。魅音と彼は友人で、もちろん互いを知り合う仲だろう。…だから、あなたのお名前は何ですか？　…なんていう言葉には、どうやってもつなげない。

名前すら知らない「魅音の友人」は、本当に本当に、…さっき見て晴れ晴れとした気持ちになったあの高い空のように、清々《すがすが》しい顔でもう一度笑ってくれた。…ほんのちょっぴりだけ悪戯っぽく。

「あはは、安心しなよ。魅音が泣いてたなんて、誰にも言わないから。……あはは、もっとも言った所で、誰も信じないだろうけどね。天下無双《むそう》の委員長が泣いてたなんて、絶対誰も信じない。あはははは。」

彼はもう一度お尻の埃《ほこり》を払ってから、立ち上がる。そして、薄暗い路地裏から、光に溢《あふ》れている眩《まぶ》しい通りへ歩いていった。そして、振り返り、私に告げた。

「じゃ、また明日。学校でね。」

「…………うん。…学校で。」

彼は、眩しくて目がくらむ様な日差しに満ちた大通りに消えていく。私は薄暗い路地裏に、ぺたっと座ったままだった。もう彼は、眩しい光の世界の向こうに溶けて、見えない。

私はただ、呆然《ぼうぜん》と、その光の世界を眺めて放心しているしかなかった。

それが私と悟史くんの、初めての出会いだった……。

魅音に悟史くんのことを聞く

「そりゃー悟史だよ、悟史。その特徴的な雰囲気と、気安《きやす》く頭を撫でるクセは間違いないね。」

「…ふーん。…悟史くん…って言うんだ？」

日中の彼の名前は北条悟史くん。普段はぽややんとした感じの、昼行灯《ひるあんどん》みたいな人らしい。…だからお姉は、悟史くんがいかに勇敢《ゆうかん》に自分を助けに来てくれたかを話しても、にわかには信じようとしなかった。

「普段はしっかり者？…の妹にいろいろと尻を叩かれてるなぁ、あははは。」

「ふぅん？　妹がいるんだ？」

「うん。妹は沙都子って言ってね。なかなか面白いヤツだよ。なかなか悪知恵が働くしね。その癖《くせ》、追い詰められると泣くし。見てて退屈《たいくつ》しない子だね。……まぁ、最近は色々とあってね。…ちょっと調子を落としてるけど。」

悟史くんのことを知ろうとすれば、妹の情報に及ぶのは当然だ。…私は悟史くんを知るために、悟史くんを取り巻く環境の全てを吸収しようとした。

………どうして？　どうして私は悟史くんのことを根掘り葉掘り知ろうとしてるんだ？

……それを自問したら、何だか急にあの、頭を撫でられた時の感覚が戻ってきた。

…鏡はないが、自分が赤面してるのがよくわかる。

「もしもし？　詩音？」

「え、あはははは、ごめん！　聞いてる聞いてる！」

「そもそもね、沙都子が叔母と折り合いが悪いらしいんだよね…。悟史は大人だから、その辺はうまく立ち回ってるんだけどさ、…沙都子は嫌なことがあると、素直に表情に出しちゃうからね。」

　お姉から聞かされた話は興味深かった。

……まず、悟史くんと妹の二人はすでに両親を亡《な》くしていること。そして、今は父方の弟の叔父夫婦のもとに身を寄せているということだった。どうもこの叔父夫婦というのが、尊敬できる夫婦ではないらしい。

　夫婦仲は非常に険悪《けんあく》で、旦那《だんな》は浮気三昧《うわきざんまい》。顔を合わせれば喧嘩ばかりなので、旦那は基本的には興宮の愛人宅で過ごすことが多いらしい。

…で、そんな状況で押し付けられてきた悟史くんと沙都子のふたりは、初めから歓迎されるべき存在ではなかったのだ。しかも、……なんと悟史くんたちの両親は、あのダム推進派の筆頭《ひっとう》の北条夫妻だというからさらに驚かされる。

それなら、憎さも倍増だ。…叔父夫婦がダム戦争中、どういう立場を取っていたにせよ、少なからずのとばっちりがあったはずだ。散々《さんざん》、自分たちに迷惑をかけた挙句《あげく》、勝手に事故死して、その子どもを二人も押し付けてきた…とあっては、憎さこそあれ、可愛さなどひと欠片も感じまい。で、…この一年ほど、沙都子と叔母の仲の悪さが特に顕著《けんちょ》らしい。女の苛めは陰湿《いんしつ》だ。相手が子どもだろうとそんなのは関係ない。しかも世間体《せけんてい》などお構《かま》いなしという残酷さも兼ね備える。…で、沙都子は最近、かなり苛め抜かれて疲れきっているらしい。

悟史くんは一見、穏《おだ》やかそうだが、……きっと妹を守るために、いろいろな場面で矢面《やおもて》に立つだろうと想像できた。私を助けに来てくれたように、勇敢に。

「なら、…悟史くんも普段は疲れてるってことになるのかな。」

「…え？」

「沙都子が叔母に苛められる度に、きっと悟史くんは妹をかばってると思う。妹が疲れるのと同じくらい、悟史くんも疲れてると思うのは私の考えすぎ…？」

「……ん、………えっと…。………どうだろうね……。」

私の言ったことはそんなにも鋭かったろうか？　魅音は少し狼狽したような感じになった。魅音の反応はつまりこうだ。

普段からあの、ぽややんとした雰囲気なので、とても疲れているようには見えない。だからそんなこと、考えたこともなかった、…だ。

お姉はこんなにも悟史くんの身近にいて、どうしてこんなに鈍感《どんかん》なのか。少し呆れるが、まぁそんなことはどうでもいい。

「まぁ、そんな話はいいや。で？　彼は普段はどんなことをしてるの？　文系みたいだから、読書とか好きなわけ？」

「あ、あははは！　えっとね、想像に違《たが》わずに、普段は読書して過ごしてるよ。最近読んでる本はね、えっと、…何て言ったかな。」

それからは悟史くんのいろんなことを聞いた。

好きなこと、嫌いなこと、考えてること。彼の考え方や好みが知りたくて、率直《そっちょく》にあれこれ聞いた。ある特定の個人に、興味を持ったのは恐らくこれが初めてだった。それが世間で何と言われる感情なのか、自覚するのが恥ずかしくて認めたくない。私ってば、つまりその……、頭を撫でられただけで恋をするような、安っぽいお人形だったわけだ…？

頭の上をこちょこちょくすぐるような、あの撫で方を思い出すと、胸がふわ…っとなる。

試しに自分で自分の頭を撫でてみたが、あの感触は再現できなかった。

……あははは、私ばかだ。何やってんだろ、自分で自分の頭を撫でてさ…！

「あはははははは…☆　お姉、私、もぅだめだ。ばかになっちゃった。」

「ふぇ？　何よ突然。気色悪い声で笑い出して。」

「あはははははははは、お姉にゃわかるまい、この気持ち。あはははは…☆」

彼に次に会える機会はいつだろう。窮屈だと思っていた生活が、急に、ぱぁっと明るくなった気がした。

悟史くんとの再会

私が過ごす日々は、まぁ窮屈でないとは言えないものだった。日中は自由に表を歩けるわけではなかったし、バイトに出るのすら、魅音との事前の打ち合わせが欠かせなかったからだ。

学園から抜け出せば、新しい生活が始まり何かの潤《うるお》いがある…と信じていた私には、どこか耐《た》え難《がた》い生活だった。こういう生活を長く続けると、人間はいい方には流れないよね。

そもそも、今の私には単純なコミュニケーションすら不足しているのだ。……このままではただの引《ひ》き籠《こ》もりになってしまう。

怠惰《たいだ》な生活に、緩慢《かんまん》に殺されてしまうことを、ささやかに危惧《きぐ》し始めていた頃だった。

そんな時、思い浮かぶのは、あのお姉の友人「北条悟史くん」の顔ばかりだった。彼とのコミュニケーションは信じられないほどわずかだったが。…それでも、この町での新しい生活を始めてからの中で、一番鮮烈な経験だった。

何か新しい生活、新しい何かの始まりを感じさせてくれるような、……子どもっぽい言い方だと、わくわくするような感覚を与えてくれた。そう思えば思うほど、彼のことを考えている時間は増えた。…これもまた、ある種の片思いのようなものなのかもしれない。自分のチープさと、彼の姿を勝手に美化してしまう乙女《おとめ》チックさに思わず苦笑した。そんなある日だった。彼と突然再会する機会を得るのは。

「…………………あれ？」

通りかかった公園で、ブランコに乗って黄昏《たそがれ》ている人影が、見知った顔だったからだ。放心しているのか、考え事に没頭《ぼっとう》しているのか。…彼は私が正面に立っても、しばらく気付こうとしなかった。自分は園崎魅音なんだ…、魅音のように喋るんだ、と数回繰り返してから、声をかける。

「へーい。何やってんの、こんなとこでさ。」

「……………魅音か。…びっくりしたぁ。」

「そんなに驚いてるようには見えないけどね。さっきから居たんだけど、ずっと気付かなかった？」

「……そうなのかい？　ごめん、気付かなかったよ。」

薄く苦笑いしながら、肩をすくめる真似をしてみせる。あからさまに元気のなさそうな様子は、見ていて胸が痛かった。その様子はひと目で、何か悩み事があるんだろうなと見て取れた。

「…何か悩み事でも？　聞いて楽になるものなら聞くし、力になれるものなら惜しまないけど？」

「いや、別に…。」

「私ゃ、悟史くんには一個、借りがあるからね。それとも、何。おじさんじゃ力になれないと思ってるわけぇ？　見くびられたもんだなぁ。」

「別に…。…魅音の力を借りたら意味がないことだからさ。」

「……ほー。それは何、つまり。私ごとき女の手は借りたくないってーこと？」

何となく納得のいかない拒絶に、頬《ほお》をぷーっと膨《ふく》らませる。…悟史くんはすぐに、私に誤解を与えてることに気付き、表情を軟《やわ》らかくして訂正《ていせい》してくれた。

「違うんだよ、魅音。…僕に実力がなくて、……ここ一番で打てなかったってだけのことなんだよ。」

…お姉から受け取っている情報群から、悟史くんに関連するカテゴリーを高速で検索《けんさく》する。

………悟史くんは文系だが、意外にも少年野球チームに所属。所属のチーム名は『雛見沢ファイターズ』。活躍の噂は皆無《かいむ》なところから、技量《ぎりょう》は低いと推定。それを恥ずかしがっているのか、チームに所属していることを、あまり積極的に公開していない。だが、期待に応えられず落胆している様子から、熱意はあるように見受けられる……。そういった情報のどろどろのスープを、お姉だったらこう喋るというフィルターにくぐらせていく……。

「なぁんだ…。そんなことで落ち込んでるわけぇ？」

「そんなことで、って。…簡単に言ってくれるなぁ、魅音は。」

あっけらかんと笑いながら、悟史くんの背中をバンバンと無神経に叩いてやる。こうやれば、悟史くんは多分、人の気も知らないで…と返してくるだろう。本人が悩んでる時は、無神経に元気付けないで真摯《しんし》に聞いてやる方がいいものだ。

この「お姉」の対応は多分、ミスだと思う……が、今の自分はお姉だから、ミスと知ってても仕方ない。お姉はこういう時、こうするのだから。

「あっはっはっは。それなら落ち込むんじゃなくて、なお一層練習に打ち込んで、次のチャンスを目指すのが適当ってもんでしょうがー。こういう時は練習しかないよ練習！まぁ悟史くんに、相手のピッチャーに小細工《こざいく》をしてまで勝ちたいという執念《しゅうねん》があるなら、おじさん色々と協力できるかもしれませんけどねぇ。」

「むぅ……。ズルしても何の意味もないよ…。…あ〜〜ぁ…。」

悟史くんは自分の中の未練を、大きく口から吐き出すような垂《だ》れてみせる。降参、諦《あきら》め、仕方ないや。…そーゆう感じのジェスチャーだ。

「諦めがいいのか、未練たらたらなのか。やっぱり男に生まれたからには、一度くらいは晴れ舞台でスターになってみたいでしょ？」

　悟史くんは、そりゃそうさとにっこり笑って答えた。

「もちろん、ヒーローを目指すのが華《はな》だけど。それが目的で野球をやってるわけじゃないよ。純粋にボールを投げたり打ったりするのが楽しいからやってるんだよ。…魅音でも、そういうの、わかるよね？」

「おじさんはそーゆうのは、あんまわかんないかな。私は結果が一番であるなら、どんな種目でも大好きだし。一番になれないのに大好きなんてものは、あんまりよくわかんないね。あははは！」

「むぅ…。あはははははははは。魅音らしい答えだなぁ。」

　悟史くんは、私が元気付けるために笑っているものだと気付き、私に合わせるように笑ってくれた。…その笑顔の清々しさを見る限り、そんなに落ち込んでいたようには見えない。つまり悟史くんは、試合の佳境《かきょう》で凡退《ぼんたい》していじけてたワケなんだけど。私が考えてたほどは落ち込んでいないようだった。たまたま試合が終わった後、公園でジュースでも飲んで一服してたのを、私が黄昏てるように見て、深く勘違いしてしまっただけだったのだ。

「……でも、魅音は一番になるために色々と努力をするからね。それは偉いと思うよ。うん。」

　悟史くんはとても軟らかく笑うと、ブランコから立ち上がり、……私の頭を撫で撫でしてくれた。すごく急に。無警戒なところに。

「へ？　………わ、……ぅ……。」

前に撫でられた時もそうだったんだけど……。…どうしてこの男は、こうも気安く人の頭を撫でるのかなぁ…！

頭を撫でられるのなんか、幼稚園以来だよ普通。まるでスイッチが入るように、幼児体験の数々が思い起こされて…自分が小さい子に戻ったような錯覚を抱いてしまう。……顔が真っ赤になって、恥ずかしくなって……ぽわぽわな感じがしてしまう。悟史くんは、まるで愛くるしい猫の頭でも撫でるかのように、無神経に。それに対して、私は撫でられるのが終わるまで、真っ赤になって目を閉じてるのがやっと。まるで歯医者さんで口を開けて、次に何をされるのか怖くて目を閉じてる女の子と変わらない。……そんな私の心境など全然気付きもせず、撫でてる当の本人は至って涼しげだった。…私に、どういう印象を与えているか、まーったくわかっていないのが憎々《にくにく》しい。

私は悟史くんが撫で終わるまでの数瞬《すうしゅん》を、じっと目を閉じて待ってるしかない。そして、その悟史くんの手は、不意に私を解放した。

「……じゃ、僕はそろそろ帰るよ。叔母さんに野球の帰りに買い物をしてくるよう、頼まれてるから。」

「あ、…………ん、」

うわずったよくわかんない、恥ずかしい声をあげてしまう。…私ったら、何て声出してるんだか…。

「ん？」

「っと、えっと！　……買い物なら、私も行くとこ。…夕飯の買い物。」

「？　あれ？　魅音も買い物するんだ。お手伝いさんが全部やってくれるって言ってなかったっけ？」

あちゃ…。ミスった。園崎本家の賄《まかな》いはお手伝いさんに任せきっている。園崎魅音本人が買い物をすることはほとんどないし、本人はその情報を一部に公開している。……『魅音としての発言』をミスった。私たちが滅多《めった》にしないミスだ。

でもそれを取《と》り繕《つくろ》うのはそんなに難しくない。

「町に遊びに来るつもりでいたから、たまには家事の真似事でもするかなって思って。買い物を私が引き受けてきたわけよ。おわかりぃ？」

「…あはは。魅音にしては珍《めずら》しいね。普段はそういうの面倒くさいって言って嫌がりそうなのに。」

「そうゆーのを余計《よけい》なお世話って言います！　ぁう！　頭、撫でないでぇ～！」

「あはは、あはは。」

悟史くんは私が照れるのが面白いらしくて、しばらくの間、私の頭を撫で続けていた。

だが、とりあえず適当に言いくるめて、うまくその場をしのぎきれたようだった。悟史くんは些細なことは気にしない便利な性格らしい…。悟史くんと一緒に上一色の商店街を歩きながら、…ふと考えた。さっきの私のミスは何だったんだろう。魅音が買い物なんか普段しないのに、自分も買い物だと言ってしまったイージーミス。

…魅音を演じている時にしたミス？

いや、……多分、そうじゃなくて。私が自分の言葉を、そのままフィルターを通さずに口にしてしまったからなのだ。私は自分に嘘がつけない。…だから深く考えずに認めた。つまりこれは。…私が悟史くんとの時間を、少しでも長く一緒に過ごしたがってるんだなぁ…、つまりそういうことなんだ。

なぜ彼に、自分がこう、まるでヒヨコの刷り込みみたいに興味を抱いているのかも、ちょっと考えれば理解できた。日々が単調な中での目新しい出会いであったこと。自分のことを魅音だと勘違いしてくれている故《ゆえ》の関係の気楽さ。エトセトラエトセトラ。……最後の最後に、人の頭を気安く撫でるヤツだから、というのを追記する。

それらを全部統括《とうかつ》して、……ぁぁ、私は淡《あわ》い恋心《こいごころ》というやつを楽しんでるんだなぁとすることにした。そう、これはカジュアルに恋心を楽しんでるだけ。別に、彼のことが好きになったわけじゃない。異性とのちょっとした時間を楽しんでいるだけなのだ。

そう割り切ると、悟史くんとこうして他愛《たわい》ないおしゃべりをしながら過ごす時間も、何だか楽しいものに素直に感じることができた。

「えっと……。…ブロッコリーってどれだっけ。…緑だっけ？　黄色だっけ？」

「悟史くん、そっちはカリフラワー。……悟史くんってひょっとして、キャベツとレタスの区別が付かないタイプ？」

「そ、それはひどいよ。これでも精一杯区別してるつもり…。」

そうは言いながら、悟史くんはブロッコリーとカリフラワーの山の前でにらめっこだ。さんざん迷った挙句、吸い込まれるように間違いの方に手を伸ばす…。

「それ違うー！　…悟史くんの買い物はハラハラしますねぇ。見てるこっちは楽しいけどさ。あはははは！」

「……むぅ。参ったなぁ。沙都子と一緒の時にも迷うんだよ。ブロッコリーとカリフラワーはどっちが何色だっけってね…。」

「…あんたら兄妹、二人そろって面白過ぎです。」

お姉の情報では、頼りない兄とそれを口うるさく世話焼く妹、という兄妹関係らしい。妹の沙都子には会ったことはないが、実の兄がこれでは、さぞやきもきするだろうなぁと思う。悟史くんの買い物は一事《いちじ》が万事《ばんじ》、こんな調子だから、満遍《まんべん》なくスリリングだった。

「それは調理塩。…コショウとか混じってますから、卓上塩とは異《こと》なります。」

「え、…そうなの？　ほら、確か理科の実験で塩とコショウを分離するのを確か…、」

「言い訳はいいから棚《たな》に戻す。…こっちが普通のお塩ね！　で、次は？」

「えっと、……あははは、魅音がいてくれると買い物が楽で助かるよ…。」

「…悟史くん、頭良さそうに見えて、社会生活に支障ありすぎです。もう少しお勉強した方がいいと思います…。」

「むぅ…。…それはひどいなぁ…。…あった。これかな？　ひょいひょい。」

「だ――だからそれは違う！　何でもカゴに放り込む前に値段と何人分かをよく確認するー！」

私が悟史くんに抱いた第一印象は、とても頼りになる強い人…というイメージだった。

だが、こうしていろいろ話していると、何て頼りなくて危なっかしい人だろうと驚かされてしまう。何ていうのか……放っておけない。危なっかしい。

油断してると横断歩道も、渡っていいのは赤だっけ？　緑だっけ？　なんて言って、ダンプにはねられかねない人だ……（汗）。

「千七百八十円になりますー。スタンプカードはお持ちですか？」

「え、……ぁ、はい。あります…。………っと、…………あれ、どこかな。」

「あー、すみません。ちょっと見当たらないんで今度でいいです。」

悟史くんがレシートだらけの財布を漁り続けるのを無視して、会計を済ます。

「ひどいな魅音…。スタンプちゃんと押さないともったいないよ…？」

「あんた、夕暮れ時のお買い物ラッシュの時にのんびりと財布を漁って、スタンプカードなんか探さないぃ〜〜!! 後ろに大勢待ってるんだから！ 私たちの後ろで海千山千《うみせんやません》のおば様方が、早くしなさいザマスって目でギロギロ睨んでたの、気付いてなかったんですかぁ!?

あのねぇ、そういう時はレジ前に並んでる時から予め用意しておくの！」

「…あ、…そうか。あはは、いい事を聞いたよ。」

「ちなみにここでのことだけじゃないですからね。バスに乗る時もそう！ 悟史くん、バスを降りようとして料金を入れる時、その時になって初めてお財布を開けて、小銭をちまちまと探して、後の人を詰まらせて待たせてるでしょう。」

「…むぅ〜〜〜………、みんな僕を追い抜いて、勝手に料金を入れてるかな…。」

「はぁ…。それはね？ すっご〜〜〜く周りに迷惑をかけているのです！ そういうのは予め用意しておくのがマナー！ わかりました!?」

「わわ、わかったよぅ。…今日の魅音は怖いなぁ、あはははは…。」

私の怒りを逸《そ》らすかのように愛想《あいそ》笑いをする悟史くん。……は〜〜、もぅ、この人はぁ。

…なんてゆーのかな、きっと庇護《ひご》欲を掻きたてるタイプに違いない。…そりゃまー、あんたの身の回りに、私みたいなお節介《せっかい》焼きがいるときはこれでもいーけど、そういう人が周りにいない時、ちゃんと社会生活が営《いとな》めるか、私ゃ不安でならないよ。レジでビニール袋をもらい、買ったものを分ける。……真っ先に袋の底に豆腐を突っ込んだ悟史くんの手をピシ!と叩き、牛乳パックから先に入れ直す。

「ハイ、これでＯッＫ。これで台所で買い物袋を広げて、叔母さんに仰天《ぎょうてん》されなくて済みますからねー。」

「あ、…ありがと。助かったよ。…僕はどうも買い物が苦手でさ。」

「買い物だけぇ？　正直におっしゃい！」

「……む、…むぅ……。」

「あはははははは！　うそうそ冗談。」

買い物という短い時間を通してだが、わかったことがある。…悟史くんは買い物が苦手とかそういうレベルじゃなく。…基本的に物事全般に要領《ようりょう》が悪い人なのだ。

……とろいというか、抜けているというか。…そう思うと、やはり初めて出会った時の、彼の危険をかえりみない勇気は、…彼のとびっきりの勇気だったんだろうな…と感じた。

悟史くんはとろいけど、馬鹿じゃない。自分が要領が悪いことを十分に知っている人間だ。…ならばこそ、ますます君子《くんし》は危うきに近寄らずを実践《じっせん》していたはず。…彼は、いくらクラスメートの魅音がピンチだったからといって、蛮勇《ばんゆう》を振るうべきではなかったはず。それを全部考えて、押し込んで。…飛び出して来てくれたのだから、やはり、それはとてもすごいことなのだ。

「えらいえらい。悟史くんはがんばったよー。いい子いい子。」

「な、………何だよ。急に人の頭を撫でないでくれよ。」

「悟史くんがひとりでお買い物が出来ましたで賞。なでなでなで〜♪」

「魅音、……僕のこと、すっごいばかにしてるだろ？」

「してないしてないよ〜。お家《うち》、ひとりで帰れるかな？　道、わかる？」

「むぅ…。やっぱりばかにしてる…。」

悟史くんはむくれながら、私に頭を撫でられるままに任せ、少し赤くなりながら俯いていた。……あ〜〜ん、こいつカワイイよ〜〜☆　そんな時、視界の片隅《かたすみ》に、お稽古ごと掲《けい》示板《じばん》が映った。

ピアノ教えます、××まで。そろばん教室生徒募集…。少年野球チーム、メンバー募集。悟史くんのチーム、雛見沢ファイターズのチームメイト募集のポスターだった。毎週の練習する曜日と時間、場所等の公開情報が載せられている。

今日の買い物のワンシーンを見てるだけで、これだけ頼りないのだから。見たことはないけど、野球もこんな感じなのだろう。悟史くんは私が野球チームのポスターを読んでいるのに気付くと、急にバツが悪そうになり、その場を立ち去ろうとした。

「今、悟史くんは思った。…頼むから、魅音。野球やってるとこまで来ないでくれよ〜〜。……図星《ずぼし》!?」

「む、…むぅ……。………ぇっと、…………………むぅ。」

「その、むぅってのは、つまり何さ。……図星ってことでしょ。」

「……むぅ……。」

悟史くんは、むぅ…。と正体不明の一言を残して沈黙してしまう。…本当に図星らしくて、何も言い返せないと、そういう感じだ。

……悟史くん、…君、かわいいにもほどがあるぞ。…図星突かれたのを大人しく閉口して認めるなよなぁ…。まぁ、嘘がつけない人ってのはこーゆうものだ。

「じゃーねー悟史くん。暗くなりかけてるから、気をつけて帰ってね〜！」

「魅音は一緒に帰らないのかい？　雛見沢。」

「…あ、…私はもうちょっと寄るとこありますんで。気にしないで先に帰って下さい。」

「僕の買い物を手伝ってもらったんだから、付き合うよ。今度は僕が手伝う。」

「あ、あはははは。大丈夫大丈夫！　ってゆーか、悟史くんが何を手伝うおつもりでぇ？　人の手伝いする前に、自分が手伝われなくて買い物できるようになっといてくださいなぁ。あっはははははは！」

「…むぅ…。今日の魅音は一際《ひときわ》意地悪かなぁ…。」

一応、男としてのプライドも少々は持ち合わせているらしい。女に馬鹿にされてちょっぴり憤慨《ふんがい》気味のご様子。もちろん私はご満悦なのだが。

だから、またしても油断してしまった。

「あ、でも、手伝ってくれてありがとうね。本当に助かったから。」

「わぅ………………！　…………………きゅぅ……。」

悟史くんが、無邪気な笑顔でそう言いながら、まったく警戒していなかった私の頭を無神経に撫でる。……なでなでなでなで。

あー…もう、……これはこれで馬鹿にされてるとは思っても…。ぅぅ、撫でられてる間は何も抗《あらが》えない…。…………………きゅぅ…。悟史くんは私が無抵抗なのをいい事に、すっごくご機嫌にいつまでも撫で撫でを繰り返していた。……ぁぅぁぅぁぅ…。

「じゃあね、魅音。暗くならない内に用事を済ませてね。……また明日、学校で。」

「あ、うん！　また明日、学校でね！」

また明日、学校で出会うのは私じゃない。……そこいら辺に、微妙な感じもしたが、今はこれが精一杯。仕方がない。むしろ、魅音としての時間を貸してくれるお姉に感謝したい気分だ。やがて彼と別れた後。…すごく上機嫌な自分と、次に会える機会はいつだろうと、いとおしむ自分に気が付いた。彼のことをもっともっと知りたいと思った。彼に次に出会える機会は偶然に委ねることもできる。……だが、それに委ねるのはあまりに消極的だ。私が今の生活を自《みずか》らの手で選び取ったように。これからの生活の全てを私は自ら選び取って行かなくてはならない。

……なぁんて、難しい理屈はどうでもよかった。もっと彼をからかいたい。もっと彼に頭を撫でられたい。もっと、……ええと、もう何でもいいや。

彼の次の少年野球の活動日は、もうわかっているのだから。

くしゃくしゃの日記

ようやく叔母のヒステリックな小言が終わった。今日のそれもいつもと同じ。きっかけがなんだったかは思い出せないし、どんなきっかけだったにせよ、内容は途中で二転三転する。どうだっていい。またしても、二十四時を過ぎていた。後頭部を殴りつけるような睡魔が襲い掛かる。沙都子は緊張の糸が途切れると、……ストンと崩れ落ち、僕の裾《すそ》をつかんだまま、眠りに落ちてしまったようだった。僕は沙都子を背負《せお》って寝室に行き、……布団を敷く。

「ほら、沙都子。…布団が敷けたよ？　布団に入りな。」

沙都子はもぞもぞと、芋虫《いもむし》みたいに這《は》って布団に潜《もぐ》り込むと、そのまま動かなくなった。それを見て、僕も同じように布団に潜り込みたい欲求に駆《か》られる。でも、…まだ寝るわけには行かない。

叔母さんにさっき頼まれた買い物。歯磨き粉のチューブを、明日の帰りに忘れないように買って来ないと。多分、メモして置いておかないと忘れてしまう…。それから、電気釜《でんきがま》に明日のお弁当用のお米をセットする。…タイマーも忘れずに。

そうだ、あと小言のきっかけになった洗濯場のタオルの山をちゃんと積み直しておかないと…。

叔母は指摘事項《してきじこう》がすぐに直っていないととても怒る。あぁ、あと何だっけ。…そうだ、明日は八百屋《やおや》さんの手伝いのバイトを入れてもらったんだっけ。

そうだ、エプロン持参って言われてる。……うちにエプロンなんて…あったっけ……。見たことないや…。叔母さんは登校の時間には寝ているから、もう聞く間がない。どうしようどうしよう、せっかく魅音に紹介してもらったバイトなんだから先方を怒らせちゃいけないや。

エプロンはそうだ、明日登校したら魅音辺りに相談してみよう。きっと貸してくれる。まだ他にもあったっけ…？　んんんんん………。

寝床の沙都子が、…羨《うらや》ましい。そう思う自分が、悲しい。

雛見沢ファイターズ

雛見沢ファイターズ

カキーンという爽《さわ》やかな金属音《きんぞくおん》。真《ま》っ青《さお》な空に白い千切《ちぎ》れ雲《ぐも》のコントラストが眩しい。

少年たちは白球を追い、それを応援する大人たちは、走れ走れ、がんばれがんばれと声援を送る。

興宮の学校の校庭《こうてい》は、野球少年たちに爽やかな汗をかかせてくれるのだった。

「こんにちゃ〜〜!!　今日もお暑いのにご精《せい》が出ますことで〜〜！」

「お、園崎さんじゃないですかぁ。こんにちはぁ。あれ、それは差し入れですか？　ありがたいなぁ☆　さすがは我がチームのマネージャ〜！」

私の手には、近くのスーパーの名前の入ったレジ袋があり、中にはキンキンに冷えたスポーツドリンクがぎっしりだ。

まぁ、手ぶらでやって来るほど、私も気が利《き》かないつもりはない。…どうせ、親戚の店だしね。賞味期限《しょうみきげん》切れギリギリのを譲《ゆず》ってもらったのだ。

「まー、気が向いたからです。別に監督に差し入れたくて買って来たわけじゃないので、そこんとこよろしくお願いします。あと、さり気《げ》なく人を勝手にマネージャーに組み込まないように。」

「魅音がマネージャーだったら、色々心強いと思うけどね。……やってよ、魅音。マネージャー。」

悟史くんが、本当に屈託《くったく》のない笑顔で、そう言いながら微笑みかけてくる。

……正式にマネージャーなんてのは、面倒くさいからすっごい嫌《いや》だけど。毎週毎週欠かさず応援に来ている今の私は、今やマネージャー気取《きど》りと言っても間違いなかった。

「まー、本当に気が向いたら、その時はやりますんで。で、どうです？　悟史くんの打率はどんな感じです？」

「えぇえぇ、頑張ってますよ。彼の打率ですか？　う～～ん、そうですねぇ。セブンスマートでお煎餅《せんべい》の袋をどれでも三つ買うとですね、」

「あっはははは！　それってつまり三割ってことですか。…へ～、三割打者！　悟史くんって結構な高打率打者じゃないの～！」

「……むぅ。打率は数字じゃないよ魅音。ここ一番で打てなきゃ意味はないんだからさ。」

「悟史くんは自分で自分の弱点をよくわかっているようですね。そこまでわかっているなら、後は練習あるのみですよ。」

監督が合図を送ると、ピッチャーが大きく振りかぶってから白球を放つ。

悟史くんは冷静にその軌道《きどう》を目で追いながら、懐《ふところ》に入ってきたところで思い切り振り抜いた。パカ――――ン!!

快音と共にボールは一、二塁間《るいかん》を抜けてはるか彼方まで転がっていった。

「おお〜〜〜。やっる〜〜！　ぱちぱちぱちぱち！」

惜しみない拍手《はくしゅ》を送ると、悟史くんは照れを隠すようにメットを目深《まぶか》に被《かぶ》りなおした。

「う〜〜ん。フリーバッティングや、試合が平坦な時はかなり落ち着いたいいバッティングを見せてくれるんですけどね〜。」

監督が残念そうに笑う。……そう、鉄火場《てっかば》で実力が出せないのが悟史くんの弱点なのだ。

普段は本当にいいプレイを見せるのだが、みんなの期待が一身に集まるようなここ一番に弱いのだ。別にあがってるわけではないと思うのだが…、とにかく普段の実力が出せない。

…冷静そうに見えて、実はとろい悟史くんらしいキャラクターだと思う。

「スコアボードとか、そういう数字上ではかなりの高アベレージヒッターなのにねぇ。…本番に弱いってのは致命的かも。そんなことだから、こないだの宇喜田《うきた》ジャガーズとの試合でもここ一番で凡退するんですよ〜!!」

「……むぅ…。うるさいなぁ、気にしてるんだから黙っててくれよぉ。」

「あそこで打てれば、…かなり美味《おい》しい見せ場だったんですけどねぇ…。残念です。」

ここで一打出れば逆転、悪くても同点延長！　という実に燃えるシーンで悟史くんの打順を迎えたのだ。

今日こそみんなの期待に応えて大きく開花してほしい…！　でもこれまでの過去のデー

タを考えると…悟史くんがここで打つ可能性は極《きわ》めて低い…。

ベンチからの代打を出した方がいいという声をねじ伏せ、監督は悟史くんの打順を固持したのだ。

「あーも～～！　あそこで打てれば完璧なのになぁ!!　どうして駄目なんですか!?　どーしてあーゆう時に打てないんですかぁ!!」

「仕方ないよ…。僕がああいう時、弱いの、本当だし…。僕だって、代打を出してくれた方が試合に勝てるかなって思ったし…。」

「試合に勝つかじゃなくて、悟史くんが勝つかどうかが問題なんです!!　あ～～も～～！　何で当の本人にここまで闘争心がないのかなぁ!!　普通は逆でしょ!?　代打を出されそうなところを、ここは俺に打たせて下さいって食って掛《か》かるとこでしょ!?　自分から代打を出してほしいなんて言い出すなんて、あ～～も～～～!!　なんでここまで闘争心がないのかなぁ…！」

「それは私も普段から言ってるんですけどねぇ～。まぁ、その辺が悟史くんのいい所ではあるんですが、ねぇ…。」

「普段は紳士でも、試合では鬼になる!!　男にゃそういう二面性があっても私ゃいいと思います!!　とにかく悟史くんには鬼がない！　仮にも雛見沢の人間なんだから、たまにゃご先祖の鬼の血を思い出して下さいよねぇ！　って、聞いてます!?　悟史くん～～!!」

「…むぅ…。き、聞いてるよ…。よくわかんないけど、その、」

「わかんないけどって、悟史くんの話をしてるんですよ～!? それを、…きゃふ！

……………………わぅ…。」

悟史くんが、ものすごく嬉しそうな顔をしながら、私の頭を撫で撫でしてくれていた。

……それもすっごい唐突に。私はいつものように、真っ赤になって言葉を失ってしまう…。

「魅音は、僕のためを思って言ってくれてるんだよね。…ありがと。僕はがんばる。」

「………ささ、…悟史くん。あの、そゆことして……誤魔化《ごまか》さないでください…。」

「誤魔化してなんかないよ。嬉しいだけだよ。あははははは。」

私は真っ赤になりながら、彼に頭を預けているしかない。…悟史くんがよく漏らすように、むぅ、と言いながら。

悟史くんが、がんばってくるよ～と言い残して走り去った後には、赤面して頭から湯気を昇らせる私が残るのみだ。

「……………頭、撫でられるの弱いんですか?」

「…撫でる人によります。監督が撫でてきたら関節《かんせつ》極めますんで、覚悟の方よろしくです。」

「え～～～、もぅずるいなぁ。あっはっはっは…。じゃあ全員集合～～!! 今日は出席もいい事ですから、人数を分けて紅白戦《こうはくせん》をやってみましょう。」

雛見沢ファイターズは、野球チームとしてはかなりいい加減な部類に入る。

しっかり練習して大会に勝ち抜こうというよりは、何でもいいから人数をそろえて、野球をして遊びたいという方に主眼が置かれている。同じグラウンドで別の曜日に練習している興宮タイタンズなんかが、鉄アレイやバーベル、うさぎ跳《と》びなんかでしっかりとスポ根《こん》してるのと比べると、とても対照的だ。ジャンケンと学年でチームが分けられ、すごくいい加減なムードでプレイボールになった。

「じゃ、私ゃ記録でもやるかな。監督、どっかに鉛筆《えんぴつ》ないですか？」

「いっつもすみませんねぇ。ハイこれ、お願いしますね。」

私は手慣れた様子で筆記用具と記録帳を受け取る。…当初、ヒットとエラーの記録の違いもわからなかったが、今はだいぶサマになるようになった。

「がんばって～～悟史く～～ん!!　あぁ、あんまり応援するとまた打てなくなっちゃいますね。ほどほどにがんばれ～～！」

「…むぅ、…それはそれでひどいなぁ…！」

「あははははは！　がんばれ～～～!!」

穏やかな日曜日のゆったりとした時間が流れていった。空は澄み渡り、真っ白な雲の雄大さは、自分たちがいかに健全な時間を過ごしているか教えてくれる。やっぱり人間はお天道様《てんとうさま》の下で活動するようにできてるんだ。審判《しんぱん》は野球好きの保護者のひとりがやってくれることになったので、監督は今日は大人しくベンチに引っ込んでいた。守備位置に散っていく子どもたちに声援を送っている。世間一般の監督なら、こういう時は怒鳴ったり叱《しか》り付けたりして賑やかなものなんだと思うが、ウチの監督はまるで幼稚園の先生みたいな感じだった。

みんなをのびのび遊ばせて、それを眺めて微笑んでる感じ。……他所様《よそさま》の野球チームが見たら、きっと弛《たる》んでると思うんだろうなぁ…。

「それでも、あの程度の練習量で、みんなこれだけの動きができるんだから驚きですよね。」

「雛見沢の子は、みんな普段から元気に遊びまわってますからね。運動量は町の子とは比べ物にならないんですよ。変なフォームで固めてしまうより、遊び感覚の方が伸びるんです。」

「…おー、見事に興宮タイタンズとは正反対の考え方ですねぇ。あちらの監督と対立するの、わかる気がします。」

「タイタンズさんの考えも間違ってませんよ。試合は勝つためにするものですからね。勝利至上主義は決して間違いじゃないです。みんなで団結して共通の目標を目指すのは、とても素敵なことだと思いますからね。……まぁ、ウチは、その目標がたまたま勝利じゃないってだけのことです。」

雛見沢ファイターズと興宮タイタンズは、ずいぶん古くからライバル関係にある。

同じ学校のグラウンドを使って練習する関係もあるのだが、…いや、本来は同じチームで、雛見沢の人間だけが分派してチームを作ったことに端《たん》を発するのか…。

まぁその、とにかく。ライバル関係にあるチームなのだ。勝利至上主義の興宮タイタンズと、のんびり遊べればそれでいい雛見沢ファイターズ。……だが意外にも、その戦績は互いに五割。実力は伯仲《はくちゅう》していたりする。

ということは、勝利至上主義のチームと伯仲する何かが、ウチのチームにはあるってことだ。それが何なのかは、…言葉にはできなくても、私には薄々わかっていた。

「ほら〜〜〜紅組《あかぐみ》さんも頑張って下さい〜〜〜！　二点差なんかひっくり返せちゃいますよ〜〜！　白組《しろぐみ》も油断なくしっかり〜〜〜！」

監督の覇気《はき》のない指導を非難《ひなん》する親がいるのも事実だ。

…だが、その指導の仕方に共感する親も、若干だがいる。私はどっちだろう？　後者…と言いたいとこだが、少し保留《ほりゅう》気味にしておこう。

この人のたまに見せるHな一面は、教育者としてちょっと問題があるからだ（苦笑）。

この人が無類《むるい》のメイド好きであるという話は、…まぁ別の機会に。悟史くんは、球筋をじっくり見定めるように、二球を見送った後、丁寧《ていねい》なバッティングで見事、一塁に出塁してみせた。

「お、悟史くん、打った打った。落ち着いてればさすがですよね。」

「最初はちょっと素振りしただけで、すぐバテてたんですけどね。はははは、それを思えば、本当に上達したものです。」

「……悟史くんって、文系って感じの人ですよね。よくその彼が、野球をやろうなんて思ったものですね。」

少年野球チームに入ろうとする子どもなら、普通は例外なく野球好きだ。だから普段から草野球で遊んでる。だからそこそこのセンスや体力があるものだ。

だけど、お姉から聞く限り、悟史くんは普段、学校でもそんなに体は動かさない。空いた時間があれば読書をするタイプだ。

そんな彼と、雛見沢ファイターズという野球チームの接点が何だかわかりにくかった。

「あはははははは。それはですね、私が悟史くんをこのチームに誘《さそ》ったからなんです。」

「へー。監督が自らスカウトしたんですか？　…悟史くんに何かすごい素質《そしつ》があるのを見抜いて？」

「あ、すみません、麦茶を一杯もらってもいいですか。……あ〜、どうも。」

監督が本当に微妙なタイミングで麦茶をねだった。

…この監督って人は、普段はちゃらけてる人だけど、実際は落ち着きのある大人であることは知っている。

だから、今の話をはぐらかそうとしてるんだな…と感じた。

「…何か訳ありなんですか？」

監督は麦茶がおいしい…なんて言いながら聞き流している風だったが、私が折れないことに気付き、ちょっぴり肩をすくめて答えてくれた。

「……園崎さんなら、あるいは想像が付くんじゃないかと。」

…園崎魅音なら察しが付く理由。……頭の中の、魅音サイドから構築《こうちく》された悟史くんに関するデータベースを高速で探る…。

監督の陰のある言い方に該当《がいとう》するのは、…悟史くんの家族に関することしか思いつかなかった。悟史くんは一昨年、事故で両親を失っている。その後、引き取られた叔父宅ではいろいろと苦労があるのは周知の事実だ。

「……じゃあ監督は、…悟史くんの鬱憤《うっぷん》とか、そういうのを解消させてあげようと思って、このチームに？」

「スポーツはいいですよ。ほどよく体を動かして汗をかくことはストレスの発散になります。また、熱中することによって、わずかな間でも家庭のことを忘れられるなら、それは十分な気分転換になりますしね。」

「……あの、…ほら、悟史くんって、ぼんやりしてるというか、のほほんとしてるというか、そういう所あるじゃないですか？　……やっぱり、相当ストレス、あるんですか…？」

私は悟史くんがあの笑顔の下で、相当の苦労をしているのではないかと薄々《うすうす》思っている。

だが、園崎魅音はそれを意識していないようなので、そう返した。

「叔父さんに引き取られて少ししてから、悟史くんがだいぶ体調を崩しましてね。いろんな症状《しょうじょう》を訴《うった》えるんですが、いくら調べても原因がはっきりしないんですよ。」

叔父宅に引き取られてから少しして。悟史くんは頻繁《ひんぱん》に体調を崩すようになった。倦怠感《けんたいかん》や頭痛。無気力や睡眠《すいみん》時間の乱れ。

…監督、…いや、入江《いりえ》先生はやがて気付いた。これは体の病気ではなく、心の病気だと。

叔父宅での生活が円満でないことは、雛見沢では早々と噂になっていた。両親の事故のショックも冷めない内にそんなでは……心に負担がかかるのは無理もないことだったろう。

「悟史くんは、感情を爆発させられないタイプなんですよ。泣いたりとか怒ったりとか、そういう感情表現が人一倍苦手なんです。」

「……確かに、悟史くんが泣いたりとか怒ったりってのは、あまり想像つかないですね。」

「…悟史くんのお母さんが再婚を重ねてるのはご存知で？」

「……まぁ。少しは。」

悟史くんの母親は何度か再婚を繰り返している。つまり、見慣れぬ父親を何度か経験しているのだ。

家庭という神聖《しんせい》な領域に、何度も知らない大人を迎えた悟史くんは、必然的に大人になることを強要《きょうよう》されていった。

「悟史くんは、精神的に早熟《そうじゅく》なんです。本人は自覚していないでしょうがね。…泣いたり笑ったり、駄々《だだ》をこねたり。そういう時代をあっという間に卒業させられて、大人になっちゃったんです。」

「……監督の言い方だと、大人ってのが必ずしもいいようには聞こえないですね。」

「子どもは子どもらしく過ごすことで、成長していくように出来ているんです。それを無理に大人にしたら、…やっぱりいい事はないですよ。」

沙都子と叔母の仲の悪さは顕著だが。…伝え聞く話では、再婚相手の父親たちとも、折り合いは悪かったらしい。沙都子はいつになっても、家庭で不和《ふわ》を起こし続けていた…。それを兄として庇おうとする悟史くんは、いつしか沙都子の保護者たろうとしたのかもしれない。

「……だから悟史くんの体に変調が出たのは、そういうことに体が耐えかねたSOSじゃないかって思ったんです。」

そして、監督は自分の野球チームに悟史くんを誘った。新生チームだから、メンバーが足りない。ぜひ！　…なんて感じで。

「初めは渋《しぶ》ってましたけどね。…彼と診療《しんりょう》の際にいろいろとお話しする内に、少しずつ打ち解けていきましてね。……ちょっと見学だけにでも来てみるといい。ちょっとバットを持ってみるといい。……なぁんて感じで、少しずつ誘っていったんですよ。」

スポーツは精神的にまいりかけてた悟史くんには、本当にいいものだった。体調はみるみる改善され、悟史くんも野球というゲームに興味を持ち始めた。

バットの振り方もサマになり、次第に教本のフォームに忠実になってきて…。ボールの見方もわかってきて。

「…あー、なんかわかるなぁ。悟史くんって、コツコツタイプですからね。How《ハウ》 to《トゥ》ベースボールなんて本を、しおり挟《はさ》みながら読んでる風景が想像できます。」

「それで、あれよあれよと言う間に三割打者なんです。本当によくがんばりました。……これで、ピンチの時にも打てれば完璧なんですけどねぇ。ははははははは。」

「悟史くんと監督って、仲、いいんですか？」

「悪くはないと思ってますよ。……悩みとか、そういうのを打ち明けてくれたということは、私を信頼してくれたからだと思ってます。」

悟史くんの信頼を得ている、と言い切った監督にちょっぴり嫉妬《しっと》しかけた。

私と悟史くんは、お友達ではあるけど、悩みを打ち明けあうような…そういう親密さはないからだ。

「………あれ。嫉妬してます？」

「ふぇ!?　なな、………何に!?」

図星を突然突かれ、真っ赤になってうろたえてしまう。監督も一目瞭然《いちもくりょうぜん》で図星がわかったらしく、大笑いされてしまった。

「……園崎さんも、悟史くんの相談相手になってあげてください。」

「ま、まぁ……あはははは、なれるなら、なれたらいいかなぁ…、なんて…！　たははは…。」

私は訳のわからないことを言いながら笑って誤魔化すのが精一杯だ。

「……悟史くんですね。…最近、また少し体調を崩してるみたいなんです。」

「…………え？」

パキ―――ン！　快音が響き、白球がレフト上空に飛んでいく。……悟史くんのいい当たりは、快音に反してあっさりのアウトだった。沙都子と叔母の仲が最近、非常に険悪になっているらしい。

……それと関係があるのは明らかだった。

「叔母さんがかなり大人げない苛め方をしているらしいんです。……沙都子ちゃん、…本当に可哀想なくらいに、ぼろぼろになって。なにしろ聞いた話では、」

「で。それを庇う悟史くんも、……ぼろぼろになっている、ということですね？」

沙都子がぼろぼろなんてことには興味がなかったので、さっさと悟史くんの話題に戻させた。……私は沙都子という存在のことはよく知らない。悟史くんを取り巻く環境のひとつ程度には知っているが、…どういう存在なのかは、今日まで深く関心を持ったことはなかった。ぼんやり気味の悟史くんに世話を焼くことで、自分の存在価値を見出している妹。それくらいしか知らない。……だが、悟史くんの性格を思うと、…そもそもぼんやりしているのすら、妹を思ってのことではないかと思ってしまう。わざと抜けた風を装《よそお》うことで、……妹に花を持たせてやってるのではなかろうか？　それも意識してではなく、無意識に。悟史くんは、…ひとりで過ごしている時、意外なくらいしっかりしているのだ。最近、それに気付いた。……だから、一層、そう思えてならない。

……つまり、悟史くんという存在は、常に妹の沙都子に影響を受けているのだ。悟史くん自身は、多少のストレスを感じながらも、何人かいた再婚相手の父親とはうまくやっていたらしい。実際、今の叔母とも沙都子ほどの波風は立てていない。

……悟史くんは、いつも沙都子を庇わなければならないから、……こんなにも苦労しなければならないのだ。沙都子ってのがどんな子かは知らないけれど。………私は、この沙都子という存在にささやかな敵意を感じたことを否定できなかった。

……悟史くんという存在を独《ひと》り占《じ》めしていることへの嫉妬だとも、多少は認めながら。

「最近、沙都子ちゃんへの叔母さんの苛めがだいぶエスカレートしてるみたいです。…悟史くんの体調不良も、それに比例しているんでしょうね…。」

監督がため息を漏らす。言われてみれば…悟史くんには最近、少し練習の不参加が目立っていた。

…今さらだが、普段も少し元気がなかったような気がする。みんなと一緒にいる時は普段の様子なのだが、…ひとりでいる時、俯きがちで、…ため息ばかりついていたように思う…。

「…監督はストレスに押し潰されそうな悟史くんを救うため、野球に誘ったんですよね？」

「えぇ。そのつもりでした。」

「………こうして野球をやっている今、またストレスに押し潰されそうになっている悟史くんに、…今度は何を誘えばいいんですか？」

「……………………ははは。どうすればいいんでしょうねぇ…。」

監督は力無く笑ってみせた。…悟史くんに信頼されているはずの、頼られるべき立場であるはずの監督の、この弱々しい仕草に、…私は小さな落胆を隠せなかった。

「内緒にしてくださいよ？ ………実はですね、悟史くん。…………チームを抜けたいって、…そう漏らすんですよ最近。」

「え？ ………ど、……どうして………。」

「疲れるから、だそうです。……というのは表向き。……沙都子ちゃんと一緒にいる時間を増やしてあげるためじゃないかと思ってます。

悟史くんは、野球をしている間、沙都子ちゃんが叔母さんに苛められているかもしれない。その時、沙都子ちゃんの側にいられないことが…兄として辛いと、そう思っているのかもしれません。」

「……………………………………。」

私はしばしの間、言葉を失っていた。

……また、…沙都子。沙都子。悟史くんという存在は、この沙都子という存在のためにどこまでの犠牲を強いられなければならないんだろう?

悟史くんのストレスは、妹を無視するというすごく簡単なことで解消されるのだ。……でも、悟史くんにそれができないのもわかってる。

だとするなら……不甲斐《ふがい》ない妹を非難《ひなん》すべきだった。ひどい苛めらしいのは、まぁ知ってる。でもそれは、関係をただひたすらに悪化させてきた自己責任。沙都子が叔母とのコミュニケーションを嫌ったことに対するツケみたいなもんだ。沙都子が…悟史くんがそうしているようにもっと大人であったなら、叔母ともまぁそこそこにうまくやって、ここまで関係を悪化させなかったに違いない。……そうすれば、そもそも悟史くんにそのとばっちりが行くことはなかったのだ。

試合はいつの間にか一方的な展開になり、もうゲームとしての見る価値も薄れていた。

一方的な点差に、負けチームの子どもたちはやる気をなくし、試合もいつしかダレたものになっていた。空もいつの間にか灰色になり、爽やかだった青空をいつの間にか陰鬱《いんうつ》にしている。

…雨の匂いは無いが、頭上を覆《おお》う灰色はとても鬱陶《うっとう》しく、その上、涼しくもなかったので、薄くかいた汗を一層不快に感じさせた。いつの間にか、監督もまた言葉を失い、足元に視線を落としていた。その間、私はただただ、悟史くんを見ていた。

……もう今の私には、彼が溌剌《はつらつ》そうに見えなかった。…一度は野球を楽しみ、…元気を取り戻したのに。……沙都子と叔母の関係が悪化したことで、……逆戻りするなんて。……

私の口から、ぽつりと漏れた。

「………悟史くんをどうこうするってより、沙都子をどうこうする方が先決では？」

本当にぽつりと、だが、監督に聞き流させない強さも含《ふく》んでいた。

「………それは、………どういう意味ですか、園崎さん？」

「別に、難しい話じゃないです。…沙都子がしっかりしてくれれば、悟史くんに迷惑をかけることもない。沙都子がそもそもの原因である、ってことが言いたいだけです。」

「…………ん、………そんなことは……」

「でしょ？　だって、沙都子がトラブるから、悟史くんはそのトラブルに介入して矢面《やおもて》に立たなければならないんでしょ？　で、その結果、本当は買わなくて済んだ叔母との喧嘩まで買ってるわけでしょ？」

悟史くんは…どんな困難にも怯《ひる》まない。

…どんなに恐ろしい相手であっても、…守るために、…勇気を振り絞って立ち向かう。

それを私はよく知っているし、まさに自らの眼で見ている。

叔母が沙都子を、何かの理由で怒鳴りつけている。……そこへ悟史くんは割って入るのだ。沙都子を庇うために。

…それは間違いなく、叔母にとっては不快な行為だ。…悟史くんが買う必要のない喧嘩なのに、いつの間にかその喧嘩は悟史くんと叔母のものにすり替わる。沙都子は、悟史くんの背中で怯えるフリをしながら舌でも出していればいいだけ。

……悟史くんが、自分の身代わりになってどれだけ心を切り刻《きざ》まれているかなんて、…思いもしまい。沙都子という存在が悟史くんに依存し過ぎているからこそ、…悟史くんが追い詰められることになるのだ。

「園崎さん、…あなたがそんな言い方をする人だったとは驚きです。……あなたは沙都子ちゃんのお友達でしょう？　お姉さん的な立場でしょう？　……普段も学校で、沙都子ちゃんを慰《なぐさ》めたり、励《はげ》ましたりしているものだと思っていました。…………なのに、…そんな言い方をするなんて。……………………正直、驚いています。」

監督は初めて見るとても怪訝《けげん》な表情を私に向けていた。

……私にどういう感情を抱《いだ》いたか、容易にわかる。……私は少し、しまった…喋りすぎたと後悔していた。園崎魅音は北条沙都子の友人だ。

とても仲が良くて、……最近、叔母の苛めがエスカレートして落ち込むようになってからは、元気付けたり励ましたりしている……………ことになっていた。それを完全に失念《しつねん》し、「私」としていい気になって喋りすぎた。………監督が怪訝な表情を向けるのはもっともなことだ。

…今の発言で、監督が園崎魅音に対する心証《しんしょう》を改める可能性もある。………今日のことはあとでお姉に正直に話し、謝罪とフォローを頼んでおかなくてはならないだろう。

…………本当に、…しくじった。だが、……私はおかしいことを言ったつもりはない。

極めて客観的に、悟史くんが今置かれた状況を、努めて短く分析し、その解決方法を提案できたと思ってる。もう乙女ごっこはしたくないから正直に自分を認めるが、…私はやっと馴染《なじ》めたこのチームから悟史くんがいなくなってしまうのを恐れていた。

私は学校へは、雛見沢へは行けない。悟史くんとの接点はここだけなのだ。悟史くんとのコミュニケーションだけが、私が生きてる理由だと言い切っていい。……そうさ、私はもう悟史くんが好きだ。…打ち明けるつもりもないし、…成就《じょうじゅ》させようという努力はしないけれど。ただ一緒に時間を過ごせるだけで満足している。

今の私にはそれが限界だからだ。私の特殊な事情により、私は正体を明かせない。魅音の影としてでないと、興宮では生活できない。そんなに窮屈なら、興宮の町を離れればいい？

……もう、ばかばかばかばか！　今の私は、どんなに窮屈だったって。悟史くんにたまに頭を撫でてもらえるなら。……そっちの方がずぅっと良かったのだ。……私はどうして悟史くんをこんなに好きになっちゃったんだろう…？　少女マンガに描いてあったさ。恋愛に理由なんかないってよく書いてあるさ。…自分でも、何でこんなに彼のことが気になるんだろうって呆れる時があるしさ。

「……落ち着け……。…………私…。」

大きく息を吐き出してから、きゅっと息を止める。……心臓のバクバクを無理に抑えていく。興奮が少しずつ冷めていく中。………はっきりとした形で、私は自分自身の心の声を聞いた。私は、悟史くんと一緒にいたい。だから？

悟史くんに野球チームにいつまでもいてほしい。だから？

悟史くんを悩ませている心労を取り去りたい。なので？

……なので、……どうする？　頭の中のジンジンした感じが抜けていく頃、…審判の遠い声が耳に入った。

「ゲームセット！　試合終了〜〜〜！！！！」

レナとの接触

梅雨《つゆ》を間近《まぢか》に控え、…いやな蒸し暑さと、肌に貼り付くような汗の鬱陶しい時期になっていた。………悟史くんが練習を休むようになって、もう数週間になろうとしている。グラウンドに着くと、真っ先に探す悟史くんの姿。……私が早く来過ぎるから、…まだ来ていないのかな…？

自分がグラウンドに着いた時、悟史くんの颯爽《さっそう》とした姿がそこにあって欲しくて。……いつの頃からか私がやってくる時間も遅くなっていった。だが、…悟史くんの姿がそこにあることはなかった。

「…………………………………。」

私はもう、落胆の表情を誤魔化すこともしなかった。

悟史くんがいないことが、私をひどく落胆させているのが、誰の眼にも明らかだったに違いない。魅音のクラスメートでもある、チームメートの子たちが、私を心配して声をかけてくれた。…だが私は素《そ》っ気《け》無く、それを追い返す。

「………園崎さん？　…気分が優《すぐ》れませんか…？」

監督の、私を気遣うような言葉も、何だか白々《しらじら》しく聞こえた。…私がどうして気分が優れないのか、薄々は知っているくせに。

「………今日、…帰りますね。気分じゃないです。」

「…………ほら、今日は興宮タイタンズさんと打ち合わせをする日じゃないですか。…マネージャーの園崎さんにも同席して欲しかったんですがね…。」

「……私を勝手にマネージャーにしないでください。……私、マネージャーだったつもりは、…ないんですから。」

監督は何と言葉をかけていいものか咄嗟《とっさ》に思いつかず、ほんの少しの間、俯いた。

「わかりました。……元気が回復したら、また手伝ってくださいね。」

「もう来ないかもです。…マネージャーが必要なら、私以外を募集してください。」

「…気が向いた時でいいです。また、遊びにきてくださいね。…それにほら。あなたがいないと、悟史くんが戻ってきた時、寂しがりますよ。」

踵を返す私に、監督の言葉はもう届いていなかった。最近は、野球の練習日に合わせて「魅音」の時間をもらえるようになっていたので、お姉と打ち合わせることはほとんどなくなっていた。

悟史くんがどうしているか知りたくて、何度かお姉と連絡を取ろうとしたが、たまたまタイミングの悪い時が重なり、機会が得られずにいた。鬼婆が、お姉と私が通じていることを薄々勘付いているらしく、魅音が取る電話の内容に興味を示し始めたせいだった。鬼婆にマークされている以上、…雛見沢界隈《かいわい》でのお姉の動向は全て筒抜《つつぬ》けだ。……私と連絡を取るのは容易なことじゃない。お姉と連絡を取る際に連絡員となってくれていた葛西も、私寄りの忠臣ということでマークを受けているらしく、しばらく接触しない方がいいということになり、ここ最近は顔も見ていなかった。

悟史くんが今どうしているのか。……それすらも知ることが出来ず、…私は自らの胸中《きょうちゅう》の黒雲をいつまでも晴らせずにいたのだった…。……そんな考えで頭がいっぱいだったので、……それは本当に不意で虚《きょ》を突かれた。自転車を引っ張り出し、グラウンドを後にしようとした時、…突然声をかけられたのだ。

「魅《み》ぃちゃん、…こんにちは。」

初めて会う子だった。

…だが、私を魅ぃちゃんと呼んでくれたのは本当に幸いだった。…魅音を魅ぃちゃんと呼ぶ人間はひとりしか知らされていないからだ。

「…………レナか。…珍しいね、レナがここに来るなんて。」

この子の名前は竜宮《りゅうぐう》礼奈《れいな》。レイナだが、自己紹介でレナと呼んで欲しいと自ら言ったらしい。…だからレナと呼ばれていた。この四月に転校してきたばかり。お姉からは断片《だんぺん》的な情報はいくつかもたらされていたが、いずれも曖昧《あいまい》。

……つまり、この転校してきたばかりの子に対して、お姉はまだ評価を出来かねていたということだった。…そういう存在は、私にとってはとてもやりにくい相手だった。魅音としてどう接すればいいか、わからないからだ。

……だから私は、塞ぎ込んでいる風を装い、素っ気無く対応することに決め込む。普段と違う精神状態に見せれば、多少、普段と異なる言動でも気にしないだろうという打算《ださん》の上でだ。………実際、今の私は塞ぎ込んでいるわけだし。

「……魅ぃちゃんは、帰り?」

「うん。………気分が優れないの。悪いね。」

「じゃあ、一緒に帰ろ。」

……気分が悪いからひとりにして欲しい、と言おうと思ったが…、雛見沢への帰路《きろ》は一本道。ひとりにして欲しいと言ったって、同じ道を帰ることになるのだから意味がない。変に断るよりは、素っ気無い風を装いながらも、この子と別れるまで一緒に帰った方が、怪しまれずに済むと結論する。だから私はこう答えた。

「…そだね。…帰ろか。」

レナは、そうしよう、と静かに頷くと、掛けたばかりの自転車の鍵を再び開けた。

「……魅ぃちゃん、傘《かさ》は?」

「持ってないけど。」

「今日はこの後、天気崩れるかもしれないんだって。……傘ないなら、急ご。」

レナの予告通り、途中で私たちはすごい土砂降《どしゃぶ》りに見舞われることになる。

私たちはたまたま近くにあった、今では使われていないバスの停留所《ていりゅうじょ》の待合小屋《まちあいごや》に入って、雨宿《あまやど》りをすることになった…。

雨の停留所にて

「すごい降りだけど、…これはそんなに長引きそうじゃないね。向こうの空は明るいもの。」

「……そうだね。」

雨がトタンの屋根を叩く音と、屋根からボタボタと水滴《すいてき》が落ちて水溜《たま》りを叩く音。賑やかな雨音なのに、不思議な静寂《せいじゃく》を感じさせる…不思議な時間だった。

しばらくの間、放心していると……レナが、雨空を見上げたまま、話しかけてきた。

「…最近、元気ないって、聞いたから。……心配してたんだよ。」

私が悟史くんの欠席で落ち込み気味なのは、チームメートなら誰もが知っていた。

チームメートのほとんどは、雛見沢の学校に通っている。…私が落ち込んでいることを、雛見沢の学校の人間が知っていてもおかしくはなかった。お姉と私の連係はこの数週間、取れていないが、私が悟史くんに対してどういう感情を持っていて、悟史くんが野球に来ないならどういう気持ちになるか、把握《はあく》できないことはないだろう。

…お姉は、私との誤差《ごさ》をなくすため、雛見沢における普段でも、落ち込み気味な様子を演じてくれているに違いなかった。だが、互いの詳細《しょうさい》は知りかねている。…だから、周りに何を聞かれても答えられない。『放っといてくれ』としか言えない。

そうなると、例えばこの子のように、私を心配して接触してくる人間もいるだろう。このレナという子が、雛見沢における魅音の落ち込む様子を心配して、私に声をかけてきたことは明白だ。

グラウンドを訪れてまで、私に接触をしてきたのだから間違いない。…それに、グラウンドを訪れたということは、…チームメートに聞いて、最近の経緯を多少は知っているからに違いない。

「…………悟史くん、…かまってくれないから、…寂しい?」

「……………………。」

レナの言葉の断片から、悟史くんの近況を注意深く推理《すいり》する。

…悟史くんは、かなり疲れきっていて、仲間たちとの接触を嫌っている。…そういう風に聞き取れた。

「………沙都子ちゃんの件で、……だいぶ悩んでるみたいだった。」

「…………。」

「…悟史くんは、……すごく追い詰められてると思う。………可哀想だよ、…ね。」

「……悟史くんは、…本当に妹思いだからね。……偉いよ、本当に。」

沙都子という妹がどれだけ悟史くんの重荷《おもに》になっているやら。…それを思うと、自分の口から出した言葉が白々しくてたまらなかった。

「……でも、だからって魅ぃちゃんまで落ち込んじゃったら…かえって悟史くんを追い詰めちゃうように思うかな。……かな。」

「…………………私に追い詰めるつもりなんて、ないよ。」

「それはもちろん知ってるよ。………でも、だからこそ。…学校にいる時の悟史くんを笑顔で迎えてあげられなかったら……本当に悟史くんは追い詰められちゃうよ。」

「………………………。」

「魅ぃちゃんは、たとえ嘘でも笑顔が作れる強い人間だって知ってる。……だから、嘘でも笑って欲しいの。……最初はたとえ嘘でもね？　……笑顔って、最後には本物になるんだよ。」

…要するに、掻《か》い摘《つま》めばこういうことだった。

悟史くんも沙都子も、ぼろぼろに疲れきって落ち込んでいる。そこにさらに、ムードメーカーの魅音まで落ち込んだら、悪循環《あくじゅんかん》にしかならないと、そう言っているのだ。慰めというよりは、諭《さと》すような響きがあるこの言葉に、…このレナという子が見かけよりずっとしっかりした考え方を持っていることに気付かされる。

お姉の評価では、悪ふざけが好きで、ひとりで暴走し出すこともある面白い子…ということだった。…だが、それ以外にもかなりしっかりした一面が潜んでいることをうかがわせる…。

「……魅ぃちゃんは悟史くんのこと、………好き？」

「…………好き。」

…無言で返したほうが無難だったかもしれないにもかかわらず。…私は即答した。

「……なら、………笑お？」

レナは微笑みながら、私にそう訴えかける。

「魅ぃちゃんの笑顔で、…きっと悟史くんに元気を分けてあげられると思う。……魅ぃちゃんはそれしか出来ないことに、落胆しかけているかもしれないけれど。…それでもね、…多分、それが一番、悟史くんの力になる。」

「………………理屈《りくつ》ではわかるけどね。……笑えったって、…そう簡単にはできないよ。」

レナはくすっと笑い、そうだよね…と相槌を打ってくれた。

「野球の練習にもさ、バイトが終わったらきっと帰ってくるから。」

………バイト？　思わずその疑問を口から出しそうになり、あわてて飲み込む。レナの口調から、それは雛見沢の学校では誰もが知る情報と聞き取れたからだ。

「………バイト、か。………いつ終わるんだろうね…。」

「お金が貯《た》まるまで、だろうけど。…どんなに遅くても、沙都子ちゃんの誕生日までには終わるよ。」

レナの発言から、注意深く現状の情報を抽出する。私は既知《きち》だと思われているから、迂《う》闊《かつ》に聞き返すこともままならないからだ。……悟史くんは何かの目的のためにアルバイトをしてお金を貯めている。学校通いの身でアルバイトなんて、そう簡単にはできない。…斡旋《あっせん》にはお姉が絡んでいる可能性がある。

そしてアルバイトはどうも短期間のものらしい。…そして、その貯めるお金はどうも沙都子の誕生日と関係あるらしい。なら、意味するところは簡単だ。………悟史くんは、沙都子の誕生日プレゼントに、何か安くないものを贈《おく》ろうとして…アルバイトをしているのだ。

叔母の苛めに耐えかね、ぼろぼろになってしまった妹を励ますために。……自身もぼろぼろであるにもかかわらず。……またしても、沙都子の都合。悟史くんは…沙都子の都合で心をぼろぼろにされ、……沙都子の都合で、その体に鞭打《むちう》ってバイトをしている。

………なんて馬鹿。………沙都子のことなんか、忘れてしまえば…悟史くんはもっともっと…心に負担をかけずに過ごせるのに。

「…………………っ。」

その時、…私の瞳を覗きこんでいるレナに、…ぎょっとする。レナは変わらぬ微笑《びしょう》を浮かべていたが、…どこか曇《くも》った瞳がとても薄気味《うすきみ》悪かった。私は、沙都子という存在が悟史くんを追い詰めていると……思っただけで、口に出したつもりはない。……だがこのレナという子は、…その私の考えを、私がほんの少し瞳を曇らせただけで……見透《みす》かしてしまったように見えた。

レナは私のそんな恐れにも気づいたのか、にこっと笑ってみせる。

だがその笑顔はまるで、…そういう考えに至《いた》るのも、悟史くんが大好きだからだよね…と、言わんばかり。笑みに……冷酷《れいこく》なものを感じて、少しぞっとした。…遠雷《えんらい》の音が聞こえる。土砂降りはすぐに止むどころか、ますますその強さを増すばかりだった。

「……………沙都子ちゃんが悟史くんを独占してることに、嫉妬を感じてる？」

「…………………………。」

今度は即答を避けた。……つもりだったが、このレナという子には、沈黙すらも答えとして通じてしまうようだった。

「あははは、別に魅ぃちゃんがそう思っても、私は軽蔑《けいべつ》しないよ。人を一途《いちず》に好きになる時って、そういうものだもん。」

「……ありがと。」

「でも、魅ぃちゃんは今までずっと、沙都子ちゃんを励ましてくれてたよね。……それって、私、すごく立派なことだと思うな。」

「…………沙都子は仲間だもの。…当然でしょ。」

言ってて白々しい。唾《つば》を吐きたい気分だった。

「私たちには、…沙都子ちゃんも悟史くんも。……励ますことしかできない。……どうやったらこの苦境《くきょう》から救ってあげられるのか、……わからない。」

「………沙都子が悟史くんにべったりし過ぎなんだよ。……沙都子がもっとしっかりすれば、悟史くんがここまで追い詰められることはない。」

「……あはははははは。はっきり言うね。」

レナは、暴言と聞き取れるはずの私の発言に、何も怯《ひる》むことなく笑って相槌を打ってみせた。

………この不思議な雰囲気の少女が何を考えているのか、…読み取ることは困難だった。

「悟史くんもさ、……ほんの少しはそう思っているとこ、あるかもしれないね。」

「え…？」

レナは…笑顔なのに、どこか薄ら寒さを感じさせる不思議な表情で…私にそう微笑みかけた。

「……悟史くんも、多分、心のどこかで、…沙都子ちゃんを庇い続けることに、疲れを感じてると思う。」

このレナという子は、…確信めいたものがなければ断言しない。…そういう性格だと思う。

…だから、彼女がそう言い切るからには、…彼女なりの確信があるに違いなかった。

「どうして……そう思う？」

「……私、悟史くんに打ち明けられたから。」

「…………え？」

本当は内緒なんだよ、魅ぃちゃんも内緒にしてね…と付け加えられる。

「悟史くんがね、……言ったの。兄として頼られることに、苦痛を感じる。それはとても罪深いことだと知っているけど、…ってね。」

私の知っている悟史くんはそんなことは言わない。

……いや、だが。…このレナという子もまた、嘘や憶測《おくそく》でものを言ったりする子じゃない。今日会ったばかりの人物なのに、どうしてそう断言できるのか、自分でもよくわからないが……、…とにかくとにかく、私は直感的にそう思っていた。……私は深いため息を漏らさずにはいられなかった。私が悟史くんに会えなかった間に、…悟史くんはそんなことを口にするくらいに…疲れ切ってしまったのだ。…だが、…それにしたって。……心の中でそう思ったとしたって、…それを安易に口に出す人じゃない。

……なら、…口から引き出されたのだ。このレナという子によって。…………わからない。この目の前の少女が。

私と出会い、大して言葉も交わさない内に、…私はもう心の中の本音を引き出されている。

……このレナという子には、……人の心の奥底に自らの腕を突っ込み…、中身を引きずり出す…そういう力があるのだろうか…？　……こんな、トタン屋根の待合小屋で、…素《す》性《じょう》の知れない奇怪《きかい》な少女と時を過ごさねばならない。…………私は今頃になって、…自分が奇怪な異世界に迷い込まされていることに気付く。

　お姉は多分まだ、…レナという子の正体には気付いていない。面白おかしい新しい転校生くらいの認識しか持っていまい。

　……もしもこの子の正体に気付いていたら、…私にそれを伝えないわけはない。

「…………レナは、…悟史くんに打ち明けられるくらいに、信頼されてるんだね。…ははは、うらやましい。」

「………別に信頼されてるわけじゃない。…………私が、経験者だからだと思う。」

「経験？　……レナにも、兄弟を庇ったりした経験が？」

「ひたひたと。ずぅっと足音がついて来て。……夜は枕元《まくらもと》にまで立たれて、見下《みお》ろされる経験。」

？？？　……ごめん、レナ。それは何の話？　…そう聞き直そうとしてレナに振り返った時。……私は、……得体《えたい》の知れない寒さに襲われることになる。……笑顔なのに、……見るものを凍《こご》えさせずにはいられなくする、…その目。

私はぞおっとして……目を見開いたまま、…表情を凍りつかせてしまう。

「……魅ぃちゃんにはないい？　……あはは、ないと思う。多分。」

あはははは……。レナは自嘲《じちょう》するように笑う。……私は彼女が何を言おうとしているのか、それに耳を傾《かたむ》けるのが精一杯だった。

「………魅ぃちゃんは、雛見沢から逃げ出そうとか。…もっと都会に行きたいな、とか。……そういうことを考えたことはある？」

……私はその質問の真意が読み取れず、沈黙を続けることしかできない。

だがレナは、そんな私に沈黙で合わせ、…静かに静かに、私が返事をするまで無言の圧力を掛け続けた。

「…………………な、………ないよ。…私は地元、…好きだし。」

「だよね、だよね。魅ぃちゃんはそうだと思う。あはははははは。」

本能が、この子には安っぽい嘘をつかない方がいいと告げる。…この子は、…何かの要素において私より一枚上手《うわて》なのだ。………感情の機微《きび》を読むことに長《た》け、…表情のわずかな陰りからも、心中を察してしまう特異な力がある。

だから私は、本当のことを答えた。

「そうならば魅ぃちゃんは大丈夫。……オヤシロさまには怒られない。」

「オヤシロさま………………？」

雛見沢の守り神、オヤシロさま。

……なぜこの名が突然、引き合いに出されたのか、私にはまったく意味がわからず、少しの間、思考を凍らせてしまった。

「うん。オヤシロさま。」

そんな私を諭《さと》すように、…レナは落ち着いた声でもう一度その名を口にした。

そうだ、…思いだした。オヤシロさまは、神聖な雛見沢を踏み荒らす外敵を許さない。そして、雛見沢を捨てて出て行こうとする村人もまた、許さない。それがオヤシロさまの祟りのルールだった。

心の中にじわ…っと。……バラバラ殺人、そして北条夫妻の転落事故と二年続いた後に村中で騒がれ、子どもたちの心に深く恐怖を植え込んだ、オヤシロさまの祟りの怖さが蘇ってくる。……ほら。……私が学園への放逐《ほうちく》が決められた時、…心の中に小さな恐怖を持ったじゃないか。

雛見沢から遠く離れた全寮制の学園になんか閉じ込められたら…、オヤシロさまの祟りに遭うんじゃないか……って。でも、…なら、…私はセーフでもいいはず。私は雛見沢（厳密には興宮だけど。…子どもルールでは興宮もセーフのはず）の地元が好きで、…学園を脱走してまで帰ってきた。

鬼婆に手配され、窮屈な生活を余儀《よぎ》なくされても、…この地に住まうことを望んでる。

……それは…オヤシロさまを冒瀆《ぼうとく》することにはならないはず。園崎本家の都合で遠方に放逐された私が、脱走してまで帰ってきた。……オヤシロさまには褒めてもらったっていいくらいに模範的なはず…。

……そうやって、心の中で、自分は祟られないという免罪符《めんざいふ》を欲しがっている。

私は、…今でも多分。……オヤシロさまの祟りを怖がっている？　…かもしれない。

「………私は地元、好きだから。…その意味では、オヤシロさまの祟りがあるとは思っちゃいないね。…模範的だとすら思ってるけど？」

「うん。それは私も認める。………だからこそ、悟史くんのことは、わかんない。」

「……どうして…！」

「悟史くんは心のどこかで。……雛見沢を捨てて、どこかへ逃げ出したいと思ってるから。」

……………………え……。声にならない、小さな叫びをあげてしまう。…悟史くんが野球に来ないことを悲しんでいた私。…だが、それでも悟史くんは雛見沢に住まい続けている。……いなくなってしまうことなんて、…考えもしなかった。

「悟史くんが……家出《いえで》したがってる…って、…こと？」

「うん。…………無意識の内に。オヤシロさまが枕元に立つまでは、多分意識すらしてなかったと思う。」

レナが何を言ってるのか、…わからない。……私は彼女が何を伝えようとしているのか…耳を傾けるだけで精一杯だった。

「悟史くんが体験していることは全て、…オヤシロさまの祟りの前触《まえぶ》れなの。……誰かが遠くからじっとうかがっている。…誰かがずっとつけて来る。……誰かがいつも、自分のすぐ後ろから見ている。……やがて足音は常に、自分とずれてひとつ余計に聞こえるようになるの。それらは初めの内は、お外でだけだけど。……やがて後ろのそれは自分の家の中にまで付いて来るようになる。そして、……お布団に入って灯《あか》りを消しても、…ずっと枕元から見下ろしてるの。……ただただ黙って。じぃっと…。自らの罪を認めるまで。悟史くんは夢見が悪いって、最初言い出したの。…それで私がどんな夢？　と聞いたら………。……私の時をなぞるようだった。だから私、彼に予告したの。……その気配が、やがて近付き、足音を聞かせるようになり、…常に悟史くんを見下ろしているようになったなら。…それはきっと私の時と同じだから、……相談して、って。……悟史くんは初め、私のことを怪訝に思ったと思う。でも、……私が予告した通りに、オヤシロさまの気配が近付くのを感じ。オヤシロさまが枕元にまで立つに至って。………やっと、自分の身に起こってることを相談できるのは私しかいないって、…気付いたの。」

…………目の前の少女は、茶化《ちゃか》す風もなければ、脅迫《きょうはく》するような口調《くちょう》でもなく。

……ただただ淡々と、…事実だけを述《の》べるかのように、それらを口にした。

私は、…相槌すら打てない。……レナの言うそれが、世迷言《よまいごと》なのか冗談なのか、…それとも何かの真実を示すものなのか、それをうかがい知ることすらかなわない。ただ、…耳を傾けることが許されるだけだ。

「私はね、もともと雛見沢に住んでいたの。小学校に上がる直前で茨城《いばらき》に引越した。……………新しい環境に馴染めなくてね。……心の中のオヤシロさまに、雛見沢に帰れ、帰れって何度も呼びかけられてた。………でも、小学生の子が泣きながら元の町に帰りたいって言ったって、どうにもならないもんね。……私は現実とオヤシロさまの声に板挟《いたばさ》みにされてずっと過ごすことになる。……そして、…………………。」

レナはそこで一度区切る。

……何があったか口にしたくない、とそういう風に読み取れる表情を浮かべたが、……そもそもレナがしている話の全容がつかめず、私は煙《けむ》に巻《ま》かれたかのような印象を受けるのみだった。

「結局、…いろいろあって私は雛見沢に帰ってくることができた。……だからオヤシロさまにはそれで許してもらえた。……あれ以来、オヤシロさまの気配を感じることはないもの。………でもね、悟史くんは私と違って、雛見沢にいながらオヤシロさまの祟りを受けることになった。…それはなぜか？　………理由はひとつ。悟史くんは、雛見沢にはいたけれども、……雛見沢を捨てて、遠くに逃げたがっていたから。その心を、オヤシロさまは許さなかったんだね。……悟史くんは、自問自答《じもんじとう》を何度も繰り返した挙句に、…認めたあよ。………ほら、悟史くん、アルバイトをしてるでしょ？　沙都子ちゃんが欲しがったの大きなぬいぐるみは十万円くらいするもんね。悟史くんは沙都子ちゃんの誕生日までに、その額《がく》を稼ごうとしている。でもほら、……考えてみて？　それだけのお金があったら、……後先《あとさき》を考えなくていいなら、……どこか遠くへ逃げ出す十分な費用になりうるんだよ。悟史くんは……無意識の内にね、…そのお金で沙都子ちゃんに誕生日プレゼントを買うんじゃなく。…………沙都子ちゃんを捨てて、どこか遠くへ逃げ出すお金に使ってしまいたいって、……思うようになってたの。それは悟史くんにとっては…この上なく罪深いこと。でも、さっき魅ぃちゃんが指摘《してき》したように、沙都子ちゃんの存在自体が悟史くんの負担になってるのは事実。…悟史くんだって馬鹿じゃないもん。……兄として認めたくなかっただけで、…沙都子ちゃんが負担になっていることには、ちゃんと気付いていた。だから悟史くんは葛藤《かっとう》してるんだよ。自分は妹を喜ばせるための、お金を貯めるためにバイトをしているつもり。……だけれども、それは自分の心を騙《だま》しているだけで、…本当は、自分が逃げ出すためのお金を作るために…バイトしてるんじゃないか、って。…………私は…逃げ出すべきじゃないと思う。逃げ出したって、悟史くんは多分一生後悔する。オヤシロさまだってそれをわかってるから、…悟史くんにこうして警告してくれているの。……悟史くんの心に、沙都子ちゃんを見捨てるなんて悪魔《あくま》の囁《ささや》きが、……早く聞こえなくなるといいんだけども。……悟史くんは綿流しの数日後だっけ？　沙都子ちゃんの誕生日にプレゼントを間に合わせるため、…今、いろいろなアルバイトに精を出してる。……

心も体も、追い詰めてる。…そんな苦境が、きっと沙都子ちゃんの誕生日を境に終わるんだって、信じて。…………………悟史くんは今もオヤシロさまの祟りに苛まれている。……沙都子ちゃんを守るか、見捨てるかの天秤《てんびん》の狭間《はざま》に立たされながら、ね。」

……土砂降りは、少しも弱まる気配はない。

トタン屋根を叩く音と、水滴が水溜りを叩く音が相変わらず騒々しいままだ。……にもかかわらず、耳が痛むくらいの静寂がこの場を支配していた。このレナという子は、………一体、何を言っているのだろう。私には、言っていることの半分も理解することはできなかった。

ただわかったのは、……悟史くんが、これまでにないくらいに苦しみ、悩み、…辛い思いをしているということだけだ。オヤシロさまの祟りが…悟史くんの身に起こっている？……そしてこのレナという子も、……同じ経験をしたことがある？そう言えば…もうすぐじゃないか。…綿流しのお祭りは。オヤシロさまの祟りは、もう三年連続で起こってる。……四年目がないなんて保証はどこにもない。

そんな時期に。………オヤシロさまの祟りの先触れを悟史くんが感じているというのだ。

悟史くんが家出してしまう？悟史くんが…今年のオヤシロさまの祟りの犠牲者になってしまう？……家出にしろ祟りにしろ、……悟史くんがどこか遠くへ消えてしまう可能性。

私は………何もできないのか？

……何もしなければ、……何もできないままに終わるだろう。…………………終わる？　…………

胸の中を、あまりに具体的になった不安がぐるぐると駆け巡る。

私はレナの奇怪な話を真《ま》に受けたつもりはない。………でも、…………………悟史くんに、何らかの終末が近付いている漠然《ばくぜん》とした予感に、戦慄《せんりつ》するのを隠せなかった。今思えば。

…………………それは本当に虫の知らせだったのだ。私は、危険を承知で、緊急に魅音に連絡を取ることにした。……その連絡の無神経ぶりに初め魅音は怒り、……そして私の話を聞いて驚くことになる。

「お姉。…………悟史くんのことだけど。……どういうことになってるの。」

「…………………最近、だいぶ険《けわ》しい様子なんだよ。……迂闊に声もかけられない雰囲気。」

「…………………何それ。声をかけられないから、悟史くんがどういう状況になってるか、よくわかってないってこと？」

「…………………………ごめん。」

「…………お姉。近々にまた入れ替わる機会を設けて欲しいの。」

「ん、…それはもちろんかまわないよ。でも最近はちょっと綿流しのお祭りの打ち合わせの絡みで日程の調整が難しいんだよ。…何？　またバイト？」

「私、雛見沢の学校へ行く。」

ノート二十一ページ

ここで、あの奇怪な少女との雨の中の会話を考察してみよう。竜宮レナ。本名は竜宮礼奈。

この不思議な子の正体はよくわからない。

ひとつ確かなのは、園崎本家とは何のつながりもない人間、ということだ。もちろん御三家の何《いず》れとも縁を持たない。竜宮家は確かに昔、雛見沢に住んでいた。その後、茨城へ引越したことについては、本人が言った通りだ。

小学校に上がる前に茨城へ引越し、……その後、雛見沢に戻ってきた。竜宮レナ本人は、オヤシロさまの警告（祟り？）を受けて雛見沢へ帰ってきたと言っている。

これが何を指すかは不明。

オヤシロさまが、常に自分を見張り、ヒタヒタと後を付けてくる、というのだ。私は被害妄想《ひがいもうそう》か何かではないかと思っているのだが、…奇《く》しくもその体験は、悟史くんの興味を大きく引くことになる。

彼女が言うには、悟史くんもこの時点で、オヤシロさまの祟りを受けつつある、というのだ。悟史くんはこの子に、自分もまた得体の知れない存在に後を付けられていると告白したらしい。

そして、この子の「経験談」が自分と一致することに大いに驚いたらしい。オヤシロさまの祟りとは…？　なぜレナと悟史くんは共通の体験を？

これは多分、村の何者かによる監視《かんし》のことではないかと見ている。その年の祟りの犠牲者の動向を監視しているに違いないのだ。……オヤシロさまの祟りを妄信《もうしん》してしまった悟史くんたちには、それがオヤシロさまの気配に感じられるに違いない。あとは被害妄想が重なれば、異常な体験をしているように感じてしまうのも無理ないはずだ。

つまりレナがもたらしてくれた情報から、悟史くんは綿流しのずっと前から監視下に置かれていたらしいことが窺えるのだ。だとすると。ここでひとつの疑問が浮かぶ。それはレナが受けた「監視」の意味だ。

私はこの監視は、その年の犠牲者に対して行なわれると仮定した。

だが、だとするならレナに対する監視の意味がわからない。

雛見沢と違い、遠い異郷の地に住まう彼女を、どういう意味があって監視したのか。故郷を捨てた村人、という位置付けでなら、なるほど、彼女が祟りに遭うのもわからなくない。

だが、…彼女は結局、犠牲にならずに済んだ。

雛見沢へ引越しが決まったから免罪になったのかもしれない。

…彼女は、私の知らないことを、まだ何か知っているような気がする…。

ノート二十四ページ

この時点での悟史くんの様子は本当に気の毒なものだった。家に帰れば叔母と沙都子の喧嘩・苛めに割って入って精神をすり切らせ。

にもかかわらず、毎日バイトに出掛け、肉体までもすり切らせ…。

仲間との接触はほとんどなくなり、学校でも休み時間には、机の上に突《つ》っ伏《ぷ》して寝ているか、どこかに姿をくらましているかのどっちかだったらしい。おっとりとしていた、在《あ》りし日の悟史くんを思うと、あまりに痛々しい。

そこにさらに「オヤシロさまの祟り」が降りかかってきたのだから、その心労は並大抵《なみたいてい》ではなかったろう。

オヤシロさまの祟りとは、つまり、悟史くんを今年の犠牲者にしようという連中の「監視」のことに他ならない。ならば。この年の犠牲者となるもうひとり。

つまり北条の叔母についても監視があったということになる。

叔母もまた、監視の気配を感じていたのだろうか?

いや、叔母に限らない。過去の犠牲者たちには皆、そういう監視の目があったのだろうか？　悟史くんの「祟り」が「監視」であったことを立証するためにも、調べた方がいい。

「監視」か、「被害妄想」か、……本当に「祟り」なのか。

沙都子

学校で

「ハイ、委員長、号令。」

…しばらくの間、自分（魅音）が委員長であることに気付けずにいた。

「あ、あ、あ、あ！　きり――――っつ!!」

「委員長も少し寝不足みたいですね。最近は寝苦しい夜が続きます。でもしっかりと睡眠は取るように。いいですね皆さん。」

「「「は～～～～～い！」」」

…この幼稚園と小学校を足して三で割ったような雰囲気は、何とも怪しいものだった。よく言えば和気《わき》あいあい。悪く言えば…ここが教育機関であることすら疑わしい。全体のイメージは、お姉から事前に十分な情報を得ていたので、違和感《いわかん》はなかった。学校で魅音が作っているキャラクターイメージもわかりやすく、演じるのはそう難しくなさそうだった。悟史くんは、………お姉から聞いた通り、…すっかりやつれていた。挨拶をしても、まるで無視するかのような態度《たいど》だった。……心身ともに追い詰められていることを知っているからこそ、…それはとても痛々しく見えた。

だがこの教室では、…悟史くん以外に、もうひとり興味を感じる人間がいた。それが……

悟史くんの妹、沙都子だった。悟史くんに負けず劣らず……、ぼろぼろの、まるで感情を失った人形みたいだった。

クラス中がその様子を痛々しいと思いながらも、手を差し伸べる術《すべ》が何もなく。……だから、見て見ぬふりをする他ないような…白々しい空気に包まれていた。魅音からもらえたのは今日一日だけだ。……ぼーっと過ごせば、学校の一日などあっという間に終わってしまう。私はこの限られた時間の中で、……何をしなければならないのか、考えなければならなかった。悟史くんと、…何か話をするべきだと思った。

でも何の話を？　何でもいい。…元気付けるのでもいいし、…同情するのでもいい。……とにかく何か、声をかけてやりたかった。でも私は、事前にお姉から釘《くぎ》を刺されていた。

……悟史くんが、最近、魅音と疎遠《そえん》になり、嫌っている、もしくは距離を置きたがっている…というのだ。むやみに話しかけると、あまり良くないかもしれない。…話をしたい気持ちはわかるけど、放っておいた方がいいかもしれない…。……というものだった。

お姉がそういう形で警告する以上、それには従うべきだった。だが………、私はその警告を無視することにした。私は昼休みに、席を外し、どこか一人になれるところを探すかのような悟史くんを追い、廊下《ろうか》で声をかけた。

「………悟史くん。」

悟史くんは私の声に過敏《かびん》に反応して振り返った。その表情を見た時、ぎょっとする。

……そこには、今日までに一度も見たことがないような、…拒絶《きょぜつ》の表情が浮かんでいたからだ。でも、……私は怯まずに続けた。……ここで怯めば、今日という機会は終わってしまうと思ったからだ。

「…えっと、さ。…………………元気？」

悟史くんは、これが元気な様子に見えるのか？　とでも言わんばかりの…冷たい眼差しを向けた。

……悟史くんにこんな眼差しで見られるなんて、…思いもしなかった。だからそれは…信じられないくらいに胸が痛む、辛いものだった…。俯《うつむ》きかける私に、悟史くんから口を開いてくれた。…ちょっと嬉しかったが、続く言葉に再び傷つけられる。

「……………元気だよ。………………他に用は？」

「え、…………。」

「…ないなら行くよ。……昼休みはひとりになりたいんだ。」

「そ、…そっか。…バイトが大変なんだよね。疲れてるから、ひとりになって休みたいもんね…。……今日もなんでしょ？　今日はどこで？」

悟史くんのバイトの斡旋はお姉が引き受けた。バイトと言っても、同じ店でというわけじゃない。ヘルプの出た店や職場に臨時《りんじ》で入る日替わりみたいな感じらしい。

だから悟史くんは常《つね》に違うバイト、慣れないバイトをしなければならなかった。また、

貯める額の大きさから、時給《じきゅう》のいいバイトを特にねだったという。……も
時給がいいバイトってのは…汚れ仕事とか肉体労働とか、そういうのばかりだ。

ともと体力がある方でない悟史くんは、日毎《ひごと》にやつれていくことになる。

「……どこでもいいだろ。…それに、僕がどこで働くかは、魅音なら知ってることじゃないのかい……？」

…そのバイトを斡旋《あっせん》したのは魅音なのに。……悟史くんの口調にはそれに対する感謝は微塵《みじん》も感じられなかった。…こんな悟史くんは悟史くんじゃない。…………とても、…悲しかった。

「………ははははは、そうだよね。……ごめん。」

「………用はそれで終わりかい…？」

悟史くんの拒絶が胸に突き刺さる。

……どうして…こんな冷たい言葉を？　私の頭を…やさしく撫でてくれた悟史くんは…もういなくなっちゃったの……？

「…………………ぅ……、」

感情が、目元から少し、溢れた。熱い筋が一筋、…頬を伝う。

でも悟史くんはそんな私を見ても、一瞬とまどってみせただけで、すぐに不快そうな表情に戻ってしまう。

「…あ、…ごご、………ごめん。…あの、……監督がさ、……また練習に来て欲しいなって、…言ってたよ。あははは………伝言。」

「……監督には、もうチームはやめたいって伝えたはずだよ。……戻る気はないし。」

「た、……たまにはさ。…ぱーっと体を動かして汗を流すのもいいと思うんだよ。ほら、スポーツって色々と、」

「興味ない。」

悟史くんから次々にぶつけられる理不尽な悪意がわからない。…どうして、私がこれだけ嫌われなければならないのかわからず、…私はうろたえるしかない。

「……なんで…？　どうして………？」

「……バイトで忙しいから。わざわざわかりきってることを聞くなよ。…面倒くさい。」

「………違うよ!!　なんで、私がここまで嫌われなくちゃならないの!?」

「…………………自分の胸に聞けばいいじゃないか。」

「自分の胸に!?　何を！　私が何をしたの!?　わかんないよ、悟史くん!!」

感情が弾けて、……もう自分でもどうしようもなくなった。両目から熱い筋が…幾重《いくえ》にも…ぼろぼろと。……悟史くんはとても面倒くさいものを見るような…嫌な目つきをした後、…私に声をかけることもなく、踵を返すと立ち去った。

私は…その背中に声をかけることもできなかった。…声をかければ、さらに冷たい言葉の刃《やいば》が返され、さらに私の胸を突き刺しただろうからだ。…それにもう耐えることが出来なくて。……私はその背中を見送るしかなかった。私は涙を拭《ぬぐ》いながら……教室へ戻ろうとした。その時、…教室から突然、泣き声が聞こえた。…驚きはしなかったが、…何事かと思い、教室を見渡す。…………泣き声の主は、……沙都子だった。床には散らばった弁当箱。

クラスメートに聞くと、……弁当を食べ終わり、弁当箱を洗うために席を立った時、ちょっと誰かにぶつかって、弁当箱を床に落とした。…それだけ。ただそれだけのことなのに、…まるで沙都子は誰かの大目玉を恐れるかのように、大声で泣きじゃくっていた。別に何かの壺《つぼ》を落として割ってしまって、取り返しがつかないわけじゃない。…足元に散らばった弁当箱を拾《ひろ》えば、それで済む話だ。……ちょっと蓋《ふた》を止める部分が外れてしまったようだけど、そんなのパチッと直せる程度。……こんな、号泣《ごうきゅう》するようなことじゃない。

そして、…沙都子は泣きながら、許しを乞《こ》いながら、叫んだ。

「助けてよ、助けてよぅ…、にーにー――!! わぁあぁぁあぁあああぁぁぁあん!!!」

感情のたがが外れかけていた私は、心の中に灯った怒りの火が、全身を火だるまにしてしまうのを感じた。……それは、自分ではもうどうにもできない、感情の爆発だった。

泣き喚《わめ》く沙都子に、おろおろと戸惑うクラスメートたちを押しのけ、…ずんずんと踵《かかと》で足音を立てながら私は猛然《もうぜん》と迫る。そして、辺りをはばからず泣き喚く沙都子の頭を鷲《わし》摑みにし、…全身の力で思いっきり、頭をぶん投げるように、壁へ叩き付けた。沙都子は短い悲鳴をあげ、何が起こったのかわからないような表情をしていた。

涙をぼろぼろとこぼしながら、かたかたと震えながら。…どうして私に悪意をぶつけられなければならないのか、理解できずにいた。

「……何であんたがそういう目に遭うか、理解できる？」

「ひぃ…ぃ……、…ぃ……た、助けて……、…にぃにぃ……、」

沙都子は私の問い掛けを理解しようとせず、再びその言葉を口にする。私は再び沙都子の頭を鷲摑みにすると、今度は床に叩きのめすように投げつけた。

沙都子が無様に転げ、机のひとつにぶつかって倒してしまう。机の中身が辺りに散らばり、ひどい有様《ありさま》になった。沙都子は立ち上がろうとはしなかった。身を硬くしてうずくまり、上目遣いに私を見上げ、がたがたと震えていた。

「助けて……たすけて……、…にぃにぃ…、…にぃにぃ……。」

「あんたが…そんなだから…ッ!!!」

…あんたが…安易に悟史くんにすがるから……、悟史くんが苦しんでるのがわかんないのッ!?　そう言いたかったが、怒りでからからになった喉からは、そこまで発せられることはなかった。私は床に散らばった教科書の束《たば》を拾い、まだ助けを求めようとするその無様な顔に投げつけた。

「泣きたければ泣けばいい!!　でもね、泣いたってね、何も解決しないッ!!　何で泣くの⁉　泣けば誰かが助けてくれるから⁉　その助けてくれる人が、あんたの代わりにどれだけ傷ついてるかなんて想像もつかないでしょ!!!　わかってるの⁉　あんたの罪が!!　あんたなんかいなければいい!!　苦しいなら死ね!!　ヘソでも噛《か》んで勝手に死んじゃえばいい!!!　悟史くんまで苦しめるな!!　ひとりで苦しんでひとりで勝手に死ね!!　お前なんか死んでしまえぇぇえぇえぇー!!!」

「わあぁあぁあぁあぁああああん!!!　にーにー!!　にーにー!!!　うわあぁあぁあぁあぁあぁん!!!」

沙都子の号泣は、もう今の私には怒りに油を注《そそ》ぐだけだった。

「泣けばいいと思うな!!!　悟史くんにすがれば済むと思うな!!　甘えるんじゃない!!!　お前さえいなければ…!!　お前さえいなければッ!!」

床に散らばった教科書やノートを次々に沙都子に投げつける。…沙都子は亀《かめ》の子のように縮《ちぢ》こまり、さらに大きな声で泣き喚くのだった。髪の長い少女が躍り出て、縮こまる沙都子に覆い被《かぶ》さった。

………こいつは有名人だから知ってる。…古手梨花《ふるでりか》。沙都子の数少ない友人のひとりだ。

「……沙都子をいじめないでなのです。沙都子は可哀想なのです、いじめてはだめなのです…。」

「可哀想だから何をしても許されると思ってる⁉　可哀想だから悟史くんに寄り掛かってもいいわけッ⁉　甘やかしてるんじゃないよッ‼　こいつがどこまでも甘えてるから…悟史くんが辛い思いをしなくちゃならないんだッ‼」

「…だめ‼　だめなのです‼　沙都子をいじめちゃだめなのです…‼」

沙都子を庇うなら、梨花もまた私の怒りの対象だった。

「私はね、その甘えきった沙都子の根性《こんじょう》を教育してやってんだよッ‼　邪魔しやがるとあんたの頭から叩き割るよッ⁉⁉」

私はイスを掴み、振り上げる。こんなもので殴りつけられたらただじゃすまない。梨花は両目を固くつぶって、沙都子に覆い被さり、自ら盾《たて》になろうとした。

もう、私にはどうでもよかった。沙都子も梨花も、まとめて殴りつけるつもりだった。

「やめて‼　魅ぃちゃん！！！」

ただ事ならぬ状況を察知《さっち》し、教室へ戻ってきたレナは、イスを振り上げた私に制止の声をぶつけた。

そのレナを押しのけ、駆け込んできたのは、………悟史くんだった。悟史くんは、沙都子が今置かれている状況を瞬時に把握《はあく》したようだった。……そして、彼は私に猛然と駆け寄り、飛び掛かってきた。私は悟史くんに飛び掛かられ、ロッカーに叩き付けられるまで、…何が起こったかわからず呆然としていた。

ロッカーが派手な音を立てて歪《ゆが》む。……私は慣れぬ衝撃に身を屈《かが》めてしまう。

「沙都子!! 大丈夫か沙都子…!!」

「にーにー!! にーにー!! わあぁあぁあぁあぁぁぁぁん!!」

沙都子は、たった今まで身を挺《てい》して庇ってくれていた梨花を押しのけると、悟史くんに飛びついて、…泣いた。

「どうしたんだよ…一体…。どうして…沙都子が…。…沙都子が…!!」

「私ね? 何もしてないのに……何もしてないのに!! 魅音さんが…魅音さんが……、わあぁぁあぁあぁぁあぁぁあぁぁあッ!!!」

「ど、……どういうことだよ魅音ッ!!!」

泣きじゃくる沙都子の頭を固く抱《だ》きながら、悟史くんは私を怒鳴りつけた。…恐ろしい形相《ぎょうそう》だった。

「どういうことって、……私は…」

「沙都子が何をしたよ!? 僕たちが何をしたよ!? 何でいつも苛められなきゃならないんだよ!! ええ!? どうしてだよッ!!!」

沙都子を解放し、悟史くんは私に迫り、…襟首を摑み上げた。

「さっき……悟史くんは私に、自分の胸に聞け、って言ったよね。…なら、沙都子の胸に聞いてみりゃいいじゃない。」

「何をッ！！！！」

「悟史くんだって、自分で認めてるんでしょ？　……沙都子があんたにべったり頼ってるから、悟史くんの重荷になってるんでしょ!?　沙都子がもっとしっかりしてれば、悟史くんがこんなに大変な思いをすることなんてない!!　そいつが全ての元凶《げんきょう》なの!!!」

多分、図星だったのかもしれない。私のその言葉に対する悟史くんの怒り方は、尋常《じんじょう》じゃなかった。

「こっ、…こいつ…!!!　いい加減なことを言うんじゃないッ!!!」

「痛ッ、…いたたたたたたたたたたた…ッ!!!」

悟史くんは私の髪を引っ張って振り回すと、私が沙都子をそうしたように、壁に投げて叩きつけた。

だが今度は私も怯まなかった。…もう完全に心の堰《せき》が崩れ、感情のダムの決壊《けっかい》が起こっていた。

「悟史くんだって…沙都子を甘やかし過ぎてるよ!!!　あんたがそうやって際限なく甘やかすから、そいつはいつまで経《た》ってもあんたにすがってばかりなんだよッ!!!」

「お前に僕たちの何がわかる!!　何がわかるってんだよッ!?　父さんや母さんを村ぐるみで追い詰めて…散々に苛めて!!　そして今度は僕たちか!?　それが園崎家のやり方なんだろッ!?　どこまでも村の裏切り者を苛め抜く!!　そんなに楽しいかよ!!　弱い者苛めがそ

んなに楽しいかよ！　えぇぇッ⁉」

「もうやめてえええぇえぇえッ！！！」

最後に叫んだのはレナだった。

鬼のような形相で、私と悟史くんを交互《こうご》に睨みつけながら、私たちの間に割って入る。

「悟史くん、もうやめてあげて。魅ぃちゃんに悪気《わるぎ》はなかった。……悟史くんの力になってあげたくて、その気持ちがちょっとずれて、空回りしちゃっただけ。………ね？」

「…………………………。」

悟史くんは何か言い返そうとしたが、何も口にはしなかった。

「魅ぃちゃんも、もうやめて。…魅ぃちゃんが誰よりも悟史くんのことを心配してるのは知ってる。だけれど、こんなやり方はそれの解決にはならない。そんなの、ちょっと落ち着いて考えればわかることだよね？」

悟史くんが何も言わなかったから、…私もまた沈黙を守ることにした。

「ほら、沙都子ちゃんも。お弁当箱を落としたくらいで、泣くことはないよ。ね？　…落ち着いた？」

「……沙都子、ボクがお弁当箱を拾ってあげますよ…。」

「………ぅうぅ、……ひっく、……ひっく…！」

沙都子の痛々しい様子がこらえきれない様子の梨花は、床に散らばった沙都子の弁当箱を拾い集める。

「みんな。…片付けを手伝ってくれる？　もうすぐ先生がカレー菜園《さいえん》から戻ってくる頃だよ。これでもう喧嘩は終わったから、先生には余計なことは言わない。……いいね？」

クラス一同は、互いの顔を見合わせてから…小さく頷き、それぞれに床に散らばったものを拾い始めた。

「はい。悟史くんも魅ぃちゃんも、仲直《なかなお》りの握手。……ほら。」

「………………ごめん……。……こんなつもりじゃ、…なかったのに。」

私の激情《げきじょう》の、残った欠片が…再び目から零れ落ちる。

「…………僕も、………悪かった。……僕たちが苛められてるのは、大人の都合で、…魅音とは何も関係ないって知ってるはずなのに。…………………ごめん。」

「さ、魅ぃちゃんは次に沙都子ちゃんに謝る。……はい。」

……悟史くんには謝れても、…沙都子に謝る気はさらさらなかった。

でも、とりあえずそうしないと場が収まらないと思い、…私は渋々と曖昧な謝罪の言葉を沙都子に投げかけた。沙都子は憮然《ぶぜん》とした表情のまま、…謝罪を受け入れたことを示す意味で頷いてみせる…。私はレナから解放され…、緩《ゆる》い頭痛《ずつう》に思わず両手で自分の頭を抱え込んだ。

……なんだこれ…。何やってんだ私…！　こんな…喧嘩をするために、貴重な時間をもらったわけじゃないのに…！　お姉がちゃんと私に警告してたじゃないか…。悟史くんには近寄りがたい雰囲気があるから、話しかけない方がいい、って。私は…何をしに来たんだ一体。…こんなことになるなら、むしろ来ない方がよかった。……ばかばか、…自分の、ばか。私は悟史くんのことを思って、…感情を爆発させた。なのに、どこかで狂って、…いや、狂っていたのは最初からかもしれない。…そして、…悟史くんと喧嘩をするという、本末転倒《ほんまつてんとう》な結果に陥った。

後悔。自己嫌悪《じこけんお》。…いくら自分をなじっても取り返しがつかない。世界はもう真っ暗だった。…空が崩れて落ちてくるなら、早く私を押し潰して殺してほしかった………。

魅音に報告…

お姉は呆れるような同情するような、複雑な気持ちのようだった。

「…ただでさえ綿流しの直前でいろいろと忙しいってのに…。詩音は話をさらにややこしくしてくれるなぁ…。」

「……ごめん。」

お姉は何か言おうとしたが、今さら言っても無意味だと悟《さと》ったのか、それを飲み込んだようだった。…私は二、三の悪態《あくたい》に付き合った後、今日あったことの全ての詳細を引き継《つ》いだ。

お姉は私が起こしたトラブルを、自分がしたこととして被らなければならないのだから…迷惑千万《めいわくせんばん》なのは無理もない話だった。

「…………もう当分は、…入れ替わる機会はない…？」

「…詩音あんた…、……ちょっとは私の迷惑を考えてほしいなぁ…。」

「…………………それは………ん。」

それまで比較的、同情的な相槌を打ってくれたお姉も…さすがに苦い声を出す。

これだけことを荒立《あらだ》てて、もう一度入れ替わってくれなんて言えば…、お姉が渋るのは当り前だ。気まずく、…しばらくの間ふたりは沈黙し合う…。

「…仮にさ、もう一回機会があったとして、……詩音はどうするの？」

……当然の疑問を返される。…だが、…私はそれに対する返事を用意していなかった。

仮にもう一度学校へ行けて、悟史くんと会えたとして。………私は、何をすればいいんだろう…。

今日のことを謝る？……どんなアプローチから、どんな謝罪をするにせよ。…今の悟史くんには逆効果《ぎゃくこうか》になるとしか思えなかった。…そうだ。…悟史くんが言っていたことを思い出す。………悟史くんの一家を、さんざん苛め抜いたのは園崎家じゃないか。

悟史くんが園崎の姓《せい》を持つ人間を毛嫌《けぎら》いするのは…とても自然なことなんだ。

……でも、…ならなんで今頃になって。…今までだってずっと私は園崎だった。悟史くんだって、私を園崎魅音だと思って、頭を撫でてくれてたじゃないか…。

「……お姉。率直《そっちょく》なところ、……悟史くんは園崎家を、恨《うら》んでるんだよね…？」

「………………………だと、…思う。」

北条一家を、村ぐるみで苛め、団結の為の見せしめ、スケープゴートにしたのは間違いないし、それを主導、先導（扇動《せんどう》でも間違いではない…）したのも間違いなく園崎家だった。

ダム戦争後も、表立った苛めはなかったものの、村に非常に居難い雰囲気があったのは間違いない。

家族の暮らしを滅茶苦茶《めちゃくちゃ》にし、…挙句、自分たちを今日《こんにち》の境遇に追い込んだ根源を園崎家と思い、…悟史くんが恨んだとしても、お門《かど》違いでもなんでもないのだ…。

「でもさ…。……だったら……なんで？　……なんで…今頃になってなの？」

「…………………。」

「…なんで……今頃になって……こうなるの…？　それなら……それならいっそ…。

…………ぅぅぅぅぅ…！　……ぁぅぅうぅぅう…!!」

私と初めて会った時から、…私を拒絶するような目で睨んでくれたなら。……私は、悟史くんに近付こうと思わなかったのに。

両目からぼろぼろとこぼれる熱いものを、私は拭うことも忘れていた。……悟史くんが園崎の人間を恨むのは道理なのだ。何も不自然なことはない。

むしろ。……むしろ不自然なのは…どうして今まで親切に。…普通に扱ってくれたのかの方だ。………それを疑問に思うこと自体が本末転倒だとは思う…。

「………悟史が、……大人だったから、…としか、…言えないと思う。」

「ソッ、……そんなのって………、……ひどいよ……………………。…わあぁぁぁぁぁぁあん…!! ぁあぁぁあぁぁあぁぁあぁぁあん!!!」

今までは大人だったから、私が園崎の人間だとしても普通に扱ってくれた？　……でも今は、…心身共に大変だから……心の奥底の、恨み辛《つら》みが噴出《ふんしゅつ》して…今になって拒絶するようになったってこと…？

どの角度からどう考えようが。……私の悔しさに、悟史くんの非を見つけることはできなかった。むしろ…恨むとしたら、………それは今日まで一度も考えたことのない方向に対してだった。

「…………なんで、……鬼婆は悟史くんの一家を苛めようって言い出したわけ…!?」

「え、………ぁ。……………ん…。」

「ダムに賛成したのは悟史くんの親でしょ!?　悟史くんが賛成していたわけじゃないでしょう!?　何で一家まるごと苛めようって話になったの!?　どうしてよ!!」

魅音は言葉を詰まらせたまま、何も言い返せずにいた。お姉がわざわざ口に出さずとも、…私だって薄々とは知っている。別に園崎本家が北条家を苛めろとGOサインを明確に出したわけじゃない。

あの鬼婆が、北条家を不快に「思っただけ」。その憂慮《ゆうりょ》が意思として汲み取られ、結果として執行《しっこう》されただけのこと。でも、鬼婆は自分がどう喋ればどう波及《はきゅう》して、どう影響が及ぶかは重々理解しているはずだ。ならばそれは「思っただけ」でなく、明白な命令に他ならない。……鬼婆が、園崎本家が北条家に対する陰湿な攻撃を命令したに他ならない。

「前にお姉は、古手の神主さんのことを、和を乱すのは大人じゃないみたいなことを言いましたよね。つまりこれもそういうわけ!? 村中が団結しなきゃならない時に、異を唱える北条家は大人じゃなかったと。だから制裁する必要があったと! そういうわけなんでしょ!?」

魅音はもはや相槌すらも打てなかった。私は、自分の発言が完全な図星であることを理解する。

「なら制裁は北条の親だけで十分じゃない!! 本家の拷問室にでも連れ込んで指の一本も撥《は》ねてやったらいいッ!! でもそこまでで十分でしょ!? 悟史くんは関係ない!! 悟史くんには何の関係もないッ!! 悟史くんが何をしたって言うの!? 悟史くんに何の罪がある

って言うの!?　答えてよ!!　答えてよ魅音!!　魅音ん!!!」

「…ハイ。ではよろしくお願いいたしますね。失礼いたします。」

魅音は突如《とつじょ》冷たい声で、他人行儀《ぎょうぎ》な言葉を口にすると、私の話を断ち切るように受話器を置いた。私は瞬間的に、私の詰問から逃れるために受話器を置いたのだと思い、烈火の如く怒りの感情が噴き出すのを感じた。

そして、本家への電話番号をもう一度ダイヤルしようとして、……魅音のその発言が、鬼婆が来たから電話を打ち切るという取り決めに基《もと》づく対応であったことを思い出す。…本当に鬼婆が来たかはあやしい。だが、取り決めにしたがって切られた以上、私は今、掛けなおすことはできなかった。私は熱くなり過ぎた自分の頭を冷やそうと、洗面所へと向かう。蛇口《じゃぐち》をひねると、出てきたのは不快なぬるい水。

そんなものはいくら顔に叩きつけたところで、わずかの気分転換にもならないのだった。

葛西の訪問

大の字になって、私は天井を見上げているだけだ。お腹が空かないわけじゃない。…親元にいるわけでもなければ学園にいるわけでもない。自分で起き出して何とかしなければ食事は出ない。そんなことはわかっていても、…起き上がる気にはならなかった。この無気力な生活を始めて、そろそろ数日になろうとしていた。

そう言えば、明日だっけ。………綿流しのお祭りは。呼び鈴《りん》のチャイムがなる。無視していたが、しつこく鳴る。

やがてノックと、葛西の無神経な声が聞こえてきた。

「詩音さん。いらっしゃるなら開けて下さい。弁当を買ってきました。」

…別に葛西に弁当を買いに行ってもらった覚えはない。だが、最近、私が食事を取らず、元気をなくして横になっているばかりだということは知っていた。

「……やはり食事を取られていませんでしたか。」

「別に。………お腹が空いてるわけじゃないし。」

だが、葛西の買ってきた弁当が机の上に置かれると、私の嗅覚《きゅうかく》は敏感に反応し、無様にお腹を鳴らしてみせるのだった。

「ほら、お腹が鳴っている。…食べた方がいいですよ。」

お腹は空いても、食欲はない。いや、食欲はあっても、食べる元気がないというのが正解だった。だが、せっかく葛西が気にして買ってきてくれた弁当を無駄《むだ》にするのも悪い。私は葛西の顔を立てるだけのために、弁当の箸《はし》を取った。

「最近は鬼婆がマークしてるんじゃなかったの？　私のとこなんかに来て大丈夫なわけ？」

「お魎さんは綿流しの打ち合わせ等でお忙《いそが》しく、詩音さんのことまでは最近は頭が回らないようでしたので。……クリームコロッケは好物ではありませんでしたか？」

「ん、……おいしいです。…ありがと。」

私が弁当を突っつく間、葛西は私が放り出していた雑誌類《ざっしるい》を漁って読んでいた。

「……葛西は、…。……ん。」

葛西にこういう悩みを打ち明けたことはない。…精神的に、自分の方が優位《ゆうい》に立っていると思っているだけに、葛西に自分の弱みを見せていいものか迷った。

「そういう悩みも、年頃《としごろ》にしておくのは悪いものじゃありませんよ。」

「……！　葛西、あんた…、全部知ってる…!?」

「魅音さんから少々。力になってほしいと頼まれました。」

「…お姉か。…………ち。」

「心配しておられましたよ、魅音さん。」

私は返事をせず、一口分残しておいた最後のクリームコロッケを口に放り込む。

「北条悟史くんの近況を知りたがっていると思いまして。少し情報を集めてきましたが、余計なお世話でしたか？」

「余計なお世話です。………でも、せっかく集めてきた葛西の顔を立てるために、まぁ一応聞いておきます。」

葛西は小さく笑ったが、不謹慎《ふきんしん》だと思ったのかすぐに笑うのを止める。

「北条鉄平《てっぺい》が家を出たらしいです。興宮に愛人がいまして、そこへ転げ込んだようです。」

「鉄平？　誰？　……あぁ、悟史くんの叔父か。」

「家には叔母の北条玉枝《たまえ》と北条悟史、沙都子の三人となりました。玉枝は鉄平が愛人の下へ逃げたのだと気付き、大層機嫌を悪くしたらしいですね。」

「ってことはあれだ。ますます叔母の沙都子苛めが加速して、悟史くんもそれのとばっちりでさらに苦労してるってことか。」

「悟史くんの方はわかりませんが、沙都子さんの方は近所でも噂になるくらいに、惨《みじ》めな目に遭っているようです。」

沙都子が被る惨めさは、結局、悟史くんが被る。同じことだ。

「その叔母って、何とかならないの？　憎き北条家の片割れなわけだから、園崎本家で制裁しちゃおうって話にはなってないの？」

叔父がいなくなったなら、ついでに叔母もいなくなればいい。そうすれば万事問題は解決だ。

「…園崎本家としては、北条夫妻の事故死で一応のけじめが付いたので、北条関連では一切手を出すなと厳命《げんめい》が出ています。夫妻の事故死を疑う警察が、北条家近辺を未だマークしているという噂がありますので。」

「事故死はオヤシロさまの祟りってことになってるからね。神罰が下ったんなら、それ以上は人間が下すまでもないってこと？」

葛西は曖昧に笑って応えた。今さらだが。…こうして考えると、オヤシロさまの祟りってのは全部、本家の意思が反映しているとしか思えない。

鬼婆の憂慮に、誰かが気を利かせる。綿流しの祭りの当日に。そう。綿流しは明日じゃないか。……今年も、明日もオヤシロさまの祟りは起こるのだろうか？

起こるなら、…今年の祟りは誰に？　そういえばオヤシロさまの祟りって、必ず一人が犠牲というわけじゃなかった気がする。

一年目と三年目は一人だが、二年目は夫妻そろってだから二人死んでる。なら四年目の今年は二人が犠牲になってくれても良さそうだ。丁度いいじゃないか。叔母と沙都子が犠牲になってしまえばいい。

悟史くんを悩ませる二人が丸ごと消えてくれれば、悟史くんは全ての悩みから解放される！

「………葛西。今年のオヤシロさまの祟りの犠牲者は誰かって、もう決まってるの？」

「…………………。」

「決めるのは鬼婆？　…ならお姉は明日の犠牲者をもう知ってるってことになるな。どうなの葛西。何か聞かされてる？」

「詩音さん、……私はその件については一切聞かされていません。」

「…まぁ、そりゃあそうか。葛西ごときの耳に本家の最高機密が入るわけもないか。」

「………そういうことです。少なくとも、私の関係する界隈では、そういう話は下りてきていません。ですが、…ご存知の通り、本家は裏の世界の方々に通じています。私にはその一部を垣間《かいま》見ることもかないません。」

……お姉に単刀直入《たんとうちょくにゅう》に聞いてみようかとも思った。…だが、喋るまい。

あいつは、私と比べると約束事に義理堅い。鬼婆に、口外《こうがい》してはならないと釘を刺されたら、絶対に口を開かない堅さがある。

「………ちぇ。…今年の綿流しで、叔母と沙都子が消えちまえばいいのにな。」

「…………………。」

「……葛西、私は『憂慮』したよ？　気を利かせてくれるとうれしいんですけど。」

「詩音さん、ご冗談を…。」

「わぁってるって。言ってみただけだって。」

そうおどけながら、ちらりと葛西をもう一度見る。

……だが、葛西が私の期待する形で気を利かしてくれそうな素振りはまるでなかった。

私は村には行けない。だから明日の綿流しなどどうでもいいし、見に行くつもりも初めからない。だけれど、……きっと起こる今年の祟りの犠牲者にだけは興味があった。

私がこのままだらだらと、ソファーの上でだらけて過ごせば、多分もう何十時間くらいかで今年も祟りが執行されるだろう。祟りがどういう意味で行なわれてるのかなんて、私にはわからない。だが恐らく、鬼婆が何らかの考えに基づいてやっているのは間違いない。ダム戦争の時以来の村の仇敵に次々と制裁を下していく。

……ぱっと考えれば、もっともらしい仇敵がほとんどいなくなった今、次にもっともらしい村の仇敵は、北条の叔父叔母夫婦しか思いつかない。外はセミの声で充満していて、気だるさを誘うだけ。なんだって今年は、まだ六月だってのにこんなに蒸し暑いんだろう。

私はもしも本当にオヤシロさまが祟りを下しているのだとしたら、……オヤシロさまに祈ろうと思った。どうか悟史くんを苛める意地悪な叔母に神罰を与えて下さい。その見返りに、沙都子を差し出します、と。

はぁ。………………暑い。

悟史くんからの電話

目が覚めたとき、もう葛西の姿はなかった。食い散らかした弁当箱などのゴミはちゃんと片され、部屋も少し片付けられていた。脱ぎっぱなしにしていた靴下《くつした》なども、いつの間にか洗濯機前のカゴの中に放り込まれている。

…年頃の女の部屋を、いくら葛西とは言え、男に片付けられたくない…。まぁ、悪態をつくより、忠臣の気遣いを感謝すべきか。時計を見ると、昼とも夕方とも付かない曖昧な時間だった。……今日こそ買い物に行かなくちゃ。冷蔵庫の中にはもう何もない。…今日こそ買い物に行かなきゃ、本当に今夜は白米のご飯しか食べられない。その時。……電話が鳴った。買い物のことばかり考えていたから、私はきっと葛西に違いないと思った。葛西なら好都合だ。…弁当でいいから、何か買って来てもらおう。それで買い物に行く手間は省ける。……そんな怠惰《たいだ》じゃ駄目だな。…でも、今日だけは…。だが。電話の相手は違った。

「………お姉。…そこ、どこ？　本家じゃない？」

「あ、うん。…公衆電話から掛けてる。だから手短《てみじか》に話すよ。………悟史から電話が来たんだよ。」

「…悟史くんが？　お姉に？」

「………多分、私にじゃないと思う。詩音にだと思う。…悟史は、……先日の教室での件を謝りたがってるみたいだった。…だから、……その電話は詩音が受けた方がいいと思って。」

「…………………。」

「悟史の電話は、今ちょっと忙しいからすぐ掛け直すって言って切ってあるの。……だから詩音は、今から私が言う電話番号に電話してあげて…。」

「…………………ん、わ、わかった……！」

私は少し惚《ほう》けた後、我に返り、雑誌の裏表紙の余白部分に電話番号を書き取った。

「…ありがと。すぐに電話します。」

「そうしてあげて。……悟史は最近、すごく追い詰められてるの。………私の声はもう届かないみたいだけど、……詩音の声なら、…ひょっとすると届くかもしれないって、……何の根拠もなく、思ってる。」

お姉は私のふりをして悟史くんと電話でやりとりすることだって出来たはずだ。……だがその電話を敢《あ》えて中断し、私に取り次いでくれた。

「ありがとう。…魅音。」

「じゃね…、…詩音。」

私は魅音が電話を切るのを待たず、受話器を置き。わずかの躊躇の後、呼吸《こきゅう》を止めて一気に書きとめた電話番号をダイヤルした。

やがて、呼び出し音が、…三度、…四度。……出た。

「………北条です。」

悟史くんのちょっぴり大人びた声が私を迎える。その声は、少し疲労の色を残しながらも、…私の大好きだった悟史くんのあの声に間違いなかった。

……だからこそ。…自分が名乗れば、また不機嫌な彼に戻ってしまうのではないかと思い、……しばらくの間、息を飲み込むばかりで、名乗ることもできなかった…。

「あ、……の、…………悟史くん………ですよね？」

「ぁ………、さっきはごめん。…もう時間は大丈夫なの……？」

悟史くんは、…悟史くんでいてくれた。…冷たく拒絶した、あの悪夢のような日を感じさせる声色はなくなっていた。

「…うん。……全然平気です。」

「……ぁ、……………………うん。」

悟史くんは小さく頷くように言うと、そのまま口を噤《つぐ》んでしまう。……何だか、…私から先に喋らなければいけないように錯覚させられてしまう。

…こんなのずるい。悟史くんから掛けてきた電話なのに……。それでも私が先に何かを言わなければならないような、強迫《きょうはく》観念に取り付かれた頃。…ようやく悟史くんは話しかけてくれた。

「………………先日は、………ごめん。」

「ぁ、…ぅ…、わ、私こそ、………ごめんなさいです…！」

「……魅音は謝らなくていいよ。…僕がどうかしてた。」

悟史くんは、…きっと私が目の前に居たなら、私の頭を撫でていたに違いない。……受話器越しであることが悲しかった。

「……僕は、…僕たちをここまで追い込んだ奴らを絶対に許しはしない。……そいつらは、魅音のとても近くにいるのかもしれないけれど。でも、……決して、魅音じゃなかったんだ。……だから、……僕は君にだけは謝ろうと思って。」

「………うぅん、……気にしないで。…私だって、悟史くんのことをよく理解しようともせず、…無神経だった。」

私たちはしばらくの間、謝られては相手を制し、謝っては制せられを何度か繰り返した。

「…それより、悟史くん…。………大丈夫…？　いろいろと大変なのに、…沙都子の誕生日プレゼントのためにアルバイトまでして。………だいぶ、…追い詰められてるんじゃない……？」

「………もう、バイトは辞めたよ。目標額のお金は、何とか貯められたみたいだからね。」

「…そうなんだ…。なら、…もう体を無理させなくていいんですね。……本当によかった…。」

悟史くんはそこで何かを言い返そうとしたようだったが、それは結局、飲み込まれたようだった。

「僕より、…………沙都子の方が、…辛い。」

「……………………。」

「…沙都子、……大変なことになっていますね…。……大丈夫なんですか…？」

「……あれが、…大丈夫なように見えるのかよ……？」

悟史くんの声色が急にどす黒くなる。…私は瞬時に失言《しつげん》を理解した。

「ご、ごごご、ごめん！　ごめんなさい…！　ごめんなさい…！」

私の馬鹿…!!　せっかく…せっかく悟史くんと話ができてたのに、…自分でそれにひびを入れるなんて…!!　悟史くんは私の謝罪には特に答えなかった。……私は謝罪の言葉を途切る。

「…………あんなに、…ぼろぼろになるまで苛め抜かれて。……みんな、…見捨てた。沙都子を、見捨て、………見捨てた…。」

「み、………見捨てたつもりなんて………。」

悟史くんに言葉を合わせるために使ったにしたって。……なんて白々しい言葉だろう!?自分が軽々しく口にした、その言葉の罪深さに。…私は口をつぐむしかない。

悟史くんは沙都子を叔母の悪意から守ろうと必死なのに。…私はその沙都子のことなんか、明日の祟りで死んでしまえと願っている。

…悟史くんの必死を、私は見捨てているのだ。

「……沙都子は…、もう擦《す》り切れる直前なんだ…。……だから…、…………。」

悟史くんは、だから…で切り、続く言葉をしばらく口に出来なかった。口に出来ない、というより、…言葉を選んでいるような。そんな感じ…。やがて、…適当な言葉。あるいは無難な言葉が思いついたのか、それを口にした。

「………だから。………せめて、一晩くらい、遊ばせてやりたいんだ。」

「…え？　遊ばせるって………？」

「ほら、……明日は綿流しのお祭りじゃないか。沙都子を、祭りに連れ出してやってほしいんだ。」

「それは構わないけど、……どうして？」

「……沙都子も色々とまいってる。…たとえ一晩でも、…叔母さんのいないところで羽を伸ばせたなら、…きっと喜ぶと思うんだ。」

「…………だから、…………どうして？」

「…どうして、って…………。」

悟史くんが、私に沙都子を祭りに連れて行けと言っていることが分からないんじゃない。

……どうして、それを私に頼むのか。悟史くんには、自分で沙都子を祭りに連れて行けない何か理由があるのか。

その理由が、なぜか悟史くんがいなくなってしまうことのような気がして、…私は悟史くんに食い下がる。

「…どうしてって、………何がだい…？」

「……どうして、………悟史くんが自分で連れて行ってあげないの…？」

「…………ん、…………。」

悟史くんは…沈黙する。

隠し事や嘘なんかが得意なタイプじゃない。……言いたくない都合があるという、これ以上ない返事のようなものだった。

「…よ、………用事だよ。…僕、…明日はちょっとバイトの関係で用事があって…、どうしても祭りに行けないんだ。」

口からの出任《でまか》せだとすぐわかる。……でも、悟史くんは強情な人だから。私がそれを看《かん》破《ぱ》していることを告げても、白状はしないだろう。

「…ね、…魅音。……明日の夜だけ、沙都子を頼めないかな……。」

「…………………。」

悟史くんの頼みでも。…沙都子のお守りなんて御免《ごめん》だと思った。……でも、悟史くんが私を頼ってくれたのも、…うれしい。

「あれだけの暴言をぶつけて、…それを謝るついでにこんな事を頼むなんて、…悪いことだとは思ってるけど…。………魅音だけが頼りなんだ。」

……私はしばらくの間、返事を戸惑っていた。だが、結局のところ、私は悟史くんの頼みを断るつもりなどない。

「……うん。………わかった。……明日の晩だけ、……だよ?」

「あははは…。出来たら、明日の晩だけじゃなく、これからもずっとがいいなぁ。」

「何言ってるんですか。そんなの嫌です。明日だけですからね。」

悟史くんの言い方はまるで、自分が明日にもいなくなってしまうようだった。…私はそれが嫌で、少し不機嫌に突っ返す。それからしばらくの間。……他愛のない話に花を咲かせた。

そして、…電話を切ろうという時に、悟史くんは不意《ふい》に切り出す。

「ね、……魅音。……………こんな事を話すと、きっと精神的に病んでるって思われるんで、本当は嫌なんだけど…。」

「……？　どうしたんですか？」

「………魅音は、…あはははは。信じないよね？」

「何をですか？」

「………ん、………ほら、………オヤシロさまの、祟り。」

「あ、…あははは。悟史くん、何の話ですか…？」

「オヤシロさまは確かほら、…村を捨てて逃げ出そうとすると祟るでしょ。」

そういうルールになってる。この辺の子どもなら誰だって知ってることだ。

「…あはは、そういうことになってましたね。どうしたんです？　突然。…村を捨てて逃げようとでもしてるんですか？」

茶化したように言いながら、否定の言葉がほしくて悟史くんに食いつく。

「…………もうそんな気はないんだ。…もう。」

悟史くんの言い方は、一度は村を捨てようと思ったことを認める言い方だ。

……前にレナにもそんなことを聞いたような気がする。

「…いいじゃないですか。もうそんな気がないのなら。」

「…………でも…。………まだ、許してもらえないんだ。」

「…え…?」

悟史くんはしばらくの間、何か言おうとしてはそれを飲み込んだ。…悟史くんの息が荒いような気がする。…ひょっとして具合でも悪いのだろうか。

「…あの、…悟史くん？　具合、悪いの…?」

「…………ぁ、……ごめん。…うぅん、そういうわけじゃないんだ。」

「……悟史くんは少し頑張り過ぎたから、いろいろ疲れてるんです。少し休んだ方がいいです…。」

電話を始めた最初と違い、明らかに悟史くんは体調を悪くしているようだった。言葉の節々《ふしぶし》に荒い息が混じるようになっているように感じる。

だが悟史くんは私の言葉を遮り、最初の問いをもう一度した。

「……魅音。さっきの質問をもう一度するよ。…魅音はオヤシロさまの祟りって、…存在すると思うかい…？」

………この問いで、悟史くんはどんな答えを期待しているのだろう。…私が信じる、信じないを別にして、…何と答えれば悟史くんを安心させてあげられるだろう。

…そんなのは決まってる。

「…あははははははは。……祟りなんて、あるわけないじゃないですか。」

悟史くんが何を悩んでいるかわからないけれど。笑い飛ばすことによって、少しでも肩の荷《に》を軽くしてあげられればと思い、私はそう答えた。

「…………………。」

だが悟史くんは短く沈黙する。

……私の答えを喜んでいるのか、悲しんでいるのか。それだけではわからない。一つわかるのは、…彼の肩の荷を軽くしてはあげられなかったことだった。

「…変なことを聞いて、ごめん。」

「あ、……ぁ、…ご、ごめん…。」

なぜか悟史くんを落胆させた気がして、私は慌てて謝る。

「…祟りだろうと、この村の何者かの陰謀《いんぼう》だろうと。…僕は絶対に消えない、消されない。」

「き、消えないよ、悟史くんは…。」

「消えないよ。……沙都子にあのぬいぐるみを買ってやるまではね。もうすぐお給料がもらえることになってる。その日までは絶対に消えない。」

悟史くんは最後に軽く笑ってみせる。私の不安を払拭するつもりで笑ったのだろうが、私にはまるで逆。

…沙都子にぬいぐるみを買ったら、あとは何の保証もできないというようにしか聞こえなかった。

「………あ、……叔母さんが帰ってきたから、もう切るよ。」

「あ、……ぅん…。」

「……魅音。」

「…何？」

叔母が帰ってきて、一刻も早く受話器を置きたいだろうに。…悟史くんは一呼吸置いて、一番大事な一言を告げるように言った。

「沙都子のこと、…………頼むからね。」

私は即答で頷いて、せめて悟史くんを安心させるべきだった。…なのにこの時の私は、…沙都子のことをまだ許せていなくて。……黙り込んでしまった。

「………………。」

「…………変なこと頼んで、ごめん。……じゃ。」

「あ、」

悟史くんは…明らかに落胆した。私は…何てことを……！　謝ろうとした。一言、ごめん！　って言えればよかった。

でも、………遅かった。ツーツーという電子音が、……悲しかった。

粉々の日記

僕は、背中の人に囁かれる。
僕が今年の祟りの犠牲になること。
だからもうすぐ、ここからいなくなってしまうこと。
そしたら、沙都子を誰も守ってくれなくなることに。僕は、背中の人に囁かれる。
もうすぐ時間がなくなること。
僕が僕でいられなくなること。
だから、残された時間を大切にしなくてはならないことに。沙都子のために僕が
残せるもの。
欲しがってた、あの大きなぬいぐるみ。
誰にも苛められない平穏な生活。僕は、背中の人に囁きかける。
あなたの乱暴さと、恐ろしさ、そして強靭《きょうじん》さをどうか僕に。
あなたの、憎しみ以外考えなくていい、心の平穏を、僕に。

綿流し

六月二十日

綿流しの日。

昭和五十七年六月二十日　午後一時四十分

この日の私は何をして過ごしていただろう？

何の記憶もない。ただ怠惰に。……無駄に無意味に、ぼーっと過ごしただけだった。起き出したのは昼過ぎ。私はレトルトで作れる適当な昼ごはんを食べながら、大して面白くもないテレビをぼーっと眺めるだけだった。

そして、何となく軽い頭痛を感じ、ソファーに横になる。多分、このまま目を閉じれば、日が出ている内には起きれないなと思った。…それでもいいか。私はそのまま惰眠《だみん》を決め込む。……悟史くんに言われたように、沙都子のことを頼むとお姉には伝えてある。

今日、私がしなくてはならないことなど、何もない。私は緩い頭痛と一緒に、まどろみの中に落ちて行った…。私にとっては、これだけの意味しかない日。

叔父夫婦と悟史たち

昭和五十七年六月二十日　午後五時二分

叔母は、今も兄夫婦がダム計画を肯定したため、自分が村人たちに白い目で見られていると信じていた。

確かに、ダム戦争中には少なからずのとばっちりがあったことは認めなければならない。だが、叔母が思い込んでいるほど、今もそうというわけではなかった。叔母は被害妄想的に、自分が村人から悪意を向けられていると信じていた。だから、そんな悪意を裏返しにし、村人たちを逆恨みしていた。

もちろん、そんな態度は他の村人たちを大いに不愉快にし。…結局、叔母が思い込んでいる通りのご近所関係となった。そんな不快な近所関係が先だったのか。夫の浮気が発覚したのが先だったのか。

…今では当事者同士もどっちが先だったか思いだせずにいる。叔父は、日々不快な態度を取り続ける妻に愛想《あいそ》を尽かし、その結果、愛人を作ったと主張する。叔母は、夫の浮気によって世間体が悪くなり、その結果、近所との付き合いが悪化したと主張する。

一番、客観的な位置にいた悟史だけは、どっちが先なわけでもなく、ほぼ同時に起こったことを知っていた。夫婦喧嘩は日常茶飯事《さはんじ》になった。

夫の帰りが遅いと、妻はそれを待ち構え、玄関《げんかん》で口汚く罵りあった。

悟史は、どうしてあれだけ仲が悪いのに離婚《りこん》をしようと考えないのだろう、と不思議に思ったことがある。だが今は、その理由を悟史だけは知っていた。それは亡き両親が残した財産のせいだ。

叔母は通帳《つうちょう》と判子《はんこ》を隠し、叔父には指一本触れさせなかった。

(だから叔父はその通帳やヘソクリを見つけようと家捜《やさが》しをし、財布から小銭をちょろまかしたりしていた。それもまた喧嘩の火種《ひだね》となっていたのだが)……悟史は、亡き両親が、家計が潤っていると漏らしたのを聞いたためしはない。でも、両親の死後、関係者が教えてくれた。

亡き両親は口座に多額のお金を残していたと。

悟史は貧乏だった自分の家が、どうしてこんなにお金を持っていたのか、最初は理解できなかった。恐らく。…両親はダム計画について、国から何らかの協力を求められ、それに応じていたのだ。村人の懐柔《かいじゅう》とか、情報とか、よくわからないけど、色々。

それらの協力金という形で、人に言えないようなお金をもらっていたのではないか。その口座の話が出るまでは、叔父夫婦は自分たちを引き取ろうとは決してしなかった。金融機関の人がそういう説明をしてようやく、もったいぶるように自分たちを引き取ると言ってくれたのだ。醜《みにく》く、聞き苦しい喧嘩は来る日も来る日も繰り返された。少しずつ、叔父は家に居る時間より、愛人の下で過ごす時間の方が長くなっていった。

やがて。夫は、無理に喧嘩をしに帰宅する必要がないことに気付き始める。最初、叔父が帰らなくなった時、悟史は内心、よかったと思った。叔父も叔母も、どちらも自分たちのことを良く思っていなかったし。不愉快なことがあった時の憂さ晴らしに絡んでくることが少なくなかったからだ。

叔父と叔母の摩擦《まさつ》がとばっちりとして来るのだから、叔父と叔母が離れ離れになれば、自分たちにとって悪いことではないはず。

最初はそう考えた。だが、夫がいなくなった妻はそれでも落ち着かなかった。愛人の下へ夫に逃げられた。

それはもう村中に知れ渡り、村人たちは陰でそれを嘲笑《あざわら》っている。それはとても恥ずかしくて悔しいことと思っていた。

しかも。叔父という喧嘩相手を失った叔母は、その捌《は》け口を直接、自分たちに向けてきたのだった。悟史はずっと叔母を観察してきた。

叔母がどういうことに腹を立てるか、叔母がどういうサインを見せた時に、どうやり過ごすのが最善かを、ある程度理解していた。

だから、叔母を不必要に不快にさせなかったし、叔母の機嫌が悪いことを示すサインには敏感に反応し、うまく逃げたり隠れたりしながらやり過ごしてきた。……だが、沙都子はだめだった。

沙都子は叔母を露骨《ろこつ》に嫌い、それを隠すことなく態度に出した。悟史がいろいろと言い含めたから、その態度は多少はなりを潜めたが、それでも目つきはどうにもならなかった。

悟史も可能な限り、叔母と沙都子が摩擦を起さないように努力した。取繕《とりつくろ》った。誤魔化した。

だが、それは悟史にとって、いや、まだまだ少年に過ぎない彼にはこの上ない負担を強いるものだった。彼は根気よく耐え続け、時に庇い、時に隠し、時にうまく立ち回り、上辺《うわべ》だけの平穏を取繕おうとした。

だが、…そんなものは個人の努力でどうにかなるものではなかったのだ。

……………………叔母と沙都子の摩擦はすでに致命的だった。

粗大《そだい》ゴミ置き場が目に留まった。……ここが本当の意味での粗大ゴミ置き場かは怪しい。

…本当にそうなら、清掃《せいそう》局の人が持って行ってもいいはずだ。彼はここを通ることが多いから、たまに新しい粗大ゴミが増えていれば、それに敏感に気付くことができた。学校の職員室にあるような、…ごくごく平均的な事務机が目に留まる。

この二、三日中に誰かが捨てたものに違いなかった。叔母はこの粗大ゴミ置き場に、使えそうな家具があると見逃さない。先日も、適当な大きさのタンスを見つけ、運ぶのを手伝わされた。…叔母に、この新しく捨てられている机のことを話せば、きっと拾いに行こうという話になるだろう。

叔母は、引き出しの中に、ゴミとか虫とかが入っていたら嫌だから、必ず運ぶ前に開ける。試しに開けてみる。……空っぽだった。彼は引き出しを閉めると、後ろを振り返り、五、六歩を歩いた。

そこは膝《ひざ》まで覆うような濃《こ》い茂《しげ》みだった。彼は、今日まで肌身《はだみ》離《はな》さずに持っていたソレを、茂みに横たえる。そこに置いたことを意識しなければ、置いた自分ですら、どこに置いたのか見失いそうになる。

……彼はそれに満足すると、置いた場所を間違えないように、周囲に目印になるものを探し、注意深くそれらを観察して記憶した。

沙都子たちはお祭りに

昭和五十七年六月二十日　午後五時五十一分
綿流しのお祭りは今年も盛況《せいきょう》だった。
黄昏色《たそがれいろ》に染《そ》まった空の下、古手神社にはたくさんの露店《ろてん》が並び、スピーカーから流れるザラついた祭《まつり》囃子《ばやし》と露店の発電機の音でとても賑やかだった。

その賑やかな喧騒《けんそう》の中を、魅音を先頭にレナや梨花、沙都子が練《ね》り歩いている…。

魅音は顔馴染みの射的屋《しゃてきや》の親父を見つけて、ちょっかいを掛けていた。

「へーぃ、親父ぃ!! 今年も来たねぇ! また根こそぎ掻《か》っ攫《さら》ってくから覚悟しときなよー!」

「がっはっは! 園崎のお嬢ちゃんは今年も元気がいいなぁ! お? そっちの子は新顔かい?」

「ふふ〜ん、この子はね、竜宮レナ。こう見えても結構やるよー!?」

「あはははは…、そ、そんなことないよ。よろしくお願いしますね!」

「おぅ! こっちこそよろしくなぁ! 今年もいろいろ景品を持ってきたんだぜ! もちろん真剣勝負だ!! 根こそぎ持ってけるもんなら持ってけってんだぁ〜!」

「……レナはかわいい物には目がないのですよ。」

「あー、あのぬいぐるみとそっちのぬいぐるみはレナの好みだねぇ…。」

「わ、わ、わ!? はぅ〜!! かぁいいねぇ!? おもおも、お持ち帰り〜!!」

「だだ、駄目だよ、まだ準備中だよー!! わ〜〜!!!」

「あっはっはっは!! レナ、だめだめ。まだ準備中だってさぁ。ちゃんと開店したら、根こそぎ攫ってやりなー!」

「はぅ〜〜、もうダメだよレナの物なんだよー! お持ち帰り〜〜!」

レナが元気そうにはしゃぐと、居合わせた人間たちはみんな大笑いした。その賑やかな中にあっても、沙都子はつられて笑い出しはしなかった。

沙都子だけは、まるでこの輪に加われていないかのように、少し外れてひとりでぽつんと立っていた。

……沙都子の瞳は曇ったままだ。

「……み～☆」

「…な、…なんなんですの、梨花。」

そんな様子を心配してか。…梨花は満面の笑みを浮かべながら沙都子に擦り寄った。

「……今日は何も考えなくていいのですよ。いっぱい楽しく過ごしましょうなのです。」

「…………………。」

沙都子は再びうな垂《だ》れると、梨花から目をそらす。

今日だけを楽しく過ごしたって。…今ある辛い現実、家庭環境から解放されるわけじゃない。

「……沙都子。…意地悪な叔母さんは今日はお祭りには来ませんですよ。」

「そ、……そんなことはわかってますわ。」

「……なら、いっぱい笑って、いっぱい楽しくなるのですよ。…にぱ～～☆」

「………………。」

「……にぱ～～☆」

「…………………。」

「……にぱ～☆」

「あ、……生憎《あいにく》ですけど、…そういう気分になれませんの。…申し訳ございませんけど、…放っておいて下さいませ。」

「……どうして、…沙都子は笑いませんですか？」

沙都子は一瞬、むっとした目つきを返した。…そんなこと、今さら私の口から言わせなくたって知ってるくせに。そういう目つきを。今日だけ笑ったって。あの意地悪な叔母が意地悪であり続ける日常は変わらない。いくらお祭りだけを楽しく過ごしたって。…家に帰れば、また何か言われるのだ。私が何をしてもしなくても。…本当に下らない些細な事を見つけ出して、隣の家まで聞こえるような大声で、喉が嗄《か》れるまで怒鳴り続けるのだ。

そんな現実を理解しながら、どうして今だけ笑えと…？　それを口に出したつもりはない。だが、沙都子の目は諺《ことわざ》通りに、口ほどに物を言い、梨花に今の心情をありありと伝えるのだった。

「……では沙都子。…沙都子の辛いのが、今日でおしまいになるなら、沙都子は笑ってくれますですか…？」

沙都子は一瞬、はっとした。梨花が、何かの助けを差し伸べてくれるのかと思ったのだ。

……だが、すぐにそんなのは梨花の方便《ほうべん》に過ぎないことに気付く。

今日で私の不幸が終わりになる？　梨花が？　どうやって？

ちょっと考えれば、梨花に自分の境遇がどうにかできるものではないことはすぐわかる。

だから、沙都子が期待の眼差しで梨花を見たのはほんの一瞬のことで、その眼差しはすぐに諦めで曇った。

「梨花。…下らない気休めは聞きたくないですわ…。」

「……沙都子。」

梨花は、沙都子が初めて聞く口調できっぱりと言った。

「……もう決まっていることなのです。」

叔母殺し

昭和五十七年六月二十日　午後八時十一分

悟史は夕食後、こっそり窓から外に出た。虫の声と、綿流しのお祭りの放送の声が、かすかに風で運ばれてくるのが聞こえるだけだった。お祭りは、確か午後九時までだ。みんなでワタを流した後、福引抽選会《ふくびきちゅうせんかい》があると聞いた。

つまり、夕食までには家に帰ろうという人たちはすでに帰宅し。最後の抽選会まで残ろうという人たちは、最後まで残ってようと、はっきりと分かれた時間。家でくつろいでいるか、神社で祭りに参加しているか。そのどちらかだけ。

しかもその上、悟史の家の周りはとても寂しい。ご近所は多くない。だから、往来《おうらい》には人の気配などあろうはずもない。…ただでさえ寂しい雛見沢で、これほど寂しい夜はないに違いなかった。

もちろん悟史も、そうなるだろうことは理屈ではわかっていた。だが、それを実際に自分の目で確かめなければ不安だったのだ。悟史は裸足《はだし》だったが、気にもせずそのまま駆け出す。……裸足で駆けていると、…何だか自分が野生の動物にでもなったような気分だった。

普段よりもはるかに素早《すばや》く、しなやかに、強靭に駆けられる気がした。脚力《きゃくりょく》だけじゃない。視覚も。聴覚も。嗅覚も。

…いや、第六感と呼べるような超常的な感性さえ、備《そな》わったように感じる。こうして伏《ふ》せるように低く屈めば、四里四方《しりしほう》の人間の気配を手に取るように読み取れる。…そんな気さえした。

本当に不思議だった。…今日が別世界のような、そんな気持ちだった。

今日を迎える直前まで、自分はあれほどに緊張し、興奮し、内なる自分との戦いを強《し》いられてきたのに。そんな自分を脱皮したのではないかと思うほどに、…今の自分は別の存在なように感じられた。

昭和五十七年六月二十日　午後八時三十七分

「そんれではー！　お楽しみ抽選会の説明をこれより始めますのでぇぇぇ。どうぞ皆さん、やぐらの周りにお集まり下さいなぁー！」

綿流しのお祭りは、いよいよクライマックスの抽選会を迎えようとしていた。

盆踊りをしていた婦人会のご婦人方だけでなく、抽選会まで粘《ねば》っていた大勢もやぐらに集まり、大盛り上がりになっている。この抽選会は決して恒例《こうれい》ではない。今年からの目玉にしようと、役員から出た提案を採用した新行事なのだ。

賞品は各役員が善意で持ち寄ることになったのだが、集まってきた賞品を、園崎お魎が「みっともない」と言い放ち、全て捨ててしまった。お魎は賞品とは最低でもこの程度はあるべきだと、新型のテレビや洗濯機、扇風機《せんぷうき》などを買い寄せたのだった。

賞品は慎《つつ》ましく持ち寄りで、という役員会の申し合わせは結局、お魎の鶴《つる》の一声《ひとこえ》で豪華賞品に化《ば》けてしまった。しかも全てお魎の私費《しひ》での購入だ。自分で全ての賞品を蹴飛ばしたくせに、お魎は「役員に気概がない」と立腹《りっぷく》しているというから、難しい。

一部役員は、この抽選会を来年も行なうためにうまく調整するのは難しいなと感じ、恐らく今年が最初で最後だろうなと思っていた。

「お魎さんのお陰で、こんとな素ッ晴《すば》らしい賞品になったね。だいぶ掛かったんじゃないの？　運営費で立替《たてかえ》するよ？」

「すったらん、んな程度で立替なんてあほらし。銭金《ぜにかね》の問題じゃないんね。…ったく。」

「まぁまぁそう言わないで…。お魎さんのお陰で出来た抽選会なんだから。」

「こぉんな、私一人でどうにかすりゃええん、ちゅんわけとちゃいなや。あっほくさ。」

村長の公由《きみよし》は、お魎の機嫌を直そうと苦労しているようだった。そこへ役員の一人が息を切らせながら本部テントに駆け込んできた。

そのただならぬ様子に、公由は真っ先に、何か事故があって子どもでも怪我をしたのかと思った。

「どうしたの牧野《まきの》さん。そんなに息を弾ませたら心臓が破れちゃうよ。」

公由は落ち着かせようとして、わざと茶化すように言った。だが牧野は張り詰めた表情のまま、公由の耳元に何かを一方的に囁きかける。公由と牧野のやり取りは、たとえ声が聞こえなくても、何か悪い報《しら》せがもたらされたことがあからさまにわかる様子だった。

「……お魎さん。悪い話なんだけど、いいかい？」

公由は牧野と一緒にお魎の下へ戻ると、声のトーンをぐっと落とした。そして神妙《しんみょう》な顔つきでぼそぼそと、牧野が話したのと一言一句《いちごんいっく》同じにそれを告げた。

「…………いやはや。…参ったよなぁ…。」

「参るも参らんもなぁんね。三度あっちゃんは四度あるっちゅこっちゃなあ。」

「あはははは…。お魎さん、そりゃ笑えないよ…。」

「面白ぅ話でも何でもなぎゃ。…面倒が増えただけっちゃね。」

「警察が今、身元を調べてるらしい。どうも相当顔面をやられてるらしくて、身元の特定が難しそうなんだと…。」

「……顔がわからんでも、おおよその想像はつくっちゃなぁ。」

「え？　…心当たりがあるのかい？」

お魎はむっとした顔で公由を睨み、それからカラカラと笑い飛ばした。

「ばあかが。綿流しの祭りにも顔を見せん不信心者に決まっとろぅがね！　ちゃあんとオヤシロさまを敬って祭りに来ちょるんは、そんな目には遭わなんとよ。」

お麺はカラカラと笑い続けるが、公由と牧野は一緒に笑っていいものか、少し躊躇《ためら》っているようだった……。

叔母殺害現場

昭和五十七年六月二十日　午後九時四分

「……しかし。…こりゃ無惨《むざん》なもんっすね。」

「熊《くま》ちゃん。死に方ってのは本人が望んだものでない限り、どんなでも無惨なもんです。お悔《く》やみ申《もう》し上《あ》げちゃいますよ。…そっちどう？　ポッケの中身とか、個人が特定できそうなものは？」

鑑識《かんしき》と書かれた腕章《わんしょう》を付けた捜査官《そうさかん》たちが、首を横に振って答える。

「サンダル履《ば》きで、服装もラフ。近くにお住まいの方でしょうね。服装の特徴から周辺に聞き込みをすればすぐに割れそうっすね。」

「……それしかないなぁ。課長からこのヤマ、秘匿捜査指定《ひとくそうさしてい》かかりそうだからって脅《おど》されてます。その辺、注意してくださいよ。」

「了解っす。」

熊谷《くまがい》は数人の警官を呼び寄せ、いろいろと指示を与えているようだった。

「入江先生が到着しましたー。先生、あそこです。」

診療所《しんりょうじょ》の車が到着し、白衣を纏《まと》った若い医師がこちらへやってくるのが見える。

「どうも…。遅れて申し訳ありません。抽選会の手伝いの最中だったもので。」

「先生〜、今日の祭りでだいぶ飲んでたでしょ。アルコール、本当に抜けてます？　あとで風船でも膨らましてもらっちゃおうかなぁ？」

「ご安心を。運転はスタッフに代わってもらってますので。」

「そりゃあソツがない。…おい、先生、通してあげて。」

厳重にブルーシートで囲まれた一角。警官がブルーシートを捲《まく》り上げると、大石《おおいし》と入江を中に入れた。鑑識の人間たちがいろいろな角度からソレを撮影していた。

周囲には、飛び散った血痕《けっこん》や転がったサンダルなどが、そのままの形で残されてあり、それらは皆、チョークでマーキングされ、アルファベットの書かれた小さな札が立てられていた。

「………こういうものは、見慣れませんね。」

入江はハンカチを取り出すと、鼻を覆うように押さえた。

「臭いがダメな時は口呼吸にするんですよ。…まぁ、こういう臭いは、目でも嗅げちゃうかなぁ。なっはっは…。」

ソレは、……ごろんと仰向《あおむ》けになった、中年女性？　の、…血塗《ちまみ》れの死体だった。頭髪《とうはつ》の雰囲気や、服装の雰囲気その他から、まず間違いなく中年女性だろうとは思う。

なぜ中年女性と言い切れないのか。…それは顔面が完全に潰されていたからだ。

「……酷い。」

「十中八九、怨恨《えんこん》の線でしょうなぁ。血痕とサンダル裏から見て、ここで殺したのは間違いないでしょう。でも、見ての通り、ここは人通りが少ないと言ったって、往来のど真ん中です。ここで、頭部がひしゃげるまで殴り続けたってのは、ちょいとまともな話じゃないですからねぇ。でね？　ほら、腕とか見てみてください。」

大石は薄いゴム手袋を着けると、死体の腕を持ち上げた。

「……ね？　腕は綺麗なもんでしょ。」

「それはつまり、腕で防いだとか、抵抗したとか、そういう痕跡がないという意味ですね？」

「さぁすが高学歴。…ホトケさんは、恐らく最初の一撃で脳震盪《のうしんとう》かなんかで気絶《きぜつ》したんじゃないかと思うんです。で、ホシは確実に殺した手応《てごた》えを得る為に、さらに打撃を加えた。さらに言えば、ホトケさんはその時、俯せに倒れたように思うんですよね。いえ、服の汚れ具合からの勘ですが。」

「………遺体は仰向けですね。」

「ホシは、後頭部を散々潰して、明らかに頭蓋骨《ずがいこつ》が砕《くだ》けてる手応えを得ているにもかかわらず、ホトケをこう、仰向けにひっくり返して。わざわざ顔面を潰してるんじゃないかと思うんですよ。」

「…………………。」

入江はむせ返るような臭いと、さも面白そうに話す大石の様子に、吐き気を催《もよお》しているように見えた。

「遺体の顔面を殴るってのは、私の経験じゃ、かなり怨恨の線が強いです。それもだいぶ濃厚《のうこう》な、濃密《のうみつ》なね。ってことはつまり。……ホシはホトケのかなり近辺にいるのは間違いないかと。」

「……私を呼んだのが、救命活動でないということはよくわかりました。」

「先生。この人が誰かわかりますかねぇ？　…わかれば聞き込みの手間がだいぶ省《はぶ》けるんですがね。」

入江は死体をもう一度眺める。それからすぐに目を逸らし、あれこれと思案するような顔をしていた。…その後、しばらくして。入江は何も言わずに、ブルーシートの一角を出る。

「…………すみません。…私にはわかりかねます。」

「…え――……。……本当にぃ？」

大石がにやぁっと笑いながら、入江の目を覗き込む。まるで、入江が知ってて隠しているとでも言わんばかりに。

「……別に、隠してなんかいません。」

「…………なっはっはっは。先生もアルコールがまだ抜け切ってないだけですよ。頭が冴えたら思い出すかもしれません。思い出したら教えて下さいね。」

大石は入江の背中をバンバンと叩く。入江は新鮮《しんせん》な空気が吸いたいと言い残すと、人ごみを避けるように去って行った。入れ替わりに熊谷が駆けて来た。

「大石さん、課長から無線です。一号車の無線っす。」

「……入江の先生、誤魔化したなぁ。」

「……え？」

「いえいえ、こっちの話。ホトケの聞き込み急いで下さい。ほぼ間違いなく、この近くにお住まいです。」

昭和五十七年六月二十日　午後九時三十九分

「大石さん。連れてきましたー!!」

熊谷が少年の手を引きながら駆けてくる。……悟史だった。

パトカーの回転灯に赤く明滅《めいめつ》しながら浮かび上がるその表情に、生気《せいき》はなかった。

熊谷は、悟史のことを大石に説明する。本来なら大人を連れてくるべきなのだが、在宅《ざいたく》してなかったので、未成年ではあるが家人を連れてきた、と。

大石は、このような現場に未成年者を連れてくることを好かなかったが、それを愚痴《ぐち》るのは今ではないと理解し、快く？　協力に応じてくれただろう少年に愛想笑いを浮かべた。

「どうもどうも。こんな夜分《やぶん》に申し訳ありませんね。明日は学校なのに、本当に申し訳ないです。」

「……いえ。」

「お父さんはどちらへ？」

「…うちの義父は、…あまり帰ってきませんので。」

「ほぅ？　いつ頃から？　最後に帰ってきたのはいつ？」

「…さぁ。……義母と喧嘩してるのを聞く限りは、興宮でどこかのキャバレーの人と同棲《どうせい》してるとか何とか。最後に会ったのはあまり覚えてないですけど、先々週くらいだったかもしれません。」

「……ふむふむ。…お父さんの連絡先はわかります？」

「いえ。」

「キャバレーの人と同居してるって言いましたよね。何てお店かはわかります？」

「…いえ。興宮のどこかにある、としか知りません。」

「お父さんの名前は?」

「北条鉄平です。」

大石が顎《あご》で合図すると、それを手帳に書き留めていた熊谷は頷き返した。

「お父さんとお母さんは、あまり仲、良くなかったですか?」

「……程度の度合いはわかりませんが。…良くはなかったですけど、お母さんに恨みを持っていた人間とか、知っていたら教えてほしいんですがね。」

「………………よくわからないです。」

「なっはっは…。そうですか。じゃ、もしも思い出したらでいいので、その時は教えて下さいね。これ、私の名刺です。ここに電話番号ありますので。」

「……はい。」

「じゃあ、後日、また色々とお話を伺うこともあるかもしれません。もしもお父さんと連絡がつきましたら、興宮警察署の大石まで至急ご連絡をとお伝え下さい。……熊ちゃん、北条さんを自宅まで送ってあげて下さい。」

「あ、…いえ。…ひとりで帰れますから。」

「………………。いえいえそんなこと言わずに、ぜひ送らせてくださいな。…お母さんを襲った犯人がまだ近くにいる可能性があるんですよ? あなたもまた狙われない保証なんてないんですからねぇ。」

「………お、……お気遣いありがとうございます。でも、本当に結構ですんで…。」

悟史は熊谷が付いて来るのを断ろうとしたが、熊谷も大石に命令されている以上、引き下がれない。悟史はひとりで帰ることを諦めざるを得なかった。その背中を少し見守った後。……言い忘れたことを思い出したように、大石は声をかけた。

「北条さん…！」

「…は、……はい。」

「大丈夫ですよ。心配しないでください。犯人はすぐに捕まりますよ。」

「……手掛かりとか、…あるんですか…？」

「えぇ。ありますよ。」

「……どんなですか？」

「…捜査上の、ヒミツですよ。なっはっはっはっは…！」

傍目《はため》には、母が殺され失意の少年を励ますため、大石がふざけて笑っているようにも見えた。

「……いえね。人を殺すってのはかなり感情の高ぶるもんなんですよ。…そりゃ、冷静に殺してみせるロボットみたいなのも、稀《まれ》にいますがねぇ。」

「感情が高ぶると、…何かわかるんですか。」

「…………。」

「人は極限まで感情が高ぶると、いろいろ体に反応が出ます。…発汗とか、…脱毛とかね。」

「…………。」

「殺人現場に犯人の毛髪《もうはつ》が落ちているってことは、割とあることなんですよ。まぁ、ここは屋外ですからね。現場が絨毯《じゅうたん》の上ってのとは、だいぶ勝手が違いますが。」

「犯人の毛髪は拾えたんですか…？」

「さぁねぇ。鑑識の連中が横列組んで、さっきから行ったり来たりしていろいろ探してます。まだ結果待ちでね。何が出るやら今から楽しみですよ。んっふっふっふ！」

「…………明日があるので、今夜はもう帰ります。」

「そうなさって下さい。熊ちゃん、送ってあげて下さい。」

「了解っす。」

「では北条さん。また近い内に。進展があったらお知らせしますよ。…北条さんも何か思いだしたりしたら、ぜひ教えて下さいね。憎き母の仇の逮捕に、協力して参りましょう。んっふっふっふっふ…。」

叔母が死んで

四年目のオヤシロさまの祟りが起きたことは、その翌日にお姉からの電話で知らされた。

死んだのは悟史くんたちを苛めてきた、意地悪叔母だった。

悟史くんの悩みは、叔母と沙都子の関係にあるのだから、叔母の死は問題の解決を意味する。

不謹慎にも小躍りしてもよかったはず。だが私はそういう気持ちにはならなかった。

「……犯人って、もう警察は目星《めぼし》をつけてるのかな。」

私がぼそりと呟くと、受話器の向こうのお姉は、しばし口をつぐんだ。

「さぁね。大石の野郎がしつこく聞き込みをして回ってるみたい。犯人は近しい人間に違いないと思ってるようだね…。」

私とお姉は一卵性。同じ人間だからこそ、同じことを考える。だから私が、叔母を殺したのは悟史くんかもしれないと漠然《ばくぜん》と考えるのと同じ様に、恐らくお姉も考えているに違いなかった。

だから、その部分をわざわざ口に出さずに端折《はしょ》り、言った。

「……悟史くんって、祭りの日にアリバイあります？」

「ぇ、あ、……ん、どうだろ…。」

「はぁ…。」

私は悪態をつくように深くため息をついた。

「馬鹿ですね。悟史くんは祭りに来ていた。そういうことでいいじゃないですか。」

「ぁ……ん、……そうだよね。気が利かなくてごめん…。」

駄目押しに、もうひとつため息をついた。

馬鹿姉は、叔母が死んだ時点で悟史くんが疑われてもおかしくないことがわかっていながら、悟史くんのアリバイ工作について何も考えなかったのだ。

「…じゃあじゃあ…。…やっぱり…悟史が…?」

「悟史くんが殺したかどうかが問題じゃないでしょ。悟史くんが犯行の時間帯に、アリバイがあったかが重要なんです！　…ったく。」

「あ、…あとで警察がうちに来るみたいだから、来たら悟史は祭りで一緒だったって言うよ。」

「……お姉？　取ってつけた嘘なんかなぁんの役にも立たないです。何も手を打たなかったなら、今さら小細工しても無駄ってことです。せいぜい正直に喋って下さい。お姉は芝居《しばい》が下手《へた》なんだから、変に意識するとかえって勘繰《かんぐ》られますからね？」

「………ん、…ごめん…。」

魅音はすっかり落ち込んでいるようだった。冗談じゃない、落ち込みたいのは私の方なんだ。

お姉は普段はそこそこにやれるのだが、突発《とっぱつ》的な事態に対応できる臨機《りんき》応変《おうへん》さがない。仮《かり》にも園崎家の次期当主の身なのだから、今からこんなざまでは先が思いやられる。お姉はそろそろ返事にも窮《きゅう》してきて、話題を変えたくなる頃だろうな、と思ったちょうどのタイミングで、お姉は話題を逸らした。

「詩音、最近はあまりバイトに行けてなかったでしょ…？」

「…ご賢察《けんさつ》痛み入ります。お陰様《かげさま》で。」

「あ、……うん、ごめん。…今日は私、夜まで姿を隠してるから、バイトに出られるんじゃない…？」

綿流しの事前打ち合わせやら準備やらのせいで、最近のお姉は公の場に出ずっぱりだった。

魅音が公の場にずっといると、私は魅音のフリができない。つまり、バイトに行けないということだ。

生活費を自分で稼がなければならない私には、それはとても痛いことだった。本当はバイトなどしたい気分ではない。……だが、部屋でアンニュイな気分を楽しめるほど、私の財政《ざいせい》状況は潤ってはいなかった。部屋を出てカギを掛けていると、その音で私の外出に気付いたのか、隣の部屋の戸が開き、葛西が顔を覗かせた。

「詩音さん、お出掛けですか…？」

「そんなとこです。お姉が姿を隠してくれるそうなんで、久々にバイトに出ます。葛西、暇《ひま》だったら叔父さんの店まで車を出してもらってもいい？」

「…………詩音さん、しばらくはバイトを控えられた方がよろしくはないですか？　事件のせいで、警察は園崎家界隈を監視しているようですし。あまり姿を表に出さない方がいいのではないかと思います。」

「お気遣いは嬉しいけど、バイトしないと食費もないわけですし。」

こういう言い方をすると葛西が、食費くらい私が出しますなんて言いかねない。だが、葛西にお金を無心しないというのはここでの生活を始めた時に、強く誓《ちか》ったことだ。私は、人の作ったルールなんて全然守らないが、だからこそ、自分の作ったルールだけは頑《かたく》なに守りたかった。

葛西は、私が一度言い出したら絶対に聞かないことを知っていたから。事務的に何度か考え直すように言った後、あっさりと折れて車の用意をしてくれた。

悟史くん

叔父さんの店へ車で行こうとすると、必ずこの信号で捕まる。必ず捕まる、とわかっていても、やっぱり今日もまた捕まると、それはそれで不愉快だった。目の前の横断歩道《おうだんほどう》を、とろとろと歩行者たちが横切る。その歩行者たちの中に、私は悟史くんにそっくりな人を見つけて驚く。

……間違いなく悟史くんだった。悟史くんとは、つい最近、電話で話したとは言え、その姿を見るのは本当に久しぶりだった。

「葛西。悪いけど叔父さんに、やっぱ今日のバイトは行けなくなったって伝えてくれる？　私、ここで降ります。」

「え？　詩音さん!?」

葛西が何事かと聞き返すが、私は答えずに車を降りた。車道の信号は青になる。葛西は私に向かって何か叫《さけ》んでいるようだったが、後続車のクラクションに急《せ》かされ、仕方なく車を出す他なかった。

悟史くんは自転車だったが、歩く速度と大して変わらない遅いスピードだったので、私は簡単に追いついてその背中を叩くことができた。

「はろろー。興宮で会うなんて奇遇《きぐう》ですね、悟史くん。」

私が思いきりの笑顔で話しかけたなら。悟史くんも同じくらいの笑顔で返してくれるかもしれない。…そう思い、私は最高の笑顔で話しかける。

「……魅音。」

その表情は相変わらず疲労《ひろう》の色が濃い。だが、その表情には、私の笑顔に少しでも応えようという意思が感じられた。…私は心が途端《とたん》にふわっと軽くなるのを感じた。

鏡がないからわからないけど、私の顔は一気に血色《けっしょく》がよくなっているんだろうなと感じた。

自分でもわかるくらいなんだから、脇で見ている悟史くんには、私がよっぽど上機嫌な顔をしているように見えるに違いなかった。

「何があったか知らないけど、…魅音は楽しそうだね。」

「えぇ楽しいですよ？　悟史くんの機嫌が良さそうなので、私もつられて機嫌が良くなっただけです。」

ちょっとだけ嫌味《いやみ》っぽく言って、目を細めて笑ってやると、悟史くんは少し照れたような表情を返してくれた。

………こんな反応は、私にとって一番幸せだった日々を彷彿《ほうふつ》させる。だから、ますます私は上機嫌になるのだった。

「悟史くんこそ、何かあったんですか？　何か機嫌が良くなるようないいことがありましたか？」

「………いい事なんかないよ。…叔母さんが亡くなって、…警察とかご近所とか、いろいろ大変だよ。」

一瞬、私は失言してしまって、悟史くんをひどく落胆させてしまったのではないかと思った。だが、そんな私の焦りは本当に杞憂《きゆう》だった。言葉を返す悟史くんの顔には、陰りはありながらも、やさしい笑みが浮かんでいたからだ。

まるで、……何かの大きな仕事をやり遂げた時のような、疲労感、達成感。そういう雰囲気を感じた。だから、…私は確信した。沙都子を苛め抜いた意地悪叔母を、…彼が殺した。私は何の証拠がなくとも、直感的にそれを理解するのだった。だから私はそういうのを全部端折《はしょ》る。

悟史くんが叔母を殺す動機も、そこに至るほど追い詰められていることも。取り巻く状況も環境も、…そして悟史くんの気持ちも。……全部わかっていたから。そういうのを全部端折る。

呪縛《じゅばく》のような何かから解放された彼を労《ねぎら》いたくて、私は何事もなかったかのように笑いながら問い掛けた。

「悟史くんはどこかへお出掛けですか？　あ、バイトかな？」

「正解。…その前に寄り道なんだけどね。」

「…寄り道？」

「あははは…。毎日、ちゃんとショーケースにあるのを確認しないと…何だか不安で。」

その言葉から、連鎖《れんさ》的に思い出す。

悟史くんがバイトを始めた理由。それは、沙都子がこの先にあるおもちゃ屋で売っている、巨大なぬいぐるみを欲しがったからだ。そのぬいぐるみの値段が、結構高いものなのだとか。沙都子の誕生日は、綿流しのお祭りのあと、すぐだと聞いている。……何日かはよく知らないけれど。

そういえば、バイトは辞めたと言ってなかったっけ？　お世話になった人へのご挨拶とか、借りてたロッカーの整理とか、そんなところだろうか。

どちらにせよ、悟史くんは目標額を貯め、もうじきバイト生活から完全に解放されるということだ。ショーケースにあるのを確認しないと不安で…、という事は、どうやらお給料はまだもらえていないのだろう。この様子だと、沙都子の誕生日当日にもらえるのかもしれない。おもちゃ屋が見えてくると、悟史くんは急に小走《こば》りになり、ショーウィンドウの中を覗き込んだ。

売れていないと確認できたらしく、安堵《あんど》している様子だった。

「よかったよかった。…大丈夫。ちゃんとあるよ。」

「買えるだけのお金は稼げてるわけですよね？　なら予約とかしちゃえばいいのに。」

「…むぅ。」

予約という概念《がいねん》すら欠落《けつらく》しているらしい。

…やっぱり悟史くんの身近には世話焼きが必須《ひっす》だと実感する。悟史くんの肩越しに私もショーケースを覗き込んだ。私の尺度ではそんなに可愛いとは思えないが、確かにサイズだけは特大のぬいぐるみが、ケースの中に窮屈そうに閉じ込められていた。

売り物というよりは、展示品やレイアウトの一部といった雰囲気だった。

「値札《ねふだ》が付いてないけど、これ、本当に売り物なんですか？　これ、一体いくらするんです？」

「……ん、…うん。売り物なのは確認したから間違いないよ。」

「値段は？　予算は大丈夫？」

「大丈夫だよ、ちゃんと確認してあるよ…。」

悟史くんはさすがに馬鹿にされたと思ったらしく、口を尖《とが》らせて頬を膨らませた。

「予算が大丈夫なら、問題ないじゃないですか。なら予約しちゃいましょう。その方が悟史くんも心の荷が下りていいでしょうしね。」

私たちはちょっと埃っぽい店内に入り、お店の人の姿を探す。

「……………誰もいないのかな。」

「あはははー、そりゃ好都合《こうつごう》です。悟史くん、お給料日を待たずにぬいぐるみが手に入るかもですね。」

「だだ、駄目だよ魅音。泥棒はいけないよ…。」

「…冗談ですって。軽く受け流して欲しかったんだけどなぁ。…ひょっとして、私が盗人《ぬすっと》の真似を平気で出来る女だと思ってますー？」

「あ、…ごめん。あははは…。」

悟史くんが取《と》り繕《つくろ》ったように笑う。私はそれにむくれ面《つら》を返してやる。このやり取りが、…何だか無性《むしょう》に懐かしい。

今日までに何だか色々と、嫌なことやつまらないこと、忘れたいことがたくさんあった気がする。……だけど、そんなことは砂浜に書いた文字が、波に一度覆われただけで跡形《あとかた》もなくなってしまうくらいに、すーっと消えてしまっていた。レジの奥に揺《ゆ》り椅子《いす》があり、お店の人らしい老人が昼寝をしているのを見つける。

私たちは結構にぎやかにしていたつもりなのに、起きないところを見ると相当深く眠っているようだった。

「あの、…すみません。お店の方ですよね？」

肩を突っ突いたりしてみるが、まるで目を覚ます気配がない。

その時、ただいまーという声が聞こえて、エプロンをしたおばさんが入って来た。

「おじいちゃん、店番頼んだのにすっかり居眠りしちゃってー！　お客さん来てるってのにもー！　もーごめんなさいねぇ！　うちのおじいちゃんももうすっかりボケちゃって。」

おばさんは、ちょっと乱暴な起こし方で老人を起こすと、居間に戻るように告げる。それから苦笑いしながら、レジに回ってくれた。

「お恥ずかしいところを見せちゃってごめんなさいねぇ。何かお買い上げ？」

「あ、買うんじゃなくて予約なんですけど、いいですか？　あのショーケースの中の一番大きいぬいぐるみなんですけど。」

「あれ？　いいの？　値段知ってる？　かなり高いけど、お小遣い大丈夫なの？」

「あ、……はい。ぎりぎり足りるはずです。」

「もうすぐバイトのお給料が入るそうなので、それまで予約したいんですけど…。」

店の人はやや面倒くさそうではあったけど、悟史くんの名前をメモに書き取ると、予約を引き受けてくれた。悟史くんは、予約券の代わりに、予約したことを示すメモをもらう。

「ね？　これで誰かに先に買われちゃう心配はもう必要ありません。」

「うん。…お給料がもらえるのはもうすぐなんだけどね、…これで安心できる。」

この様子じゃ、悟史くんは連日《れんじつ》のようにショーケースを覗いていたに違いない。で、今日はあるか、明日はあるかと無駄に心配を重ねてたわけだ。

その心的負担から解放されたのか、悟史くんは本当にほっとした笑顔で、予約券を取れた喜びを噛みしめているようだった。

「これなら、もっと早くに予約をしてれば良かったなぁ。」

「……普通の人は欲しいと思ったら即予約します。そういう思考《しこう》に至らない悟史くんはちょいと希少です。」

「む、…むぅ。」

悟史くんをいじめることの楽しさを思い出す。

……本当に、昨日までの暗くて辛くて寂しい日々が嘘のようだった。悟史くんも、昨日までの日々を嘘にするつもりに見えた。

「でも、…ありがと。」

悟史くんはそう言いながら、私の頭に手を伸ばす。…私の頭を撫でようとしてくれてるんだと気付くと、顔が紅潮《こうちょう》するのが自分でわかった。悟史くんの手が、私の頭にまだ触れてないのに。…私の頭のてっぺんは、悟史くんが気安く撫でてくれた日々を思い出し、くすぐったいような感じでいっぱいになってしまう。

………昨日、物騒《ぶっそう》な殺人事件があったことだって、もう今の私には何の興味もないことだった。悟史くんたちに辛くあたっていた不幸の元凶が死んだのなら、それでいい。今日から悟史くんにとっても、私にとっても幸せな日々が取り戻されていくなら、それで十分だった。……だが、いくら待っても、悟史くんの手は私の頭を撫でてくれなかった。固く閉じていたまぶたをそぅっと開く。そして、…私は状況がまったく一変してしまっていることを知った。

大石たち

背広《せびろ》姿の男たちが四人。まるで、私たちがおもちゃ屋から出てくるのを待ち構えていたかのようだった。

「どうもどうも。んっふっふっふっふ…。」

嫌らしい笑いをしながら、一番年配《ねんぱい》の男が歩み出た。初対面の男だったが、雰囲気から察するに魅音と悟史くんの両方に面識があるようだった。警察の刑事か何かに見える。お姉から最近受けた情報を高速で検索した。…該当《がいとう》する情報はすぐに見つけられる。

「こんにちは。北条さん、園崎さん。いい雰囲気だったところを邪魔しちゃって、実に申し訳ないです。」

大石蔵人《くらうど》。

……興宮署の刑事で、一連の事件を捜査している人物。連続怪死事件の裏に園崎家の暗躍を嗅ぎ取っているらしい。園崎家ともっとも敵対する人物だ。捜査四課との縁《えん》も深く、この辺りの地回りに特に精通する。…連続怪死事件云々《うんぬん》がなくても、ヤクザ稼業《かぎょう》に手を染める園崎家には十分、敵に値する存在だ。

もちろん、次期当主である魅音に好意的な存在でないことも間違いない。私はお姉ならこう返すに違いないと、その反応をシミュレーションしていく。

「…ありゃあ、大石さんですか。お仕事ご苦労さまです。大の大人が、四人も揃っておもちゃ屋さんに何かご用で？　まさかお人形さん買いに来たってわけでもあるまいに？　ぷぷぷ…。」

言うまでもなく、用事があるのはおもちゃ屋にではなく、私たちにだ。私、ではあるまい。……恐らくは悟史くんだ。悟史くんの様子を窺うと、……過剰な反応は示さないまでも、落ち着きをなくしていることが見て取れた。

他の刑事たちも、やんわりと包囲《ほうい》して、私たちが逃げ出すことを予見しているかのようだ。

「北条さん。実はですね、ちょいと伺いたいお話がありまして。」

「何それ？　任意同行《にんいどうこう》ってやつ？　悟史くん、こんなのに付き合う必要ないよ、行こ！」

悟史くんの肩をドンと小突く。だが悟史くんは顔面を蒼白《そうはく》にし、心ここにあらずという感じだった。心ここにあらず？　それは諦観《ていかん》、…いや、観念したかのように見えた。

……その時。私はお姉の不手際《ふてぎわ》を呪った。叔母殺しなんて、現場を見なくたって犯人は悟史くんだってわかるじゃないか。

その悟史くんを庇うようにアリバイを作らなくてどうするのか…！　馬鹿魅音は警察にすでに、当日のことをありのまま話してる。つまり、悟史くんにアリバイがないってことまで馬鹿正直に！

お姉が動かない以上、村人はみんな正直に話す。それらを全部合わせれば、悟史くん一人にいつまでたってもアリバイができないのは明白になるだろう。そして警察は丹念《たんねん》に外堀《そとぼり》を埋め、…任意同行から一気に畳《たた》みかけて悟史くんの自白《じはく》を引き出そうとするに違いない。…悟史くんの表情をもう一度見る。

その表情には、ひとかけらの覇気《はき》も見いだすことができなかった。

悟史くんは、任意同行が断れるものだということも知らないだろう。のこのこと取調室《とりしらべしつ》まで連れて行かれ、この老獪《ろうかい》な大石に、ちょっとカマをかけられただけであっさり観念して自供《じきょう》するに違いない。……悟史くんはやっぱり誰かが庇ってあげないとだめなのだ。でも、誰も守らなかった。…なら私が守ってあげなければ…。だけど、どうやって⁉　魅音がこれまで証言したことは勘違いでしたと、今さらひっくり返してみせるか？　そんなのはまったくの無駄で手遅れだ。考える時間がもう少し潤沢《じゅんたく》にあるならば、私の狡猾《こうかつ》な脳はきっとうまい言い逃れを見つけ出してくれるに違いなかった。だが、そんな悠長《ゆうちょう》な時間は今はない。刑事たちはじりじりと間合いを詰め、明らかに見て取れる圧力を演出していた。私が距離感としてしか感じないものを、悟史くんはもっともっと心理的に感じているに違いない。

私が起死回生《きしかいせい》の何かを思案して押し黙っている間に、緊張に耐えきれなくなった悟史くんが、屈伏《くっぷく》してしまうことだってある。考えるより先に、何か何か何か。ここで黙っては駄目だ駄目だ。この沈黙が、悟史くんを追い詰めてしまうまえに。私という存在が、この王手を何とか凌《しの》がなければ…!! 大石の巨体が悟史くんを圧迫するように迫る。それに気《け》圧《お》されて悟史くんがよろりと後退《あとずさ》る。

「………あ、…………………ぅ。」

「大して時間は取らせませんから。そんな怖がらないでください。…んっふっふっふっふ!」

何が大して時間は取らせないだ…。今こいつ、ハッキリ言ッタゾ! ここでひっ捕まえたら二度とシャバには戻らせないってハッキリ言ッタ!! 悟史くん、絶対に屈しちゃいけない、君がここで屈したら、何のために今日まで耐えて来たのかわからなくなっちゃうんだよ!!

「………ぅ。」

悟史くんの呻《うめ》きが、緊張の糸が切れかかっているサインであることは、私以上に大石の方が嗅ぎ取っているに違いないのだ…。大石はにやぁっと笑い、……悟史くんの肩に手をかけようと、その腕を伸ばす……。私はそれを見た瞬間に、脊髄《せきずい》に雷が駆け抜けるのを感じた。

あの手に触れられては駄目だ。あの無骨《ぶこつ》で無慈悲な手が悟史くんの肩を包んだ時、その感触は悟史くんの心を打ち負かしてしまう…！　悟史くんは力なく頷き、任意同行に従うどころか、全てを認めて白状してしまう…‼

「悟史くんに、アリバイがあるか知りたいわけですよね？」

「………うん？」

大石が怪訝な声をあげ、私に振り返る。…悟史くんに伸ばした手は止まった。…私は特に用意があって言ったわけじゃない。大石の手が止められれば何でもよかっただけだ。

……だから時間稼ぎ以上の意味など何もない。本当に本当に、口からの出任せもいいところだった。

「…そうですよ。北条悟史さんのアリバイが知りたいんです。なっはっは、…私たちの捜査がマズいからなのかなぁ、犯行の時間帯にどうしても北条さんのアリバイが見つけられないんですよ。仕方ないから、恥を忍《しの》んでご本人に直接その辺りをお伺いしようかと思いましてねぇ。」

「そんなの本人に聞く必要ないです。私がアリバイ、証明しますから。」

「ありゃ。そりゃ本当？　なら助かるなぁ。あの晩、園崎さんが神社にいて、お祭りの最後まで過ごしていたことは、すでにあなたからも聞いているし、その他大勢の方からも証言を得ています。そのあなたが、そこで北条さんとも一緒だったと言ってくれるなら、一番楽なんですがねぇ。……でもあんた、以前その辺りお聞きした時、北条さんのことは一言も言ってませんよねぇ？　実は居ましたって今頃おっしゃるおつもりで？　祭り会場の誰一人、北条さんを見ていないのに、あなただけは見ていたと、そうおっしゃるおつもりで？」

「そうです。私と一緒にいました。それで十分です。」

「…あなたが仲良しのお友達と終始一緒にいたのはわかっているし、私も会場で実際にお見かけしています。それでも一緒に居たとおっしゃるわけで？　なっはっはっは……。そいつぁ、ちょっと苦しくない？　ん？」

大石は、意地悪な笑みを浮かべながら私に詰め寄る。

苦し紛れの言い訳をする私を追い詰めて遊んでいる……わけではなかった。もう少しで釣《つ》れそうな魚釣りを、横から邪魔されたのがとにかく不快でしょうがない、といった悪意が剝《む》き出しだった。

「祭り会場でずっと一緒に遊んでたのに、すっかり忘れてて、今頃になって思い出したと、そうおっしゃるおつもり？　園崎魅音さん。」

心の中で、…まずいなと一瞬思ったが、もう自分でも止めようがなかった。

「っていうか、私、魅音じゃないですし。だから元々、綿流しになんか行ってません。」

「……は？」

「悟史くんとは綿流しの晩は、興宮のファミレスでずっとお喋りしてました。エンジェルモートって店ですので、どうぞ店長にも確認を取ってください。」

大石はにやにやと笑いを浮かべたままだったが、混乱しているのは間違いなかった。

「…あんた、何を言ってるの？　あんた、魅音じゃないなら、誰なわけ？」

「園崎、…詩音です。魅音の双子の妹です。初めてお会いしますね、こんにちは。」

大石は、私が苦し紛れに何を言っているやら…という顔をしていた。だが、私があまりにも堂々ととんでもない話をするので、苦笑いは再び不快そうな顔に戻った。

「園崎魅音さんに双子の妹が居たなんて、初めて知りましたよ？　…あんた、大人をからかってんの？」

「からかってなんかないですよ。どうぞ戸籍《こせき》でも何でも調べてみてください。それとも、お姉を呼んで二人で並んでみせれば信じます？」

ここまで言われては、刑事たちもさすがに動揺を隠せないようだった。

「……園崎、しおんさん？」

「はい。詩音ですが、何か？」

「…あんたにもちょっと来てもらってもいいですかね。あんたが園崎詩音さんで、北条さんと一緒におられたって言うんなら、…あんたにも話を聞かせてもらいたいもんです。」

「えぇ望むところです。お手柔《てやわ》らかによろしくお願いいたします。」

刑事たちは車のところで集まり、何か言い合いをしているようだった。…詩音などというジョーカーが突然現れることは、まったく予想していなかったに違いない。

でも、これで悟史くんのアリバイを少し誤魔化すこともできるだろう。

お姉の馬鹿には釘を刺しておいたから、詩音と一緒だったアリバイを後付けで作ることは出来ないことじゃない。

「悟史くん。何を聞かれてもエンジェルモートで私とお喋りをして過ごしていたと言い張ってください。私が何とかしますから。何を聞かれても、よく覚えていないとか、うぅん、悟史くんなら下手なことは言わず、黙り込んだ方が無難かもです。」

「…………………………。」

悟史くんはぽかんと口を開けていた。…私が大事な話をしているのに、右の耳から左の耳へ通り抜けちゃっているようだった。

「悟史くん、聞いてます？　ここでしっかりしないと刑事たちの思う壺です。」

「あ、……う、………うん。」

悟史くんは、…きっと騙されたような気持ちになってるんだろうなと思った。無理もない…。ずっと魅音だと思っていた相手が、実は双子の妹でしたなどと告白したのだ。

私が魅音を騙《かた》って悟史くんを騙し続けて来たのは、紛れもない事実。

「…………………怒ってます…？」

「……なんで？」

「その、……騙してて。」

「…………………あははははは。」

悟史くんが突然、朗《ほが》らかに笑い出す。悟史くんは場を誤魔化すために笑えるような器用な人じゃない。だからなぜ笑ったのか、私にはちょっとわからなかった。

「たまに、教室の魅音と話が食い合わないことがあったから、違和感は覚えてたんだ。……やっとわかったよ。」

「……怒らないでくれるんですか…？　その、騙してたこと…。」

悟史くんは小首を傾げる。…少し鈍い悟史くんは、それが怒るべきことなのかもわかりかねているように見えた。………あるいは、そう装ってくれているのか。

「初めまして、じゃないんだよね…？」

「え、…と、………はい、……そうなります…。」

「そっか。しおんって、どう書くの？」

「詩を詠《よ》むの〝詩〟に音で詩音です。」

「詩音…。……うん。」

「うん？」

「いい名前だね。」

「じゃお二人さん、すみませんが署までご同行願えますかね。インスタントでよければ、コーヒーか紅茶かくらいは選べますよ?」

ノートの二十九ページ

悟史くんがよほど狡猾だったか、幸運に恵《めぐ》まれたか、…それとも本当に悟史くんではないのか、犯行現場には悟史くんが犯人であることを示す痕跡《こんせき》は残されていなかった。それでも、この時点では、悟史くんが犯人ということでほぼ確定だった。

悟史くんの家庭の状況を見れば殺意は充分。

アリバイもない。

物証《ぶっしょう》以外の外堀は全て埋まっていた。大石があそこで勝負に出てきたのは至極《しごく》当然だ。

私というジョーカーの登場までは予想できなかったろうが、それでも悟史くんの圧倒的に不利な状況を覆《くつがえ》すほどではない。大石は動物的嗅覚で、悟史くんに違いないともう当たりをつけている。

あとは悟史くんが揺れて、勝手に折れてくれるのを待つだけ……。

そう思っていた。私も。大石も。後日、そのちゃぶ台がひっくり返されることになる。それについてはここでは割愛《かつあい》するが、とにかく、大石の目論見《もくろみ》は完全に崩れ、警察はノックアウトされることになるのだ。そうすると、私が抱く疑問はひとつしかない。

誰が悟史くんを救ってくれたの？　ということ。

この時点での私は、園崎本家が暗躍して犯人をでっちあげてくれた他に、何も思いつくことはできなかった。

けじめ

迎えの車

もちろん、狡猾な刑事たちは私たちを二人一緒になど取調べはしなかった。私の方に大石は来なかった。あいつの狙いは最初から悟史くんだ。私の方は、若い刑事が世間話をするばかりだった。乗り易い話題から徐々に入り込んでくる話術なのだろう。…そうとわかっていると、こちらに話を合わすような話し方が、下手くそなホストのようで気持ちが悪い。悟史くんの方は大丈夫だろうか。大石は、私のアリバイ証言など付け焼き刃《ば》に違いないと思っているだろう。悟史くんに一気に畳みかければ落とせると思っているに違いない。

……悟史くんが、どんなに辛くてもだんまりで通してくれるのを祈るしかなかった。脇《わき》に置いてあった内線電話が鳴った。それを刑事が取る。

「………はい、熊谷です。…………はい？　あ、……そうですか。わかりました。すぐに。」

受話器を置くと私に、家から迎えが来ていると告げた。解放されるのは私だけのようだった。…身元引受人のない悟史くんは、まだまだ尋問《じんもん》を受けるのだろうか。

………そんな心配より、今は自分の心配か。警察の前で堂々と詩音だと名乗った以上、もう園崎本家にはバレている。

これだけ公の場に堂々と姿を出してしまった以上、もう言い逃れはできない。鬼婆の前に私は引っ立てられ、何かの処分を受けるだろう。私がどういう処遇《しょぐう》になるのか、正直なところ、想像もつかない。

誰かが庇ってくれたり、お目溢《めこぼ》しをしてくれたりして一件落着、というのは私たちの世界に限ってはありえない。面子《メンツ》とか体面《たいめん》とか。…たとえ本人が望まなくても、対外的なジェスチャーのために刑を執行しなくてはならない世界だ。……私も、今のうちに自分の小指にキスくらいしておいた方がいいかもしれない。私を送る若い刑事に言ってやる。

「ねね。アメリカなんかでよく、死刑囚が死刑廃止の州で捕まると、引き渡さないでくれるっていう話あるじゃないですか。」

「うん…??」

…引用が難し過ぎたか。刑事はよく意味がわかっていないようだった。警察署の玄関前には、真っ黒な車が待ち構えていた。うちのお父さんの手下の、人相《にんそう》のよろしくない連中が、深々とお辞儀《じぎ》して出迎える。

「詩音さん、ご無沙汰しております。」

「……葛西は?」

「…………。」

葛西は私の一番の忠臣で、学園からの脱走の手引きから、興宮での隠れ家までを全て世話してくれた。……おそらく無事では済むまい。

「……お姉はどうしてるの？　何か言ってる？」

「………私たちは詩音さんを本家へお連れしろとしか言われていませんので。詳しくは本家でお尋《たず》ねになってください。」

素っ気なくそう告げると、私に車に乗るよう促《うなが》した。私の両脇に一人ずつ。……逃がす気はさらさらないようだ。…私は、まだ署内に残されている悟史くんを思い、興宮署を振り返る。

悟史くん、がんばって…。…私もがんばるから。車は無粋《ぶすい》に急発進した。

園崎本家

園崎本家には、ろくな時に招かれた記憶がない。本当に小さかった頃、まだ私たち姉妹が、自分たちの姓の園崎にどういう意味があるかもよくわからずにはしゃいでいた頃を別にすれば。

…親族会議などの、胃が痛くなるような時にしか、園崎本家には訪れた記憶がなかった…。車は本家の表門でなく、裏手に停まった。表門から入るのは後ろめたくない人間だけということだ。車を降りると、出迎えはお姉ひとりだった。気さくに声をかけようとしたが、その冷たい目つきを見てそれを引っ込める。

「…お久しぶりですね詩音。新年以外に会えるとは思いませんでした。」

背中にぞわぞわしたものが上ってくるくらいに、お姉は他人行儀だった。

「魅音姉さまこそご機嫌麗《うるわ》しゅうございます。新年以外にお顔が見れて、三文くらいの徳を感じます。」

私も精一杯の嫌味を込めて、他人行儀な言い方で返してやる。

「当主は大変ご立腹ですよ。どう釈明されるか見物《みもの》です。」

「…………私がするような釈明なんて、別にないですし。」

釈明も何もない。学園に耐えられなかったから抜け出して来た。それ以上に何の言い訳もない。

「詩音、来なさい。皆、待っています。」

魅音に先導され、私たちは歩き出す……。家でなく、庭に向かう。…そして、広大な庭のずっと奥の森を目指すに至り、私は自分がどこへ連れて行かれるかを察した。この奥の森は、私たち姉妹がまだ幼くて何も知らなかった頃、絶対に近付くなと強く言われていたところだ。

………この奥に何があるかは、…私も漠然とした噂では知っていた。秘密の地下の入口があり、園崎家に刃向《はむ》かう者を苛め殺すための拷問室があると言われている。園崎本家にまつわる黒い噂の数々を知れば知るほど、その噂は信憑性を増していく。…だが、それでも心のどこかで半信半疑《はんしんはんぎ》だった。

それを今日、自らの身をもって知れるとは、…あの頃は夢にも思わなかった…。やがて、鬱蒼《うっそう》とした深い森の中が大きく盆地《ぼんち》になっているところにやってきた。そのすり鉢《ばち》の底に、まるで防空壕《ぼうくうごう》を思わせる鉄扉《てっぴ》があるのが見える。

「……これが噂の、地下拷問室ってやつですね？」

自分で口に出してみて驚く。…私の声は、少し震えかかっていた。……今の私は、自分で思っている以上に、…怯えていた。私のそんな問い掛けにも、魅音も含め誰も相手にしない。…ただ、張りつめた空気が痛いだけ。…双子は生まれたら直《ただ》ちに間引《まび》くべし。…園崎家の家訓ではそうなっている。私は、………ひょっとして、…間引かれる？

指の一本くらいで許してもらえるだろうと思っていたのは、覚悟でも何でもなく、…単なる甘えに過ぎなかったことに気付く…。自分は園崎本家のことを恐ろしい恐ろしいと、言葉の上では理解していても、本当の意味では理解していなかった。だって、…鉄扉を潜《くぐ》った中の空気は、…これまでに一度も嗅いだことがないような恐ろしい空気で、……なのにそれでいて、紛れもない現実であることを突きつけていて。…怯えの感情を、一度でも自覚してしまったら駄目だった。

憎まれ口を叩いて、空元気《からげんき》を内に灯したくても、いつの間にか唇《くちびる》はこんなにも乾いてしまって。……指先も落ち着きをなくしているのがわかった。細い廊下を進み、何度か階段を下り。

再び大きな鉄扉をくぐり。

………その部屋へ私は来た。そこは…広い部屋だった。…そして、これまでに見たこともないような奇怪な部屋だった。その部屋は左右の半分でまったく違う趣《おもむき》になっていた。まず、片側半分はお座敷《ざしき》になっていて、…そこには親族会議の上席を陣取《じんど》る十数人の親類たちが、不気味なくらいの無表情で皆、座布団に座っていた。

そして、もう片側半分は、まるで大きな公衆シャワールームを思わせるように、床や壁がタイル張りになっていた。この座敷と浴場《よくじょう》が混在したような空間は、それだけでもう十分に異常だ。

…そして、…いや、そしてなんて形容の仕方はおかしい。それはここに来て真っ先に私の目に飛び込んだからだ。部屋の半分が座敷で浴場で…なんてものよりも遥かに最初に。それでいて、……一番最後まで意識したくない。………足が、藁《わら》になる。腰《こし》が崩れてへたり込みそうになる。だが、へたり込むこともさせてもらえなかった。この部屋に入ると同時に、私は若い男ふたりに両腕をがっちりと組まれていたから。シャワールームの壁には、……初めて見るのに用途《ようと》の想像が付く、奇怪なものたちが並べられていた。………あぁ、奇怪なものたちなんて言い方がそもそも潔《いさぎよ》くない。私は、そのものたちを、単に何と

呼べばいいかわかっているはずなのだ。

……あぁあぁぁぁ…、わかっている、認めている。私はそれらが、…この世のものとは思えないくらいに奇怪で歪《いびつ》な形をした、……拷問具たちであることを理解している…。

「だぁほが。どの面下げて戻って来たん思うとっとと…。」

座敷の一番前に座っていた鬼婆が、…聞く者全てが威圧《いあつ》されずにはいられない恐ろしい声で、…まるで染み入らせるかのように、じっくりと告げる。

彼女が園崎お魎。…園崎天皇《てんのう》とまで呼ばれ、園崎家のみならず御三家を牛耳《ぎゅうじ》り、雛見沢の暗部を支配する真の黒幕だ。

何も知らぬ人間が見たならば、地味な和服を着た老女だとでも思うのだろうか？……いや、思わないだろう。ただの老女では断じてありえないことを誰にも感じさせる迫力を纏《まと》っている…。

一応、私の祖母にあたるが、……世間一般で知られるような、元旦《がんたん》にお年玉をくれるようなのんびりした存在ではない。

もちろんお年玉はくれたのだが、恩を着せられるわ、堅苦しいわで、実に窮屈なものだったっけ。……唯一の救いは、お年玉袋の中身も窮屈になっていた点のみだ。

私が、そんなことをぼんやりと思い出している間に、何やら恐ろしいことをまくし立てていたが、訛《なま》りがひどくて、何を言っているかはよくは聞き取れなかった。

…でも、全ては聞き取れなくても、…何を言おうとしているかは理解できた。

鬼婆は、学園を抜け出したところまでは大目に見るつもりだったらしい。

だが、自分が園崎詩音であると、警察に告げたのではどうにもならない。園崎本家としては、当主の命令に背《そむ》いたことが明らかになった以上、詩音を罰しないわけには行かない
…ということなのだ。……そして何よりも。鬼婆が一番、不愉快に思っていること。……

それは、私が悟史くんを庇ったことらしかった。…北条家は、ダム戦争の時、村を裏切った裏切り者の一家。その烙印《らくいん》は悟史くんと言えど免れていない。

その北条家の悟史くんと、園崎家の私に縁があることが、面白くなかったというのだ。

それは…私にとってひどく意外なことだった。

私は、鬼婆の決めた学園から逃げ出してきた。だからこそ鬼婆の逆鱗《げきりん》に触れているのだと思っていた。…だが実際にはそうではなく、……私と悟史くんの取り合わせが不快だったと、そう言っているのだ。私は信じられない気持ちでいっぱいになった。…ダム戦争の時、悟史くんの両親が村を売るような行為をして、槍玉《やりだま》に挙げられていたのはよく知っている。

でもそれは……悟史くんの両親のことであって、その息子である悟史くんに問われる非ではないと思っていたからだ。

「……そんなの、…悟史くん、関係ないじゃないですか…。悟史くんの親はわかるとして

も、悟史くん個人には何の責任もな…、」

「しゃあらしいわあッ！！！！」

鬼婆に一喝《いっかつ》され、私は言葉を最後まで言い切ることが出来ず、すくみ上がる。

鬼婆は口汚く北条家の悪行を罵り、悟史くんもその汚い血を引いている裏切り者の子供だと言い切る。…それを聞く内に、私は…憤《いきどお》りを感じ始めていた。悟史くんが一体何をしたというのか？ 悟史くんにどんな非があるというのか？ 気付いた時、私は心の中で思ったことをそのまま口にしていた。

私は鬼婆の目が、憤怒《ふんぬ》に染まっていくのを見て、自分が何を口にしたかをようやく知る。

だから、自分の意思で口にするために、…もう一度同じことを口にすることを決意する。

「……鬼婆、あんた何言ってんの？ 黙って聞いてれば言いたい放題。」

「あぁぁん!? なんばねすったら口の利きぃ!!」

「やかましいッ、終《しま》いまで聞きなよ鬼婆ッ！！！！」

私は鬼婆の怒鳴りすら一喝し、声を張り上げた。

「大体、あんたは悟史くんの何を知ってるの!? 悟史くんのことをよく知りもしないくせにまるで彼を害虫みたいに言い捨てて!!! 悟史くんがどんなにいい人か、私はよく知っている！ 彼が北条だからいけないの？ ばっかみたい!! 時代錯誤《さくご》も甚《はなは》だしい!! 園崎の私が北条の悟史くんと一緒に居たのがそんなにも不愉快なの!? くっだらないくっだらない、馬ッ鹿みたいっ!!! こんな安っぽいロミジュリを自分で体験できるなんて思わなかったなー！ あっはっはっはっはっはっは!!!」

思いっきり強がって言っても、声はかすれる。涙もぼろぼろこぼれて顔はぐしゃぐしゃだ。でも…ここで感情の吐露《とろ》をやめる気はしなかった。

…たとえこの義憤が一時、恐怖を忘れさせてくれるだけのものだとしても。鬼婆は、まさにその呼び名そのままの形相で、肩で息をしながら私を睨み付けている。私も同じように肩で息をしながら、鬼婆を目線だけで食い殺そうと睨み付けていた。……………やがて。…鬼婆が私と悟史くんの仲にこだわっていることに気付き。……単に私たちが一緒に居た以上のことを咎めていることに気付き始めた。

「……そっか、…魅音がそういう告げ口をしたわけか…。」

魅音は能面《のうめん》を貼りつけたように無表情。私の呪うような目線にも動揺しなかった。

……鬼婆が本当に不愉快に思っていること。…それは、私が悟史くんに恋心を持っていることなのだ…。

「あははははははははは!! あっははははははははは!! 確かに私、自分が園崎家だとか、悟史くんが北条家だとか、そんなの全然興味ないし、園崎家の面子がとか世間体《せけんてい》がどうとか全然関心ありません！ えぇ認めますよ認めます!! 私は北条悟史くんが好きです。彼の事が大好きです！ それっていけないことッ!? 人が人を好きになるのに、何か理由が必要ッ⁉」

鬼婆の後ろの親族たちが、取り返しの付かなくなった様子に、小さく首を振ったり、俯いたりするのが見えた。その中には、…私を一番庇ってくれたに違いないお母さんの姿も見えた。

お母さんはもう私を見てはいなかった。ただ沈黙を守って、畳を見ていることしかできなかった。

「後ろのあんたたちも聞こえてるでしょ⁉　私おかしいこと言ってる⁉　あんたたちだって悟史くんをよく知れば、彼がどんなに素敵な男の子で、私が好きになるのがおかしくないことがすぐにわかる‼　なのに、なんで相手の人格も知ろうとしないで、一方的に…、」

魅音はもう喋るなというように、手をかざして私を制した。そしてゆっくりと私の元へ歩いてくる。

「…………もう結構です詩音。あなたの言い分と覚悟はよくわかりました。」

「……………………。」

そして、魅音は額がぶつかりそうになるくらいに顔を寄せ、私にしか聞こえないくらいの小声で言った。

「……詩音の覚悟はよくわかったよ。……でも、ここまで言い切っちゃったら、誰にももう庇えない。…詩音がけじめを付けてみせるしかない。」

「…………けじめ⁉　何で私が‼　私が何でそんな馬鹿な…。」

「詩音。」

魅音がもう一度、冷酷な次期当主の顔に戻り、…諭すように言った。

「……あなたの言う個人の理屈は多分正しい。……でもね？　あなたも理解していると思うけど、…ここは雛見沢で私たちは園崎家なの。御三家の末席《まっせき》でも、…今や事実上の雛見沢の筆頭家《ひっとうけ》。そしてあなたは仮にも、園崎家次期当主である園崎魅音の双子の妹。…それが、」

魅音に最後までは言わせない。それを断ち切るように、私は言い分をぶつける。

「あんたとは、こっちに帰ってからどうもその辺りの話がかみ合わないですね。大人の事情みたいなことばっか！　雛見沢？　園崎家？　だから何⁉　私はそんなの全然興味な…」

「聞きなさい！」

魅音もまた、私がしたように最後まで言わせず断ち切ってくる。

「…………詩音は今日まで興宮で生活するにあたって、…どれだけの人の世話になってる？」

…背筋をぞわりとしたものが這い上がる。

「………葛西さん、奥の牢屋《ろうや》にいる。」

「な、……なんで葛西がッ⁉」

本当は驚くには値しない。……私が捕まった時点で、私を匿《かくま》ってくれた人たちはみんな同じ運命だ。…園崎家の当主に背いた罪はまったく同じ。私は…まだ扱いがいい方かもしれない。…奥の牢屋にいるという葛西や、もうじき連れて来られる義郎叔父さんなどは、……もっと乱暴に扱われていると思っていいだろう。

私のわがままに付き合ってくれた人たちが、…みんな犠牲になっている。

「……詩音がどういう目に遭っても、詩音本人は覚悟があるからいいだろうけど。お世話になった、葛西さんや義郎叔父さんがどうなるかまでは考えが及ばない…?」

頭の中にいっぱいに広がった熱湯のような感覚が、どんどんと退いていく。…私の威勢は、もうとっくに失われていた。私一人がどんな責め苦に遭おうとも、きっと私は耐えられるだろう。

だが、園崎本家に逆らい、私のためにひと肌を脱いでくれた人たちに、…迷惑を掛けるのだけは躊躇われた。

「……詩音。婆っちゃに謝って。けじめを付けてみせれば、詩音ひとりだけの話で全部済む。…誰にも迷惑を掛けない。」

「でも……でも、魅音…。私、間違ったこと言った…?　そんなにも悪いこと、…した…?」

……私にけじめを付ける覚悟がないことを見て取った魅音は、わずかばかり見せた仏心《ほとけごころ》を引っ込め、…元の冷酷な表情に戻る。そして、私に背を向けて座敷の方へ戻っていく。

……私は威勢よく鬼婆に喧嘩を売った。…自分は悪いことをしていないと言い張った。

……だが、今日までの生活でお世話になった人たちを巻き込んでしまっている。…これは……言われるまでもなく、私の責任。…私ひとりが受けるべき咎で、…彼らには何の罪もない。

……そう、悟史くん本人に、何も罪がないように、葛西や義郎叔父さんにも罪がない。その時、……その胸中を全て読み切ったかのように、…魅音が振り返り、………小さく頷いた。

葛西や叔父さんのように。………何の罪もない悟史くんまで、……巻き込まれるかもしれないよ?

「ま、…………ま、待ってお姉……!!」

そんなの、…絶対だめ…。悟史くんは…じゃなくて、……みんな関係ない。私ひとりで済むことなら、みんなを許してあげて…！

「……何ですか、詩音…?」

「……………ご、…………、」

私のくしゃくしゃの顔に、涙が幾筋も流れて落ちる。……もう、私の安っぽい見栄《みえ》とかそんなもの、どうでも良かった。

「………ごめんなさい…。私が間違っていました。…許してください当主さま。」

鬼婆の気に入るように言ったはずだ。…なのに、鬼婆はなおも不愉快そうな顔をする。

……それもそうだ。…鬼婆は、親族たちの目の前で私に罵倒された。…私をこのまま許すことなんてできるはずもない。

そんな鬼婆に代わって、次期当主である魅音が口を開いた。

「では詩音。…どうやってけじめを付けるつもりです?」

「け、…………けじめって、…………どうすれば………。」

壁に立てかけられた恐ろしい拷問器具たちに囲まれて、けじめという言葉を口にさせられることほど恐ろしいことなどない。…私は、その単語の恐ろしさに、改めて震え上がるほかなかった。私が震えながら立ちすくんでいると、見かねた魅音は鬼婆に何か囁き掛けた。…鬼婆はそれに頷き返す。そして魅音は若いのを呼び寄せると、何か指示を出した。

そして、彼らは部屋の壁にぶら下げてある物騒な器具の内のひとつを持って来た。…そして、私の前に机を運び、その器具をそこに載せる。

「…………………なに、…………これ……。」

「……爪《つめ》を剝《は》ぐための道具です。使い方はわかります?」

「わ、…………わかるわけ……ないでしょ………。」

わなわなと震えながら……机の上の、薄気味悪い器具に目を向ける。それはちょっと見たところ、とても大きな爪切りのような形をしていた。

……おそらく、…先端のくちばしのような部分を……爪の間に差し込み、……把手《とって》の部分を強く握ると…くちばしが開いて、爪をがばっとめくれて剝ぐ形になるのだろう。その用途を頭の中で思い描くだけで……指先が震え、体中に悪寒《おかん》が走り抜けた。

「爪一枚ずつで、詩音が掛けた迷惑のそれぞれのけじめとします。………園崎詩音。どの指でも構いません。自らの手で、三枚の爪を剝がしてみせなさい。」

三枚。……葛西。義郎叔父さん。…そして、……悟史くん。…その数字はこれ以上なく、妥当だった。

「ほ、……本当にそれで………他の人は許してくれるんですか……。」

「………………。」

「約束して……。私がちゃんと自分の爪を剝げたら……他のみんなは許すと約束して……。」

「これはあなたのけじめであって、取引ではありませんよ。……この方法が気に入らないなら、」

「やるから待って!!! 待ってよ……やるから……、……やるから…。」

私は震える左手を……小指を、…器具のおぞましいくちばしに当て、…爪の間に………割り込ませる。もし爪が短かったなら、うまく出来なかったろう。…だが、私の長い爪は、金属の無慈悲なくちばしを大きく広くくわえ込み、…実に綺麗に、器具に嚙み合っていた。

すると若い男たちが器具と私の左手を別の拘束器具でがっちりと固定した。……確かに、このくらいがっちりと固定しなかったら、…指が逃げて、うまくできないだろう。男たちが無抵抗な私の左手を、バチン、バチンと革ベルトのようなもので締め付けていく過程のひとつひとつが、…今、目の前で起こっていることが現実であることを思い知らせ、…そしてどんどんと逃げ場を無くしていく。こんな状況であっても、…私は未だ心の中のどこかで、洒落で済ませてくれないかと甘えていたのだ。そんな甘えなど、もうとっくに捨てたと思ったのに…。こうして少しずつ追い詰められるに従って、ないと思っていた甘えがどんどん胸から押し出され…涙になってこぼれていく。

それはまるで、残りわずかの歯磨き粉のチューブを締め出して、最後のわずかまで搾り出そうとしているかのような無慈悲さだった。…そんな受け身の時間さえも甘え。

やがて私の手をしっかりと拘束したことを確認すると、私に何かを強いるような、寒々しくて痛々しい沈黙が訪れた。

「……で、……ど、…………どうするの…………。」

若い男がこのお化け爪切りの把手を示し、そこを握るか叩くかするように告げる。……思い切り叩いて一気に行った方が、むしろ痛みは少ないかもしれませんという忠告付きで。あとは、もう誰も強制しなかった。私の流れ落ちる汗の音以外には何も聞こえない、痛いくらいの沈黙。

私が自らの爪を剝いでけじめを付けるところを見守ろうと、立会人《たちあいにん》たちがじっと…沈黙を守りながら見つめている。…鬼婆も、そして魅音も。……私が自らの手で清算するのをじっと待っていた。

………このまま、震え続けて拒否することもきっと選択肢のひとつに違いない。…だが、それをしたら、私のけじめにならない。けじめというのはつまり、…私ひとりの罰で罪を贖《あがな》えるということ。…もしそれをしないなら、…罰は私を助けてくれた、親しい人たち全てに及んでしまう。

「は、………は、………はぁ………はぁ………。」

呼吸が荒ぶってくる…。わかってる。自分で自分の爪を三枚剝がしてみせれば誰にも迷惑を掛けない。きっとこれは破格の条件。…私だから爪三枚で済まされてるのだ。……葛西たちだったら、爪でなく指や、あるいはもっと悲惨な目で清算されるかもしれない。わかってるわかってる。学園を逃げ出したのは私のわがまま。それを快《こころよ》く手伝ってくれた葛西に何の罪があろうか。

わかってるわかってる。興宮に戻って来た私に、バイト先を紹介して生活費を工面《くめん》してくれた義郎叔父さんに何の罪があろうか。

「はぁ……はぁ……はあ……はぁ！」

鬼婆たちが北条家を未だに毛嫌いしていることはよくわかった…。だから私がここでけじめを付けてみせなかったら、…悟史くんがどんな酷い目に遭わされるか、想像も付かない…。あるいは、……悟史くんもこの部屋へ連れて来られて、同じようにこの器具を与えられるのだろうか。……それで、引き換えに私を許す…みたいなことを言われて、悟史くんも自らの爪を剝がすよう強要されるのだろうか……？

「……はぁ……はぁ……はぁ……はあ…はぁ！」

…悟史くんなら、…剝ぐ。……悟史くんなら、自分の犠牲で誰かを救えるなら、躊躇なくやってみせる。

顔中に汗が浮き、それらが鼻筋にそって流れ、……鼻の頭から雫になって、ひたひたと机の上を濡らしていた。………やろう、…やろう。……たかが爪が三枚じゃないか。……痛いかもしれないけど、別に死ぬほどのことじゃないし、傷だって爪が生え変われば元通りだ。醜い傷が一生残る…なんてほど悲惨なものじゃない。そう、だから恐れちゃいけない。…私だからこの程度で許される。

私が拒否すれば、…みんなはもっと酷い方法で清算させられる…。葛西や義郎叔父さんや、…悟史くんに迷惑を掛けちゃいけない…。

私が、ひとりで責任を負うんだ……。だから、……だから…これから受ける痛みを耐えてみせよう……。

「はぁ、……あぁ、………あう、……あぁ……！」

もうそれは呼吸音じゃない。呼吸とも喘《あえ》ぎとも付かない、弱々しい雄叫び。それは、多分、悲鳴と類されてもいいもの。そうだ、……一気に行こう。これは拷問じゃないんだから、痛い瞬間を緩慢《かんまん》に引き延ばすことなんかないんだ。……一気に、一度に行こう。その方が痛くない、その方がちょっぴりだ、その方が怖くない……！　……右の拳を握り、振り上げる。ゆっくりなんかじゃなく、素早く。こういう感じのものは、一度に綺麗に決まった方が痛くないと決まってる。…むしろ、し損じた方が痛いに違いない…。

「はあ、…はあ！　はあ!!　…………………、」

最後の息を止める。全身が凍りつき、体の内側から窒息《ちっそく》するような苦しさと、毛虫に撫でられるような悪寒が込み上げてくる。恐れるな、私。…体の表面積全てを思えば、爪の部分なんて一平方センチ程度の狭い部分じゃないか。……耐えられる、私は耐えられる…！

「えぉあわあああぁあぁあああぁあぁあッ!!」

私は振り上げた拳を、……拷問具の把手に、叩きつける。

「…………ッ！！！」

ビッという音が、空気でなく、私自身の体を伝わって鼓膜《こまく》を響かせ、まったくその音と同時に、私が生まれてから一度も味わったことのない角度からの痛覚が襲いかかって来た。遅れて、心臓の鼓動のようなドクンドクンという脈打つ激痛までが加わる。

「……ぅううぅぅうぅ、……うううぅぅううぅぅう!!!」

歯を思い切り食いしばる。奥歯が欠けそうになるくらい！　瞼《まぶた》も思い切り食いしばる。眼球が潰れてしまいそうになるくらい‼　痛みは薄れたりはしなかった。むしろ脈動し、私の指を痛みで風船のようにパンパンにして破裂させるかのようだった。私は…恐る恐る目を開けた。

……私の左手の小指は、……血で真っ赤ということはなかった。もちろん血塗れだったけど、この痛みとはあまりに釣り合わないくらいに、下らない出血だった。

私の爪は、……ほら、…車の前のボンネットってあるじゃない？　あれを…がばっと開けたみたいになってて……。それはあまりに信じられない光景。痛みだけでなく、恐ろしさまでが私に襲いかかる。しかも、こんな痛みと恐怖の中だからこそ、…私はまだ三つの義務の内の一つしか果たしてないことに気付く。

…こんなことを、あと二回も？　薬指と、中指も、…こんなことをしないといけないの…？

許しを乞うように、鬼婆と魅音を見る。……でもあいつらにとってはこんなの、ちょっとした余興《よきょう》に過ぎなくて。…退屈そうな顔で見守っているだけなのだ。

そこにはわずかの同情も読み取れない。…こいつらは許す気なんかない。爪を三枚と言ったら絶対に三枚！　あと二枚、こんな思いをして爪を剝がさなければ許す気なんかないんだ…！

「………魅音、………これで、…許して…………。あのね、…あのね、……これ、…本当に痛いの……、すごく痛いんだよ……。ほら、…私の顔を見れば…わかるよね……？　…本当にさ、……痛くて、………えへ、…えへへへへ………、」

魅音は冷酷なままの表情で、答えてくれた。

「………詩音。………もう、……無理？」

もう無理なら許してあげるよ、という意味ではない。…無理なら、残る分は他の人に清算させてもいいんだよ、そういう意味。

そんなこと……言われなくても…わかってるって…。

「や、…やれるよッ!!!　こんなの全然楽勝だって……!!　このサディスト共《ども》がぁ!!　はあ、…はぁ!!　こんなの怖くない、こんなの痛くない…、ああぁあぁあぁあぁぁ…!!!」

私は右手で拷問具のくちばしを動かし、手早く次の薬指の爪の間に差し入れる。…そして何の躊躇もなく拳を振り上げて、わずかの間もなく振り下ろした。

…それは潔い速さというよりは、…落ち着きのない性急さや、眼前の恐怖から少しでも逃れようとして足掻《あが》く暴走に違いなかった。そんなやり方では、うまく行く訳もない。拷問具は私の爪を捲《めく》らず、爪の先を少し欠いただけだった。でも、痛さは先程と変わらなかった。痛さよりも信じられなかったのは、これだけ痛い思いをしたのに、爪が剝がせていないことだった。……やり直し!?　薬指、…もう一回やらないと駄目なの……？　また、やるの…？　また、……また……!?

「…………詩音…？」

「やだ、……ぇぐ、………やだぁあぁあぁあ!!!」

もう駄目だった。…私は恥も外聞もかなぐり捨てて、泣き叫んだ。

「もうやだやだ!!　もう無理なの本当に痛いの…!!　もう許して、本当に許してよぉ!!　ごめんなさいごめんなさい、謝りますから許してください!!　ごめんなさいごめんなさい、ごめんなさいごめんなさい!!　ごめんなさいごめんなさいごめんなさい!!」

私の叫びなど、座敷の親類たちには届いていないようだった。…私と彼らの間に、声を遮断《しゃだん》する空気の壁でもあるんじゃないかと思うくらいに。

彼らは私に同情などしていなかった。ただ園崎家の人間として、この儀式を私がやり遂げられるかを見届けているだけだった。だから、私の醜態《しゅうたい》に同情するどころか、むしろ呆れているように見えた。魅音が私に歩み寄ってくる。…そして泣きじゃくる私に囁く。

「……詩音。………あとちょっとだから、がんばって。」

「やだやだやだやだ!!!　本当に無理、本当に痛いの…、痛いのぉおお!!　うっく、……えぐ、……わあぁあああぁあぁあああぁああ!!　うわああぁあぁあぁあああぁあぁあぁ!!」

魅音は小さく首を横に振ると、若い男たちに顎で合図を送った。………男たちは、私の後ろに来る。そして突然、ニット帽のようなものを深く被せて来た。それは帽子状の目隠しらしかった。

視界を奪われた次は、後ろから誰かに羽交《はが》い締めにされて、自由をも奪われた。

「やや、やめてよやめてよ!!　いやぁ嫌あああぁあぁあぁああ!!!」

暴れても、組み付いた男の力には抗《あらが》えない。そうしてる間に、私の左手に違和感。

…もうひとりの男が拷問具をいじっていた。…そして、…痛む薬指の爪の間に…あの残酷なくちばしを…ぐっと差し入れて……。

「やあああぁあぁあぁあ!!!　助けて、おかあさん……おかあさあああぁあん!!　ああああああぁあぁあああぁあぁあああああああ!!!」

もともと左手は拘束具で固定されていて、大した抵抗はできない。…だけど、そんな左手すら、乱暴な手のひらに痛いくらいに押しつけられて、震える自由さえも奪われた。…あと、間髪《かんはつ》なんかなかった。

自分以外の人間が執行する刑が、これほどに無慈悲であることを初めて知る。目を奪われた私には、襲い来る痛みに対し歯を食いしばることもできなかった。もし、…後に感謝することがあるとしたなら。……執行者が手練《てだれ》で、綺麗に二度で二枚の爪を剝がしてくれたことだった。痛みと絶叫は、脳内を麻痺《まひ》させる麻薬を分泌《ぶんぴつ》させるのだろうか。……私の意識は、叫び続ける内に、どんどん希薄になっていった……。

それから数日

目が覚めた。

……あの後の記憶はぐちゃぐちゃで、あれから何があって、どうやってこの部屋に戻って来たのか、…思い出すためには頭を両肘《ひじ》で抱え込む必要があった。左手には包帯。爪を剝いだ左手の指三本は、ぷっくりとチクワくらいに膨れ上がったように感じられる。……あの後、私は爪三枚を剝ぎ取られ、…一応のけじめを付けた。

それを見届けてから、鬼婆が偉そうに何か長々と能書《のうが》きを垂《た》れていたようだったが、何も耳に残っていない。

それから、すぐに興宮の整形外科に車で連れて行かれた。病院までの道中の揺れがとにかく辛かった。

……頭痛薬が痛み止めになると言われ、誰かに頭痛薬十二錠のシートを渡され、……それを飲んで痛みを紛らわした。頭痛薬は、テレビなどで宣伝するように本当にすぐ効いた。しかし十分程度ですぐに切れた。…水も飲まずに、痛みがぶり返す度に頭痛薬を唾で飲み込んで耐えた。…病院で治療を受け、待合室で呆然としていた時。……葛西が来たのだった。葛西はきっと、ご無事でしたか、と言いたかったのだろう。だけど全然無事でないことは、包帯でくるまれて三角巾《さんかくきん》で吊られた私の左手を見れば歴然《れきぜん》としていた。葛西は五体満足なように見えた。…少なくとも、私に見える範囲内では、あざひとつないように見えた。

………それを見て、私は自分の犠牲に意味があったことを知る。葛西は何も言わなかった。……無表情で、だけれども、私のすぐ側に控える彼の様子からは、…私に何か言いたいことがあるのかないのか、それすらもわからなかった。

「…………………………葛西。」

「………………なんでしょう。」

「………………………。」

葛西の返事の前のちょっとした間に、…葛西はきっと怒っているんだろうなと思った。……あの時、あの場で悟史くんを庇うために、自分の正体を明かしたことは…後悔はしていない。でも、……葛西や義郎叔父さんにかけた迷惑を考えると、……胸中はぐちゃぐちゃだった。

「………義郎叔父さんはどうなったか知ってます…？」

「いえ。」

「…………………………。」

「………したたかな方です。ご無事と思います。後で謝られた方がいいでしょう。」

「…………………………………………うん……。」

……本当は、さらに続けて悟史くんのことも聞きたかった。彼が、私のとばっちりを受けて、本家に拘束されたり、よもや何か酷い目に遭わされてないかが気になった。でも、…悟史くんの名を葛西に出すのに、…ためらいがあった。とどのつまり、私は悟史くんと彼らを天秤に掛け、…彼らを蔑《ないがし》ろにしてしまったわけだから。……悟史くんは無事だろうか。

たとえ直接危害を加えられなかったとしても、…捕まえられてどこかに監禁なんてことがなければいいのだが…。…………その後、会計を済ませ、私は葛西の車で自分の部屋に送り届けられたのだった……。…ぼーっとする頭が、ようやくこの部屋がノックされているることに気付く。

「詩音さん、……そろそろ体を起こしてください。横になり続けるのも、やはり体に毒です。」

葛西だった。葛西が買ってきてくれた弁当とお惣菜《そうざい》を机の上に広げ、…ふたりで適当に摘《つ》まみあった。

「………気分は落ち着かれましたか？」

「…………………落ち着いたというか、落ち込んだというか。……はー。」

「この数日間はずっと伏せっていたんですか？　食事はされていましたか？」

「……冷蔵庫の中の残り物を適当に食べてました。あとは天井を見てるか、眠っているかのどっちか。」

あれから三日間。…私はほとんど伏せったままで過ごした。眠りが浅くなり、目を覚ましかけたことは何度かあったが、起きようとする気力もなく、……何も考えなくていい浅い眠りの世界をずっと漂っていた。空腹感は今まで忘れていたが、この弁当の匂いを嗅いで、思い出させられたのだった。何も交わす言葉がなく、……私は黙々と箸を口に運ぶだけだった。

「昨日、………魅音さんから連絡がありました。詩音さんの部屋に何度か電話したけど、出なかったからということで。」

魅音の名が出て、……胸の奥で、かさぶたが剝げるような感触がした。でも、水をささず葛西に続けさせた。

「………園崎本家としては、…詩音さんがご自分でけじめを付けられたので、これで決着とするそうです。……聖ルチーア学園には退学届が出されます。詩音さんは興宮の学校に編入になるそうです。」

「……………園崎詩音の人権が、認められたってことか…。」

「…そうですね。今後は園崎詩音として生活して下さって構わないそうです。…ですが、みだりに雛見沢には近付かないこと。園崎魅音を騙《かた》らないこと。人前にみだりに姿を現さないこと、…他にも細々《こまごま》とありますが、つまるところ…、」

「存在を認めてやるから、……本家に目立つようなことは二度とするなってわけか。」

「そういうことになります。……もちろん永続的なわけじゃありません。ほとぼりが冷めるまで当分、ということです。具体的にいつまで、という期限があるわけではありませんが、……今年いっぱいくらいはこれまで通り、目立たない生活を送られた方がよろしいかと思います。」

「…私は興宮でひっそり暮らすだけで十分です。……元々、これまでだってそうして暮らしてきたわけだし。」

葛西は苦笑いをしてみせる。私も同じように苦笑いを返してみせた。

そして…会話の流れを断ち切らず、…ずっと聞きたかったことを口にした。

「…………………悟史くんは、……どうなったの……？」

「………………………。」

無事ですと一言、葛西に言って欲しかった。

だが、葛西は返事をしてくれなかった。

「……葛西。……悟史くんは、無事なの…？」

「…………詩音さん。」

葛西は箸を置く。

「本家から、……北条悟史くんのことは忘れろと託《ことづ》かっています。」

「…………………………何それ。」

「詩音さん。……あなたと喧嘩はしたくないんで、これ以上この話はしたくありません。…本家からの言葉を伝えるのみに留めさせてもらいます。」

「な、…何、その話をしたくないってのは…！　葛西！」

「…………………。」

葛西は聞こえないかのように振る舞い、食事を再開する。…こんな頑固で意地悪な葛西は初めて見た。……園崎家は、北条家をスケープゴートにして今日までやって来た。…その北条家と、仮にも園崎の姓を持つ私が恋仲になんかなったら、…示しがつかないってわけで。…何だか面白くない。……あの沙都子は学校で魅音と友達関係じゃないか。同性のお友達はよくっても、…私と悟史くんじゃ駄目だってわけだ。………でも、…私がまた何か目立つことをすれば、…今度こそ悟史くんに迷惑が及ぶかもしれないのだ。

私に、爪を剝ぐことを強要したように。…園崎本家はいざとなったら本当にやる。…どんな残酷なことを悟史くんに強いるか、……想像できないこともない。……悟史くんが本当に好きなら、………私は、悟史くんにもう近付かない方がいいのだろうか。悟史くんが、また雛見沢ファイターズに戻って来てくれない限り。…悟史くんはもう興宮にはそうそう簡単には姿を現さないだろう。私が雛見沢に行くには、また魅音に成り済まさなくてはならない。でも、魅音だって、…もう二度と私には協力してくれないだろう。あるいは……その内、機嫌を直してくれたとしても、それはほとぼりが冷めるくらいに、…ずっと未来の話だ。

……直接的に、悟史くんと会うなと言われなかったにしたって。もう、…私は悟史くんと再会する手段を失っていたのだ。あ、……そうだ。……前に、魅音から悟史くんの家の電話番号を聞いたじゃないか。…私から電話を掛けることはできる。……こっそり会ってくれないかって、頼むこともできるかも。

………でも、……一度、こういう形でけじめを付けさせられた私には、もう二度と執行猶予《ゆうよ》はないだろう。……そんな危険を冒《おか》してまで、悟史くんに、私は何をしようと言うんだろう……？

「…………………………葛西。ちょっと、………ひとりになりたい。」

葛西は、出て行って欲しいという意味なのかと思い、慌てて弁当の後片付けをしだす。

「あ、いいの。葛西はのんびり食べてて。私がちょっとひとりで散歩がしたいだけなの。」

「…………私も詩音さんと一緒に出ないと、この部屋にカギが掛けられません。」

葛西は手早く片付けると、私と一緒に玄関を出た。

「……あ、先に断っとくけど、…別に悟史くんに会いに行くわけじゃないからね。」

「わかりました。」

私は葛西に背中を向けて歩き出すのだった。

あのおもちゃ屋へ

孤独を求めた私の行く先は、……未練がましい場所だった。そう、…悟史くんが沙都子のために買う、あのぬいぐるみを売っているおもちゃ屋だった。

悟史くんとすれ違わないかな…という淡い期待があったことは否定しない。悟史くんに似た雰囲気の人とすれ違う度に、顔をしげしげと覗き込んでしまうのだから。おもちゃ屋のショーケースを見る。……あの巨大なぬいぐるみはなくなっていた。

「悟史くん、………………おめでと。…買えたんだね。」

意地悪な叔母は死に、意地悪な叔父は愛人のところへ消えたまま。

悟史くんは、愛する妹の欲しがるぬいぐるみを見事にプレゼントでき、兄としての責務《せきむ》を果たした。悟史くんを苛めるやつらはもういない。そして悟史くんを縛って来たアルバイトももう必要ない。……悟史くんは辛かった日々の全てから、解放されたのだ。

悟史くんは時間と共に笑顔を取り戻すだろう。…そして、私の大好きだった悟史くんに戻っていくだろう。…………………でも、もう。…………そこに私はいないんだ。

パッパ――――。

車のクラクションが聞こえた。

だが、私に対してのものだとは思わず、無視を続けていたが、しつこく続くので顔を上げた。車から誰かが手を振っている。……監督だった。人の気も知らないで、能天気《のうてんき》そうな笑顔で手をぶんぶんと振っている。

「園崎さん～。ご無沙汰していますねー。あ、ひょっとして、悟史くんと待ち合わせでしたか？」

「……いえ、そういうわけじゃないです。」

「そのおもちゃ屋さんのショーウィンドウは、悟史くんもよく覗いていましたからね。……それでてっきり悟史くんとの待ち合わせか何かかなって思っちゃいまして。」

「…いえ、たまたまここを通りかかっただけです。…………買えたみたいですね、悟史くん。」

監督も、あのぬいぐるみのことは知っているようだった。あのぬいぐるみのいなくなってできた大きなスペースを見て微笑む。

「……昨日が沙都子ちゃんの誕生日でした。きっと、あのぬいぐるみでそれをお祝いできたと思います。」

「じゃあもう、悟史くんは無茶なアルバイトに精を出さなくてもいいわけですね。」

「そうですね。」

「……悟史くんって、……その、…雛見沢ファイターズ、退部届とか出しちゃったんですか?」

「そんなもの出てたんですか? 私は受け取ってませんよ? マネージャーの園崎さんは?」

「…あははは、受け取ってないです。」

「誰も退部届を受け取ってないなら、ははは、まだうちの部員ってことですね。しばらくして、生活が落ち着いたらまた戻って来てくれるんじゃないかなって思ってます。でも、その時に園崎さんがいなかったら…きっと悲しむだろうなぁ～。」

監督が茶化すように言う。……監督は大人だ。私の気分が沈《しず》みがちなのを見抜いて、わざと能天気を装ってくれているように感じた。

「………園崎さんも、落ち着いたらいつでもチームに帰って来てください。あなたがいないと、やっぱり寂しいですよ。…園崎さんが帰ってきてくれたら、ぜひ女子マネージャーの制服をメイドさんな格好にしようと思ってまして。」

思わず吹き出さずにはいられなかった。監督って人は相変わらずだ。

「…………あ、そうだ。もう名乗ってもいいんだった。監督、今まで騙しててすみません。…私、魅音じゃないんです。詩音っていう双子の妹なんです。訳ありで今までずっと魅音のふりしてきました。」

「え、……え？　双子の、妹さん…ですか⁉」

監督のうろたえ方が面白くて、私はもう一度吹き出してしまう。

「そうです。園崎詩音と言います。園崎本家に嫌われてるんで、あまり堂々と暮らせる立場じゃないんですけどね。」

「…知らなかったですよ……。まさか…魅音さんに双子の妹さんがいたなんて……。」

「なっはっはっは。そりゃまったく同感です。」

突然、野太い声が割り込んでくる。監督のからっとした笑い声とは全然違う、脂《あぶら》ぎった嫌な品のない笑い。

……あいつだ。大石だった。

「入江先生もこんにちは。先日は遅くまでありがとうございました。」

「いえ、何もお役に立てませんで、申し訳ないです。」

…いかにもな、大人同士の社交辞令。互いに良く思いあっていないことは一目瞭然だった。監督が小声で話しかけてくる。

「……私はもうここを離れますが、一緒に車に乗りますか？　お家まで送りますよ。」

監督は、大石の狙いが私にあるものと思い、さり気なく助け舟《ぶね》を出してくれたのだった。

確かに大石の顔を見ると、明らかに関心が私に向けられていることは明白だ。

…事件当日の祭りの日に、悟史くんと一緒にいたと証言する私を問い詰めて、ボロを出させようというつもりに違いない。

……のらりくらりと逃げられる自信はあるが、そんなことに時間を割《さ》くのは不快なだけだ。

「そうですね。じゃ監督。そろそろ行きましょうか。」

「…ありゃあ、お二人でどちらかにお出掛けの途中でしたか？」

「えぇ。チームの夕涼み会用に景品を探しているところだったんです。他にも行くお店がたくさんありますので、この辺で私たちは失礼します。」

監督がお辞儀したので、私も一緒にお辞儀する。……さすがに監督も大人だ。涼やかに、淀《よど》みなく嘘を並べてみせる。大石もそれがこの場を逃げるための嘘であることはわかっているようだった。だが、令状《れいじょう》があるわけじゃないから、無理に引き止めることもできない。

「………お怪我は大丈夫なんですか？　園崎詩音さん。」

監督の車へ乗り込もうとした私は、その大石の言葉にはっとする。…私の左手は包帯でぐるぐる巻きだ。…みっともないから、ポケットに突っ込んで隠していた。

だから大石は、私の左手の包帯を見ていないはず。

「化膿《かのう》さえしなきゃ、綺麗に治りますよ。私も子どもの頃は何度か爪を剝いじゃったことがありましたがね、ほら、綺麗なもんでしょ。んっふっふっふ。」

「…………男の爪が綺麗でも気色悪いだけです。」

大石は、違いない違いないと言いながら頭を掻いて笑った。

……大石は、興宮署で一番のキレ者で、雛見沢も含めこの地域の裏事情にも詳しい。なるほど、…どこかで私のけじめのことを聞きつけたわけか…。…しかし、あの日の出来事は、園崎本家の深奥《しんおう》で行なわれたことだ。

どういうルートで聞きつけたにせよ、この男の情報網は侮れない。

「お見舞い、感謝感激です。…じゃ、もう行きますね？　失礼します。」

「園崎詩音さん。私とコーヒーでも飲みに行きません？」

「……はぁ？　何それ、私を口説《くど》いてんですか？」

「そういうことでもいいですよ？　んっふっふっふ。」

「遠慮します。一日は有限、二十四時間。わざわざ退屈なことに費やすなんて馬鹿げてますから。」

「あーあー…もう、参ったなぁ…。…じゃあこうしましょう。私とのお喋りが退屈になったら、いつでも途中で帰っていいです。引き止めません。そういう約束でどうです？」

「……あんたが喋るのは勝手ですが、私は喋りませんよ？　それをお喋りと呼べるかは怪しいですが。」

「えぇぇぇ、それで結構です。詩音さんは聞き役で結構です。私が勝手に一方的に喋るだけ。…あなたはコーヒーでも飲みながら、中年親父の独り言を聞き流して下さればそれで結構です。」

…………いやに積極的なアプローチ。私の口を割ろうという風にはなぜか見えなかった。

私の爪のことも知っている大石が、私を退屈させないどんなお喋りをするというのか。

…………怪訝さは隠せないが、わずかな興味が芽生《めば》えたのも事実だった。

「……監督。すみません、私、ちょっと大石のおじさまとデートに行こうと思います。」

「魅ぉ、……じゃない、詩音さん…。」

大丈夫だから心配しないで、とウィンクを送る。

…監督はそれ以上はしつこくせず、車に乗り込むと走り去って行った。向こうでは、大石が自分の車をバックでこっちに寄せてくるところだった。私は助手席なんかいやだったので、後ろの座席に乗り込む。

「……本当に喫茶店《きっさてん》に行くの？」

「ん〜〜…、あなたの親類の目がない喫茶店があるなら、紹介してもらえると助かるんですがねぇ。」

「ちぇ。…それなら勝手に連行でも何でもすればいい。」

大石は見掛けによらず、几帳面《きちょうめん》に往来を確認すると、方向指示器を出してから車を滑り出させた。

興宮署

大石の車は予想を裏切らず、本当に興宮署にやって来た。

……これで、本当の本当に瀟洒な喫茶店にでも連れて来たら、個人評価をちょっと高めてやろうと思っていたのだが。……まぁそんなもんだ。

「署の方が都合がいいと思ったから署にしただけです。…私の話が退屈になったら帰っていいという約束は、もちろん守りますから安心してください。」

「………ま、私を退屈させないようにがんばって下さいな。……署内には腕組んで入ってあげましょうか、おじさま？」

大石はカラカラと笑いながら車を降りると、私を先導して歩き出す…。連れてこられたのは取調室のような狭い部屋ではなく、捜査一課と書かれた職場だった。…制服、私服の警官や刑事たちが各々《おのおの》に自分の仕事をしたり、電話をしたり、あるいは寛《くつろ》いでいたりした。

課長席と書かれたちょっと立派な無人席の前に、向かい合ったソファーと大理石風の机が置かれている。大石はそこに座るように言うと、近くの食器棚に行き、インスタントコーヒーの準備を始めた。警察署のこんなところに入るのは初めてだったので、私は落ち着きなく、きょろきょろと周りを見回していた。

「まさか、取調室でカツ丼でも食わされると思いました？」

大石が、鈍い銀色のお盆《ぼん》で来客用っぽいコーヒーカップに入れたコーヒーを持ってきてくれた。

「……想像してたより待遇がよくて驚いてます。三角木馬くらいは覚悟してたのに。」

「そういうのは私の趣味じゃないなぁ。なっはっはっはっは。」

「で？　……お喋りを聞かせてくれるんじゃなかったでしたっけ？」

「じゃあ最初からいきなり単刀直入に。詩音さんって、北条悟史さんのこと、好き？」

「…………………はぁ？　……速攻、退屈なんで、即帰りますよ？」

「なはははははは…、じゃあ今のはナシということで。」

…私が爪を剥がしたことを知るこの男なら。私がどうして爪を剥がすことになったか、その経緯《けいい》だって知っている。

今のは、私が悟史くんのことを好きか確認したのではなく、私が悟史くんのことを好きだったのを知っていると言ったのと同じだ。

「……悟史くんの事件当日のアリバイなら、先日、熊谷刑事さんに全部お話ししたつもりです。」

「もちろん私も熊ちゃ、…いや、熊谷くんの調書は読んでます。あなたが悟史くんと一緒にいたことは知ってます。」

「何度聞かれたって、同じ話しかしませんよ私。しつこく反復して聞いたらその内にボロを出すとか考えてるなら、大甘もいいとこです。」

「まさかまさか、そんなこと考えてません。あなたは頭のいい人です。そんな手に引っ掛かるなんて思っちゃいません。」

「ならどういう手を考えてるやら。どちらにせよ、私から悟史くんのことを何か聞きだそうとしてもそれは無駄なことです。先日お話しした以上のことは何もありません。あぁ残念、やっぱり退屈な話でしたね。私、帰らせてもらいます。そういう約束でしたからね。失礼します。」

それだけを一方的に言い捨てると、私はソファーから立ち上がった。

「詩音さん。確かに私はあなたから悟史さんのアリバイを聞こうと思っていました。それは認めますよ？」

「……なら決まりです。やっぱり退屈でした。帰ります。」

私は踵を鳴らしながら、その部屋を出て行こうとした。大石は慌てはしなかったが、少し声を大きくして言った。

「でもね詩音さん。私が聞きたいのは悟史さんの事件当日のアリバイじゃない。昨日のアリバイなんです。」

「昨日？　……なんで昨日のアリバイなんかが聞かれるんですか。昨日の悟史くんのアリバイが、叔母さんが殺された事件とどう関係があるってんです？」

「昨日、悟史くんが出掛けたまま失踪されたからです。」

……え？

「……悟史くんが失踪されたことは、ご存知《ぞんじ》なかった？」

「…………………………。」

私は口に出して答えずとも、その表情で十分に答えているに違いなかった。

「どういうことですか……。失踪って、……何。」

「やっぱり座ったらどうです？」

「悟史くんが失踪したって、……何⁉　何‼」

「ひとつ確実にわかっていることは、彼が三時前に、興宮の郵便局で貯金を全額下ろしているということだけです。その後の足取りは掴めません。」

悟史くんがお金を全額下ろすのはわかる。

沙都子のプレゼントにあのぬいぐるみを買うためだ。

……そうか、悟史くんは昨日、ぬいぐるみを買いに行ったのか。

「…こりゃ私の想像ですよ？　彼はひょっとして、…そのお金で、どっか遠くに蒸発したんじゃないかなぁって。」

「逃走資金だってんですか？　ばっかばかしい。あのお金はね、沙都子の誕生日プレゼントを買うために悟史くんが貯めていたんです。それで、あのおもちゃ屋にあったでかくて高いぬいぐるみを買ったんです。逃走に使うお金になんかなるわけないです。」

「確かにあのおもちゃ屋から、一番高いぬいぐるみが売れていました。でもね、それを悟史くんが買った確証が取れないいんです。」

「店の人に聞けばそんなのわかりますって！　私と悟史くんで、買う予約までしてるんですから！　………ぁ…。」

……………あの時、店番を任せられていた老人だ。かなりボケてるようだった。

…ひょっとして、…あの日にもまた店番をやっていて、悟史くんが買って行ったにもかかわらず、〝売れたことさえ覚えていなかったんじゃ…！〟大石も苦笑いをした。…どうもその様子から、彼もあの老人に尋問を試みたらしいことがうかがえた。

「と、とにかく!!　あれを買ったのは悟史くんなんです！　悟史くんはぬいぐるみの金額ぎりぎりしかお金がなかったはずだから、ぬいぐるみ代を支払って、さらに逃亡資金を用意できたなんて思えません。めちゃめちゃもいいとこです！」

「いいですよ？　じゃあ悟史くんがぬいぐるみを買ったことでもいいです。じゃあそのぬいぐるみを持ってどうして帰らなかったんですか？」

その時。…………私の心の奥底に、霜柱がびっしり生えたような感触が広がった。

悟史くんは、ぬいぐるみを買うために、心も体も追い詰めて、ぼろぼろになりながらもバイトでお金を貯めたんだ。

そして、念願のぬいぐるみを買った。

そこに、たまたま偶然、悟史くん以外の何者かが訪れて、あの人形を何かの気まぐれで買って行ってしまったなんて紛《まぐ》れがあろうはずはない！　人形が売れていたのは、悟史くんが買ったからだ。それだけは絶対に間違いない！

でも、だとしたら。…悟史くんは、身を削って得たぬいぐるみを、絶対に沙都子に渡すはずだ。だが、悟史くんはぬいぐるみを買ったのに、…………家に戻らなかった。戻らなかった？

ありえない。ぬいぐるみを買ったんだから、脇目《わきめ》も振らずに家に帰るはずだ。ぬいぐるみを買っておきながら、やっぱりどこかへ逃げようなんて思うはずがない。仮に悟史くんが、警察に捕まりたくなくて逃げ出すにしても。ぬいぐるみを買うだけ買っておいて、沙都子に渡しもせずに逃げ出すなんて、絶対に絶対にありえない。

とにかく、ぬいぐるみを買ったのは悟史くん！　それだけは絶対に間違いない。

問題なのは、どうしてそれを家に持ち帰れなかったのかということ！　あのぬいぐるみは、かなり大きい。

自転車の前カゴになど納まるはずもない。だとしたら、…ビニール紐《ひも》でも持参して、自転車の荷台に縛り、よろよろと走るのがせいぜいだ。そんな状態で、ついでにどこかに買い物に行こうとか、どっか寄り道しようなんて絶対に思うわけがない。

だから絶対に、悟史くんは「郵便局でお金を下ろす」→「おもちゃ屋でぬいぐるみを買う」→「家に帰る」を連続して行なうはずなのだ！「郵便局」から「おもちゃ屋」までは間違いない。間違いないはず!! 悟史くん以外の人間がぬいぐるみを買ってしまったなんてありえるものか!!! ありえないありえない、絶対にありえない！ あの当日まで、ず――っとあのぬいぐるみはショーケースの中に鎮座《ちんざ》していたんだ。あそこを通りかかる誰の眼にも触れていた。にもかかわらず、あの日まで誰にも売れずにず――っと残っていたんじゃないか！ だから悟史くん以外が偶然買ったなんて迷いはありえない!!! だから「郵便局」から「おもちゃ屋」までは絶対に間違っていないのだ。

むしろ問題なのは、「おもちゃ屋」から「家」の方。この間にも紛れはありえない。あんなでかいぬいぐるみと一緒では何もできないのだ。道草を食う気も起きないはず！ だから、買ったら即！ 自宅を目指したはずなのだ!! でも、…悟史くんの姿はその後、目撃されない。

じゃあ簡単だ。悟史くんは「おもちゃ屋」から「家」の途中で、いなくなってしまったんじゃないか。いなくなる？ いなくなるって何…？ 叔母殺しの犯人は、多分間違いなく悟史くんだ。そして悟史くんは私のようなずる賢《がしこ》さはない。だから、警察の包囲がじわじわと狭《せば》まってくる緊張に耐えかねたのだろうか？　私にあの場を助けられたとは言え、…警察が自分に接触して来たことで、もう自分が犯人だと見破られていると観念した？

それで悟史くんは逃げ出すことにした。

警察に捕まるよりは、ほとぼりが冷めるまで姿を隠す方がマシと判断した？？　ありえないありえない!!!　その思考に、「ぬいぐるみを買って、家に帰る途中で」至ることが絶対にありえない!!!　仮にそういう考えに至ったとしても、それは「ぬいぐるみを沙都子に渡し、兄としての務めを果たしてから」行なうことだ。悟史くんは沙都子を大事にしていた。

あんな甘えん坊、甘えさせるから駄目になるんだと思ったが、とにかくとにかく、悟史くんは沙都子には常に最高の兄であろうとしていた。だから、家に帰らずに姿をくらましてしまうなんてことが、絶対にあるわけがない!!　心の奥の霜柱が、…心臓の内側の皮を、バリ…バリッと破いてめくりながら、一面に広がっていく。悟史くんが自分の意思で蒸発することが〝絶対にありえない〟なら。

対《つい》になる答えは簡単だ。悟史くんは、自分の意思でなく蒸発した。

「悟史くんが、…………消された…………？　…あは、………あはははははあはははははは!!　ば、馬鹿馬鹿しいです、やっぱり退屈な話ですよおじさま。あはははははあははははははは!!」

笑えば、胸の内側にはびこった霜柱をなぎ払えると思った。そう信じて、馬鹿笑いをした。ずっと。ずっと。室内の刑事たちが何事かと私を凝視《ぎょうし》していた。正気を疑うような顔をしていた。

でも私は知ったことじゃない。…咳《せ》き込むまで、ずっとずっと笑い続けていた…。

「あはははあはははは、……あはははは、はは！　げほげほッ！　ごほ!!」

……私はそこでようやく冷め切ったコーヒーを口にし、馬鹿笑いを終える。

もう霜柱は心臓の薄皮を破り、ねじれた腸を覆い尽くし、今や背中の皮すら破ろうとしていた。あまりの寒さに、……コーヒーカップを包む自分の指がカチカチと震えた。

「詩音さん。ちょっと口を挟《はさ》まずに聞いててほしいんです。これから私がちょいと想像した話を申し上げます。全部全部でっち上げです。だからきっと詩音さんは、あまりのいい加減な内容に吹き出しちゃいそうになるかもしれません。それでも、最後まで黙って聞いていてほしいんです。…約束してもらえます？」

「や、………約束なんて何でもするから…、は、……早く言いなさいよ…。」

全身を包む寒さは、私の上下の歯さえガチガチと鳴らすようになっていた。私の脳は、すでに霜柱でぎっしりで…思考を失っている。…だから、…私は自分で考えることができない。…大石の口からそれを知ることしかできないのだ。

自分で考えたくない最低の想像。だけれども、私が聞かなければならない真実。

「………死んだ叔母が、悟史くんと沙都子さんを虐めていたことは、よーく聞いています。

中でも沙都子さんを執拗《しつよう》に虐めていたこともね。……その中で、悟史くんが妹を庇うために、叔母に殺意を募《つの》らせていったとしても、私ゃ人として自然な流れだと思います。」

私は悟史くんが叔母殺しではないと否定しなければならない。…だけど、大石の言っていることは実際本当で、…事実に違いなかった。だから、大石のそれを否定できず、…結果的に私は約束通り、沈黙を守った。

「……ここからは空想ですよ!? 絶対に怒らないで下さい！ 口を挟むのもなし！ いいですね!?」

「わ……わかってるから…！ 早く続けなさいよ!!」

「北条悟史は、叔母殺しを計画し、実行した。ぇぇもちろん証拠なんてありませんよ!? ぜーんぶ私の妄想です。」

「わかってるって！ あんたの妄想なのは百も承知！ だから早く続けて…!!」

「ここで話は変わります。…詩音さん。あなたは悟史くんとの交際を禁じられたんですよね？ もう忘れろ、二度と関わるなと念を押されたんですよね？ それは実は、不仲な両家の関係を忌《い》み嫌ったからでなく、……殺人犯と園崎家の令嬢が恋仲《こいなか》であることに問題があったんじゃないかって思ったんです。」

……それは……考えられない話ではなかった。

なぜなら、…私が詩音だとバレる以前。魅音である内からも、悟史くんとの交流はあったのにお咎めがなかったからだ。

敵対する北条家と園崎家が恋仲になるのが問題がある…というのなら、私たちが雛見沢ファイターズにいた頃に、咎められていてもおかしくない。園崎本家が、悟史くんが殺人の実行犯だと知るのは、雛見沢の内側にあってはあまりに容易だ。ひょっとすると、殺害する現場の目撃くらいはしているかもしれない。

だからその時点で、園崎本家は殺人犯と恋仲にある私の存在が、急に疎《うと》ましくなり……放置できなくなったのだ。

「あと、…あなた、諦めが悪いことでも知られてるんじゃないですか？　つまり、園崎本家に悟史くんとの縁を切れと脅されて、爪を剝がされても。悟史くんとの縁を切りかねていましたよね？」

否定できない。確かに、雛見沢にアクセスする方法のほとんどを失ったから、事実上、悟史くんとの縁が切れたと言ってもいい。だけど、私は悟史くんの電話番号を知っていたし、その内、雛見沢ファイターズに帰ってきてくれることを期待していた。

「園崎本家は、悟史くんとあなたの縁は、ちょっと脅しただけじゃ絶対に切れないとわかっていたと思います。あなたをいくら脅してもどうにもならない。じゃあ、……もうひとりの方をどうにかするしかないですよね…？」

「どど、どうにかって何ッ⁉︎⁉︎　どうにかって何よ!!!　何!!　なに！！！！」

私を脅してもどうにもならないなら。…悟史くんの方をどうにかする。
どうにかって何⁉︎⁉︎
どうにかしたら、「おもちゃ屋」↓「家」の間が千切れるわけ⁉︎
「おもちゃ屋」↓「家」‼︎
「おもちゃ屋」↓×↓「家」ッ‼︎!
×って何⁉︎　×って何よ⁉︎
×は矢印を途切るもの。途切ったたって何ッ⁉︎
何が途切れると、どうして悟史くんが「おもちゃ屋」から「家」へ辿りつけないの⁉︎⁉︎
どうしてどうしてどうしてッ⁉︎⁉︎　×って何‼︎　×‼︎!
私は酸欠と眩暈《めまい》を起こし、ストンと後ろに倒れる。…床は硬くて冷たいフロアタイル。
……なのに何の痛みもなく、私はふわりと、ストンと、自分がセルロイドの人形にでもなったように倒れた。大石たちが慌てた顔をして何人かで駆け寄ってきて、私を起こしてくれた。
「落ち着いて、詩音さん。…悟史くんが殺されたとはまだ限りません。」
殺されたとは限らない⁉︎　何を寝惚《ねぼ》けたことを言ってるんだこいつは‼︎　私が爪を剝がされたあの地下拷問室を知らないのか！　あそこの奥には岩牢があり、さらに奥には死体を捨てる井戸まであるという噂じゃないか‼︎!　園崎本家が、悟史くんをより安全に確実に消そうと思ったなら、あの拷問室で殺して死体を処理するに決まってるッ!!! それを殺されたとは限らない⁉ 馬鹿かこいつは、頭が豆腐なのか!! 私が鬼婆だったら絶対に殺す!!! 逃走資金を貸してやって雲隠れを促すようないい加減なことなど絶対しないッ!! 私だって殺そうと思うのに、鬼婆が殺さないわけなどあるものかあぁッ!!!

「詩音さん落ち着いて。これはまだ未確認情報ですが、名古屋《なごや》駅で家出人風の若者を見たという情報が入っています。東京行きの新幹線に乗ったそうです。服装の特徴などが一致しませんでしたが、警察の追跡等を意識して衣《ころも》替えをしている可能性もあります。服装が違うから、悟史くんでないとは言い切れませんよ。」

「…い、…生きてるの⁉ 悟史くん……、生きてる……⁉」

「ここからもまた私の想像になりますがね。あなたの双子のお姉さんの魅音さん。次期当主ということで、園崎お魎の身近にいますよね？ 園崎お魎はおそらく最初は、悟史くんをこっそり殺してしまおうと提案したと思います。それを、あなたのお姉さんが止めたんじゃないかと思うんです。」

……魅音が？ ………それは、ありありと思い描ける想像だった。魅音が、下手な情けをかけてくれた可能性は確かに高い。あの馬鹿は時々曖昧だ。救うなら救う、情けをかけるなら情けをかける!! そこがきっちりとしない。どうせ、悟史くんを殺すという罪に耐えられなくて、追放という形にして自分のための言い訳にしたんだろう。

「おそらく園崎本家は、悟史くんと接触したでしょう。今回の事件は庇いきれない、だから自分の身は自分で守るために、どこかへ姿を隠せと忠告したはずです。…いや、強要したと言った方が似合うでしょうね。」

「悟史くんは絶対拒否すると思います。だって、あの悟史くんが妹をひとり残して雛見沢を離れられるわけがない!!」

「私もそう思います。…確か、悟史くんは園崎魅音さんの紹介でバイトをしてましたよね? だから、悟史くんに逃走資金になるまとまったお金があることを知っていたと思います。」

「でも、悟史くんはそのお金をぬいぐるみを買う以外には絶対に使わないはずです。」

「でしょうねぇ。悟史くんは貯金を下ろしたら、迷うことなくおもちゃ屋に向かうでしょう。でももしですよ? 悟史くんがおもちゃ屋にたどりつくと、…もうぬいぐるみが売れてしまっていて、なくなっていたら。」

それは…………………信じられないくらいに寒々しい、荒涼《こうりょう》とした光景だった。

長く、辛い日々だった。…叔母に苛《さいな》まれて心をすり減らし、…バイトをいくつも掛け持ちして体をすり減らし。

……その末に掴んだお金。それを握り締め…彼は唯一の目的だった、妹への誕生日プレゼントを求めて、おもちゃ屋へ駆け込んだのだ。

そして、今までもそうしてきたように、ショーケースにその姿を探したはず。しかし、…そこにあるはずの大きな姿はなかった。でも、悟史くんは楽天的だから。…それを見ただけでは焦らなかったろう。

…自分が今日買いに来ると伝えてあるから、ひょっとするともう包装してくれているのかもしれない。…そう思い、うきうきとしながら、お店ののれんをくぐったに違いない。

………そして、……店内で、どんなやり取りがされたのか。想像するだけでも、……胸が張り裂《さ》けそうになる。予約をしたはずなのに。何でないのか。あのボケた老人はその抗議すら、理解できずに呆けていたのだろうか…？

……いや、あの老人でなくても結果は同じだったかもしれない。園崎本家の強面《こわもて》が徒党《ととう》を組んでやって来て、現金をレジに叩き付けたなら、予約だから売れませんなんて言えたはずもない。悟史くんはその内、抗議の言葉を失っただろう。……いくら叫んだって、…ないものはないのだから。

………夢にまで見た日が、…絶望に塗りつぶされるなんて、想像できたはずもない。ふらつきながら…時に電柱に身を寄りかけながら。…悟史くんは苦悶しただろう。沙都子を一番喜ばせてあげたい日に。沙都子が一番期待していたぬいぐるみが用意できなかったのだから。

悟史くんは……他のものを代わりに買うなんてことはきっと思いつかなかった。…だって、買えないことなんて、想像しなかったのだから。悟史くんは…空虚《くうきょ》な、……信じられないくらいに…寂しい笑顔を浮かべて。

……最高のプレゼントを買って帰ってきてくれる自分を待つ沙都子の笑顔が、……失望に変わるところを想像している。今日までに貯めた十何万かのお金なんて、………もう紙切れでしかない。

悟史くんって、……辛くても泣かない人だった。あの人、……涙の流し方、………知らないんじゃないかな。

だって、…いつも泣くのは妹の沙都子だったから。…だから、悟史くんは…涙を流すにはどうすればいいか、知らないまま大きくなって。涙ってね…？……流すことで、…心の中の悲しみを、少しでも外へ洗い流すために流れるんだよ……？　悟史くんは、それすらできなかったんだ。張り裂けそうな悲しみで、胸をいっぱいにして。…それを吐き出すこともできなくて。

「…………妹をひとり残して雛見沢を離れられない、と言いましたね。……でも、もしも。…園崎本家が、…残った沙都子さんの面倒は見るって言ってあったとしたらどう思います。」

……買うはずだったぬいぐるみはもうなく。…手元には十万ちょっとのクシャクシャの現金が残るだけ。

……園崎本家は、警察が逮捕に来るのは時間の問題だから、どこか遠方《えんぽう》に逃げろと言う。…そして、……沙都子の面倒は見てくれるとも。悟史くんは沙都子に合わせる顔がなかった。………そのまま、……ふらふらと……、興宮の駅前に………。

心の中で何度も何度も。最愛の妹に謝りながら。……いつかきっと帰ってこれることを信じて。そして名古屋へ。…そして東京へ。でも、……なら生きてる。……生きてるんだ…生きてるならきっと会える。…悟史くんは帰ってくるつもりなんだから、絶対に会える……!

「そうして、ずっと遠方に隠れ家か受け入れ先を用意してくれたんじゃないかと思います。悟史くんは、そこを目指したのでしょう。」

「じゃあ……無事なんだ。……いつか、帰ってくるんですよね……?」

大石は伸びをしながら天井を仰ぐ。返事はしなかった。


昭和五十七年六月二十四日、北条悟史が失踪した。

北条悟史は同月二十日に発生した、撲殺《ぼくさつ》事件の容疑者の可能性が高いとして、警察は逃亡を図ったものと見て、その行方《ゆくえ》を追っている。当初、名古屋駅で彼と思《おぼ》しき少年が、東京行きの新幹線に乗車したという情報があったが、真偽《しんぎ》のほどはわからない。その後の足取りは不明。実際のところ、行方はおろか、生死すらもわかっていない。

ノートの三十四ページ

悟史くんが東京へ行った、という怪情報の裏付けは全く取れない。そもそも情報の発端《ほったん》はこうだ。名古屋駅の遺失物窓口《いしつぶつまどぐち》に若者が訪れて、自分の財布が届けられてないかと騒いだのだ。

それで駅の職員が、届け出がないか調べてきますからその間にこちらにお名前を書いてください、と用紙を渡した。そうしたらその若者は、北条と書きかけてからその用紙をくしゃくしゃにして捨て、もう一枚の用紙に全然違う名前を書いた、というのだ。

別の職員は、その遺失物窓口を訪れた若者と、服装が酷似《こくじ》した若者が東京行きの新幹線に駆け込むのを見ていた。更衣室《こういしつ》で遺失物窓口にいた職員が、不審な人物が来たと特徴を話したら、ホームにいた職員が、あぁ見た見た、東京行きの新幹線に飛び乗ったぜ、と。そう言い合ったらしい。

……それだけのこと。その最初に北条を名乗った男の申告した特徴の財布は、遺失物窓口には届いていなかった。

ノートの四十二ページ

大石の言う、沙都子の面倒を見るからと園崎家が言い含め、悟史くんを雛見沢から放逐した……というのは、最初、こじつけた話だなと思って聞いていた。

だが、後になって考え直してみると、それは私が馬鹿にするほどズレた話でもない。だって、北条沙都子は、ひとりになったあと、古手梨花と生活を共にしているのだ。古手梨花はただの小娘じゃない。御三家の一角、古手家の当主でもあるのだ。

その古手梨花は、公由家当主が保護者になっている。さすがに北条家と対立してきた園崎家は表に出ることはできなかったんだろうが、事実上、北条沙都子は御三家の保護下に入っていた。ダム戦争中、鬼ヶ淵死守同盟からあれほどまでに攻撃をされた北条家の生き残りが、御三家に保護されているなんて。

それはまるで北条家の罪から、沙都子だけが許されたような、そんな感じ。

どうして悟史くんは許してもらえなかったのに、沙都子だけ？

そして、昭和五十八年へ

数週間後、異常者が自白

「え？　今、何て？」

「信頼できる筋の噂ですが、悟史くんの叔母殺しの犯人が見つかったらしいです。」

叔母殺しから、数週間が経過していた。もちろん、悟史くんの行方はまったくわからない。…何の新情報もなく、進展もない。

そんな中で急に葛西が言ったのだった。

「それって、警察が逮捕したって意味？」

「聞いた話では、逮捕というより、別件で取調べを受けていた男が余罪《よざい》として自供したんだとか。」

…葛西の言葉には違和感があった。

つまり、その犯人が悟史くん本人であるならば、葛西の言い方はこうはならない。まるで、悟史くんでない人間が犯人だったとでも言うように。

「……葛西。結局、犯人って、誰だったの…？」

悟史くんじゃなかったの…？　そう続けそうになるのを喉元《のどもと》で止める。私は悟史くんに違いないと、そう思っていた。いや、おそらく警察も、大石もそうだと思っていたに違いない。

大石が私にああいうカマをかけてきたということは、大石自身、悟史くんが犯人に違いないと確信していたからだ。

「ご安心を。悟史くんではないようですよ。連続怪死事件を模倣《もほう》した異常者の犯行…というような話みたいです。」

「はい?? ……異常者? なにそれ?」

葛西は肩をすくめる。

「さぁ、…私もそれ以上は。…何しろ、今回の事件は秘匿捜査指定というものがかかっているんだそうです。なので、ほとんど情報が出回らないんです。」

「秘匿捜査? 何それ。」

「連続怪死事件による、村への風評《ふうひょう》被害《ひがい》対策ということらしいです。誘拐事件なんかでも犯人との交渉が行なわれている間は新聞に載らなかったりするでしょう。あぁいう類のものらしいです。」

そう言えば、…テレビでも新聞でも、叔母殺しに関する報道を見た覚えはなかった。

「何しろ、四年連続で綿流しの日に事件が起こっているわけですからね。オヤシロさまの祟りだと騒いで面白がる輩も多いそうですし。そうそう、何でもその叔母殺しの異常者ですが、連続怪死事件を模倣したくて行なったと自供したんだとか。」

「…………………………。」

葛西はそれ以上を知らないというので、私はしつこく問い掛けず自問する。……正直なところ、意外だった。

悟史くんが犯人だと思っていた。…だからこそ、悟史くんが失踪しなければならなかったのだと思ってきた。でも、…信じられないことに、叔母殺しの犯人はどこの馬の骨とも知れぬ輩だったのだ。

じゃあ……悟史くんは、叔母殺しとは関係ない？　なら、関係ないなら。どうして、失踪しなければならないの…？　正直なところ…突然、ひょっこりと現れた真犯人を、私は受け入れきれずにいた。それから、葛西が言った『四年目の連続怪死事件』という言葉にも違和感を覚えた。

今年の事件は、悟史くんが追い詰められ、止むに止まれぬ思いで至った悲しい単独の事件であって、……昨年までの連続怪死事件とは何の関係もないと思っていたからだ。悟史くんの事件が、…悟史くんの事件でなくなっているような、違和感。

雛見沢村連続怪死事件は、通称「オヤシロさまの祟り」と呼ばれる。悟史くんの事件が、連続怪死事件に組み込まれた。

…つまり、悟史くんの事件が、「オヤシロさまの祟り」に組み込まれた。嫌な言い方だ。さらに縮めると、〝悟史くんが「オヤシロさまの祟り」に飲み込まれた〟なんて風に読めたから。

大石と接触

「えぇ、残念ながら。例の、東京行きの新幹線に乗ったらしいという情報も確認が取れないままです。正直なところ、県の中にいるのか外にいるのか、それすらもわかっちゃいません。」

大石は新しいインスタントコーヒーの瓶《びん》の内蓋《うちぶた》を剝がしながら言った。

「あれだけ胸を張って、悟史くんが犯人だと息巻《いきま》いていたから、もう行方を摑んでるとばかり思ってました。」

「なっはっはっはっはっは。いやいや、情けない限りです。」からからと笑いながら、大石は熱すぎるお湯で作ったコーヒーを私の前に置いた。

「……しかし、耳が早いなぁ。」

「はい？」

「秘匿捜査指定だってのに、どこの誰が漏らしてるやら。…やれやれ。ウチの防諜《ぼうちょう》も問題があるなぁ。」

大石はにやりと意味ありげに笑う。どうやら、私がここへ来た目的は察しているようだった。

「まぁ、腐《くさ》っても園崎の端くれですので。多少の噂は耳に出来ますということで。」

私も意味ありげに笑ってみせる。…こういうのははったりを利かした方の勝ちだ。

「まぁいいか。腹を割りあった仲ですしねぇ。いいですよ、お喋りしましょう？　んっふっふ。」

「まず聞かせて下さい。真犯人って、一体何者です？　異常者とか聞きましたけど、それってどーゆうことですか？」

「なっはっはっは！　どーゆうことって言われたってねぇ…。そりゃ私だって言いたいですよ。……私は悟史くんが犯人の一点読みでしたからねぇ。とんだ万馬券《まんばけん》が飛び出したもんです。」

大石はソファーにドカッと腰を下ろして両腕を頭の後ろで組むと、天井を仰いで、苦笑いしながら続ける。

「………先日ですね、県警の方から急に連絡が来たんですよ。すでに逮捕して取調べをしている男が、主婦殺しを自供したって。」

「それは何者？」

「ヤク中の頭がトンチンカンな野郎でしてね。シャバに戻る度にヤクに手を出しては捕まるの繰り返しだそうです。雛見沢村連続怪死事件が面白そうだったんで、四年目の祟りは自分が下してみたくなった…とか何とか。」

「……間違いなくそいつが犯人？」

「私が直接話を聞いたわけじゃないんですがね。…先方が取った供述調書《きょうじゅつちょうしょ》には、いわゆる『犯人しか知り得ない情報』ってヤツががっつりと含まれていたんですよ。凶器を王子《おうじ》川《がわ》のどこかで捨てたって言ってましてね。今はドブさらいの最中ですよ。これで供述どおりに凶器が発見されれば完璧でしょうなぁ。」

「…たとえ凶器が見つからなくても、概《おおむ》ね確定？」

「確定でしょうなぁ。現場の状況とホトケの状況を正確に供述しています。襲った本人にしかわからないような、細かい辺りまでね。」

「…………納得は、…いってないみたいですね？」

「………………………。」

大石は天井を見上げたまま、足を組み、しばらく沈黙していた。

「実はね、そのトンチンカン。とっくに亡くなってるんですよ。うちに連絡があった時にはすでに。」

「亡くなってる？」

「……給食とかに出てくるでしょ、先割れスプーン。留置場の食事にもあれが出てくるんですよ。そいつを飲み込んで窒息《ちっそく》したんだとか。…自殺なのか錯乱《さくらん》なのか、ちょっと区別がつかないですがね。」

　スプーンを飲み込んだところを想像し、自分の喉が苦しくなり、私はほんの少し咽《む》せた。

「だから十分に納得するまで調べられたわけじゃありません。……私は納得できないんですがね、…上の方は十分に納得しちゃったようでした。どうもそのトンチンカンが主婦殺しの犯人ってことで決着しそうな流れです。」

　大石は視線を天井から私に戻した。その顔は、ほんの少し真剣だった。

「…こりゃあ個人的な意見ですよ？　他の誰にも内緒ということで。………私ゃ、このトンチンカンは何かの間違いだと思ってます。」

「…………。」

「何かの偶然による壮大な勘違いか、もしくは、……………ねぇ？　なっはっはっは。」

「全然意味わかんないですよ、大石のおじさま。」

「私は今でも、犯人は北条悟史くんだと思っています。」

「………きっぱり言い切りますね。」

「残念ながら、現場検証では犯人を特定できるような痕跡は何一つ発見できませんでした。悟史くんが失踪した後、家宅《かたく》捜索の許可が下りましてね。家を検《あらた》めさせてもらいましたが、それでも手掛りはゼロ。」

「……それでも、悟史くんが犯人だと疑ってる？」

「えぇ。」

「…証拠もないのに、どうやったらそこまで人を殺人犯呼ばわりできるのやら。大したもんです。永年《ながねん》の勘ってやつですか？」

「えぇ。この道で何十年もメシを食ってきた男の直感です。」

大石は得意げに笑ってみせたが、私は別にそれに頼もしさを感じることはなかった。

「………悟史くんは…どこへ。」

「悟史くんが失踪した理由のひとつこそが、彼が犯人であるからだと固く信じていたんです。悟史くんが犯人でないなら、…その辺りがかなり薄れちゃいますからねぇ。」

「…………叔母殺しの犯人はそのヤク中単独犯で、悟史くんの失踪とは無関係。……悟史くん失踪は、私と悟史くんの仲を裂くために、園崎本家がやったもの。叔母殺しとは無関係、という考え方は…？」

悟史くんは加害者なのか。被害者なのか。…悟史くんが失踪した理由がどんどん曖昧になり、霞《かす》んでいく…。

「ん――――……………。……私は仇敵との恋仲程度で、人ひとりを失踪させるなんてリスクを冒すとは思わないいんですがねぇ。………実際、園崎家の内部としてはどうなんです？……詩音さんはその辺り、何かご存知？」

「知っていたら、こんなとこに来ません。」

「なっはっはっは。ごもっともごもっとも。」

大石は頭を掻きながら大きく笑った。…その笑いが収まると、身を乗り出しながら言った。

「よぅし、ならひとつどうですかねぇ。協定を結びませんか？　紳士協定。」

「協定？　何のです？」

「悟史くん失踪事件、捜査情報共有協定。…裏の界隈で悟史くんの失踪に関する情報を得られたら、私にも教えて下さい。もちろん私も、悟史くんについての情報が入ったら、あなたに提供します。……いかがです？」

「何だか一方的な、虫のいい話に思えますけど。」

なっはっはと大石は苦笑いをした。

「……詩音さん。………このまま行くと、主婦殺しの犯人はすでに死んでるトンチンカンってことで確定すると思います。そうなると、悟史くんの扱いは単なる家出人になります。つまり、積極的な捜査は打ち切られるということです。」

「…………………………。」

「ですが、私だけは続けます。私だけは悟史くんの行方を引き続き捜します。…詩音さんも私も、悟史くんの行方を捜しているという点では一致していると思うんですがねぇ？」

「目的が全然違いますがね。私は単に無事を確認したいだけですが、大石のおじさまにとっては逮捕が目的でしょうから。」

「んっふっふっふ…。主婦殺しが決着すれば、悟史くんは無実ってことになりますよ？　真実かどうかは別にしてもね。」

「…あやしいもんです。」

「なっはっはっはっは…。」

大石は再び下品に笑った。だが眼光だけはふざけていなかった。

「…………ま、今後も仲良くやりましょう。敵の敵は味方とも言いますしねぇ。」

「別に私、園崎本家と敵対しているわけじゃありませんよ？」

「あ、ホントに？　なら、そりゃ失礼。んっふっふ…。」

大石蔵人か……。…なるほど、お姉や葛西も言っていたが、敵には回したくないし、かと言って味方にするのも油断できない。一筋縄《ひとすじなわ》では行かないなかなかのタヌキのようだ…。

喉なんか渇《かわ》いていないけど、…間を取るためにひとくち、コーヒーに口を付ける。

…窓の外には、私が普段過ごしている当り前の世界の光景が広がっている。でも、……その当り前の世界に、悟史くんだけがいない。当り前の世界に、当り前のようにいない。

…そしていつか、悟史くんがいないのが当り前になるのが、怖い。

…………悟史くんは、……どこにいるんだろう。

「……………悟史くんは……どうしてるんだろ。」

「…………無事だといいんですがね。」

「ちぇ。………生きてる可能性は薄いとか思っているくせに。気休め言わないで欲しいです…。」

「悟史くんの失踪、雛見沢じゃなんて言われてるか知ってます？」

「え？」

「…『鬼隠し』にあった、なんて言われてるんだとか。」

鬼隠しというのは、神隠しと同じ意味だ。この辺りならではの方言《ほうげん》と言っていい。

「………鬼ヶ淵沼の底の、鬼の国にさらわれたって？　………馬鹿馬鹿しい…。」

「兎《と》にも角《かく》にも、連続怪死事件もこれで四年目です。……気の早い話ですがね、来年もまた起こるんじゃないかなんて、もう囁かれてるんだとか。」

「叔母殺しが、オヤシロさまの祟りのせいだって言うんですか？」

「…全体的に見てみれば、ホトケも北条家のひとり。ダム戦争の戦犯と縁がないわけじゃないですからね。しかもまたしても綿流しの日にとなれば、面白がる連中が現れるのも、無理もないことです。」

「…………………馬鹿馬鹿しい。何がオヤシロさまの祟りだ。」

そう口にしておきながら、…私は不吉な気持ちを払拭できずにいた。悟史くんが消えたのは、……どうしてなのか。私との恋仲を咎めた園崎本家の仕業？　警察に追い詰められ

関係あるもんか。
悟史くんはどうして失踪したのか？　悟史くんは悟史くんだ。オヤシロさまの祟りなんて
てどこかへ逃亡した？　そもそも、悟史くんは叔母殺しの犯人なのか？　だからそもそも、

でも、…………あれ？　不快な違和感。悟史くんとオヤシロさまの祟り。………この
二つを口にした人がいた気がする。…えぇと、…私はいつそんな話を聞いたんだっけ……。

そうだ。……あの雨の日だ。バスの停留所の小屋で雨宿りしながら、…竜宮レナが口にし
たんだ。

「あ…。」

あの時、……竜宮レナがした薄気味悪い話が脳裏《のうり》に蘇る。

「悟史くんは心のどこかで。……雛見沢を捨てて、どこかへ逃げ出したいと思ってるから。」

竜宮レナは、そう言った。

そう、レナは、悟史くんが雛見沢を捨てて逃げたがっていると、はっきりあの時点で口
にしていた。そして、…そうだ、こうも言った。

「悟史くんが体験していることは全て、…オヤシロさまの祟りの前触れなの。」

言った。確かに言った。

オヤシロさまの祟りと、はっきり言った。四年連続した、雛見沢村連続怪死事件。

……悟史くんは、…オヤシロさまの祟りに操《あやつ》られるようにして…叔母を殺し、『鬼隠し』

にあって消えてしまったのだろうか……？　……………………馬鹿な。祟りなんてあるものか。

私の心の中の悟史くんの笑顔が、どんどん歪んで霞みながら…消えていく………。

図書館で

…冷房の風がきつく感じるようになったので、私は他の席に移った。大学ノートとキーホルダーのじゃらじゃらついた筆箱《ふでばこ》、ミルクが浮いて薄い膜《まく》になってしまったミルクティーの紙コップ。それらをまとめて、席を移動する。私は腰を下ろすと再びノートを広げ、自分の考えを書き出しながら、沈思《ちんし》黙考《もっこう》の世界に戻った。

雛見沢村連続怪死事件。通称、「オヤシロさまの祟り」。

一年ずつの事件を個別《こべつ》に見てきた私を含むほとんどの人にとって、それは「連続事件」であっても、あくまでも個別の事件の連続であって、「ひとつの大きな事件」という認識は不思議と薄かった。だが、こうして過去の事件を書き出せば、これらの連続した事件が全てあるひとつの思惑《おもわく》で起こされていることは明白だった。

犠牲者を書き出す。

一年目の現場監督。

二年目の悟史くんの両親。

三年目の神主《かんぬし》さん。

四年目の悟史くんの叔母。

……四年目に関してだけは、悟史くんの叔母より、悟史くん本人が犠牲者と言えるかもしれない。ダム戦争時の遺恨《いこん》というラインからなぞると、それらは簡単にまとめられた。

まず一年目。

現場監督が殺されたのは、彼の存在自体が、ダム戦争の目に見える形での敵のシンボルだったからだ。

ダム戦争時の真の敵は、もちろん建設省や政府なのだが、それらは言葉上のもので、具体的に敵をイメージするには曖昧だった。そこへ行くと、敵対心を剝《む》き出しにして村人たちに口汚く怒鳴り散らすあの現場監督は、村の敵として一番イメージしやすい存在だったのだ。…本当の意味で、オヤシロさまが祟りを下《くだ》すなら、それは建設省や政府のトップに対してだと思う。

「村人」が一番イメージしやすい「敵」に祟りが下されたこと自体が、村の意思がターゲット選定に反映している証拠みたいなものだった。

次に二年目。

悟史くんの両親の事故。

…公園の柵《さく》から転落したことになっているが、真の意味で事故かどうかは怪しいものだ。

悟史くんの両親は、現場監督が「敵」なのだとしたら、村人でありながらダム建設に賛成した「裏切り者」に位置付けられた。実際、ダム戦争中は北条家を徹底的《てっていてき》に叩き、ある種の見せしめにすることで、ダム推進派が現れるのを抑止《よくし》していた。

ゆえにダム戦争中は、「裏切り者」という重要なポストゆえに、プロパガンダのための「必要」な存在だったのだ。

だからこそ。…ダム戦争が終わり、彼らは用済《ようず》みになった。

外の敵の象徴《しょうちょう》である現場監督。内の敵の象徴である北条夫妻。

この二つが二年かけて祟りに遭い、ダム戦争の怨念《おんねん》は清算《せいさん》されたかに見えた。

だが、実際にはもう一年清算が続いた。

そして三年目。

御三家の一角を担《にな》う古手家の当主でもある、神主さんが突然病死した。

妻はその夜の内に入水《じゅすい》自殺したという。自分の命でオヤシロさまの怒りを鎮《しず》める、そんな旨《むね》の遺書が残されていたという。

もっとも、病死にしても、自殺にしても、不審《ふしん》さは拭《ぬぐ》えないが。神主さんを園崎家が快《こころよ》く思っていなかったのは、以前、魅音が自分で認めた。

反ダムで村中が結束すべき時期に、神主さんは日和見的な立場を取ったことが、タカ派の人間たちには不愉快だったのだ。裏切り者とまでは行かないにしても、非協力者には違いない。こう考えると、一年目から順に、「敵」「裏切り者」「非協力者」と、その敵対度に応じて順番に「祟り」が執行《しっこう》されていることに気付く。

そう、「祟り」とはつまり、「けじめ」なのだ。ダム戦争時の戦犯《せんぱん》への制裁に他ならないのだ。……そして、四年目。

四年目の事件は、……正直なところ、よくわからない。

私は初め、この事件は四年目に連《つら》なりはしても、単独のものだと信じてきた。過去三年の連続事件とは無縁《むえん》の、まったく別の事件だと思ってきた。だが、叔母殺しを、こうして客観的に書き出してみると。……犠牲者の叔母は「裏切り者の縁者」だ。

「敵」「裏切り者」「非協力者」に続く、犠牲者の系譜に「裏切り者の縁者」と付け加えても、そう違和感はない。

四番目の序列として、妥当《だとう》に思える。村の守り神であるオヤシロさまを祀る祭りの当日に、ダム戦争の戦犯たちを年々「祟り殺し」ていく。そう、私が園崎本家で「けじめ」を取らされたみたいに、彼らの罪を清算していく。

…こうして書き出してみると、四年目のこの事件すらも、連続怪死事件の一部なのではないかと思えてくる。犯人が悟史くんであれ、自供したという麻薬常習者《まやくじょうしゅうしゃ》であれ。…この四年間連続したシナリオに組み込まれた「実行犯《じっこうはん》」でしかないのではないか。

仮に悟史くんが犯人で、…家庭環境に起因《きいん》する同情の余地のある動機だったとしても。…その結果は、ダム戦争の遺恨の清算を司る《つかさど》「雛見沢村連続怪死事件」に十分に組み込まれている。……悟史くんが悲壮《ひそう》な決意を持って起こした事件。

だが、それらが全てシナリオに組み込まれていたとしたら…？　悟史くんに、あの日、あの晩に、あの場所で。……叔母を撲殺することを入れ知恵《いぢえ》した何者かがいる、ということだ………？

……悟史くんが妹思いで、沙都子を守るために、悲壮な決意をしたことは疑わない。だけれども、…本当に「自分だけの意思で」、叔母殺しを思いついたかは謎だ。私のよく知る悟史くんは、…あのどこか楽天的で、ちょっと抜けた感じの悟史くんは、……いくら妹の為とは言え、…自分だけの思いつきで、叔母殺シヲ計画デキタノカ…？　例えば、…殺人計画リストのようなものがあって、予め叔母を四年目に殺すことが決まっていたとする。

そして、悟史くんたちの特殊な事情を何者かが巧《たく》みに利用したのではないのか。

そして、その何者かと接点を持つ悟史くんは……消された？　そうやって考えると、殺人事件という意味では性格の似る一年目の現場監督殺しにも共通する。主犯格の男は、警察の徹底的な捜索にもかかわらず、今日まで何も行方は掴めていないからだ。生死すらわからないという点においても一致《いっち》する。犯人である作業員たちは、ちょっとした喧嘩から殺し合いになったと証言しているらしいが、…それが主犯格による「扇動」だとしたら？

その日、その時間、その場所で、殺しを実行するよう何者かに入れ知恵されていたとしたら……？

そう。一年目の事件は、…四年目の悟史くんの事件とあまりに似ているのだ。なら……悟史くんは…誰かの手の平の上で踊《おど》らされたのだろうか…？

大石はあの時、悟史くんの失踪は、殺人犯と私の仲を清算するためのものだと仮説を立ててみせた。…だが、今、こうして箇条《かじょうが》書きにしたノートを読み返すと。悟史くんの失踪は、そんな突発的なものでなく、ずっと前から組み込まれた「予定」だったように思えるのだ。

その「予定」に、私という予定外が絡んだので、私に対して引き離しが行なわれた。そして、間髪容《い》れずに…悟史くんは「予定通り」に、『鬼隠し』にあった…。私も最初、悟史くんが失踪した理由を、園崎家次期当主の双子である私と、裏切り者北条家の悟史くんが恋仲であることを対外的に許せなかったため…と思っていた。……でも、何かが違う。何か違和感があるのだ。悟史くんの失踪に、…私は関係ない。

私と悟史くんの出会いがたとえ、なかったとしても。…悟史くんは昭和五十七年の六月に叔母を殺し、…失踪したに違いないのだ。私は、一時期、鬼婆に復讐《ふくしゅう》しようと考えていた。鬼婆が、私と悟史くんの仲を引き裂《さ》くためにやったものだと信じていたからだ。だが、私たちの仲が関係ないとしたなら。…………これは一体、どういうことなのだろう。……

悟史くんを失踪させたのは、一体、何者なんだ…？

それを知るために、…私はこの「雛見沢村連続怪死事件」に挑《いど》まなければならないのだ。

この事件は何なのか？　何者たちが何のために、いつまで起こし続けるのか…？　その意図は、目的は。そして犯人は。そして、……誰が悟史くんを。その中で、悟史くんの生死に迫れたなら。………………………。

…「雛見沢村連続怪死事件」とはすなわち「オヤシロさまの祟り」のこと。…オヤシロさまの祟りとは何なのか…？　オヤシロさまというのはそもそも…。どういう神さまだったっけ…？　どんなご利益があって、どんな祟りがあるんだっけ…？

私の考えが、口をつく代わりにシャーペンの先に、文字となって紡《つむ》がれていく。オヤシロさまとはオヤシロさまとは。私の迷走する思考を、そのままに字に書き出していく…。

だから。

自分の後ろに、さっきからずっと人の気配があって、しかもその人が覗《のぞ》き込んでいる、それもさっきからずっと、というのに気付いた時。私は悲鳴にも似た声を出して驚かざるを得なかった。

鷹野三四

「…………ごめんなさい。驚かせちゃったかしら？　…くすくす。」

知的な女性がいたずらっぽく笑った。

「い、いえ。びっくりしただけです。…こちらこそ素《す》っ頓狂《とんきょう》な声を出してすみませんでした。」

私は軽く謝るが、私を後ろから覗き込んでいた彼女だって謝ってくれてもいい。そう思ったが、彼女は謝るどころか、私の顔をまじまじと見つめる…。

「…………………あなたが、園崎詩音さん？」

「…………私の名前を知ってて、私が初対面ということは、…お姉の知り合いか何かですか？」

こういう時、双子というのは不愉快だ。向こうは勝手に私のことがわかるくせに、私は向こうのことがわからない。

「くすくす、ごめんなさいね。私の知っている園崎さんは、図書館なんかに来るような人じゃないから。噂に聞いた、双子の詩音さんかなと思って。」

女性は愉快そうにくすくすと笑った。

「お察《さっ》しのとおり、私は園崎詩音です。どうも初めましてこんにちは。失礼ですが、どちら様ですか？」

「あら、ごめんなさいね、自己紹介がまだだったわね。」

髪が自慢らしく、彼女は髪を掻き上げながら言った。

「鷹野《たかの》三四《みよ》。三四って呼んでくれていいわよ、詩音ちゃん。」

「お気遣《きづか》いありがとうございます、鷹野さん。」

私は先ほどから、何か小馬鹿《こばか》にされているような感じがして不愉快でしょうがなかった。

私は初対面の人に見下《みくだ》されることほど嫌いなことはない。

だから、拒絶《きょぜつ》を示すと、ノートを閉じて席を立とうとした。

「あら、…………怒ってる？」

「ご賢察《けんさつ》、痛み入ります。私はひとりで考え事をするのが好きなんで、他所《よそ》へ行かせていただきます。失礼します、御機嫌《ごきげん》よう。」

「…残念ね。私たち、話が合うと思ったのに。」

「そうですか？　私は合うとは思いかねますが？」

「だって、オヤシロさまの祟りについて研究する同志に出会えたんですもの。貴重な出会いだと思うんだけど…？」

私の顔が、かーっと赤面《せきめん》する。…ノートの中身をしっかり見られた。

「こ、…これは、私の、そう妄想《もうそう》みたいなもの！　でたらめです。子どもの落書きなんか放っといて下さい！」

「オヤシロさまの祟りと呼ばれる一連の連続怪死事件。何《いず》れの事件も個別に見えながら、確実にひとつの意思に基《もと》づいて行なわれている。毎年、一人がオヤシロさまの祟りに遭って死に、一人が生贄《いけにえ》に捧《ささ》げられて失踪する。」

「は、…はぁ？　な、何を急に言い出すんですか？　一人が祟りで死んで…一人が……何ですって…？」

唐突《とうとつ》に奇怪なことをまくし立てられ、私は面くらって口ごもる。…だがすぐに、何かとんでもないことを言われたことに気が付いた。

「雛見沢村連続怪死事件の犠牲者が常に偶数《ぐうすう》人数だってことは、あなたも気付いてたんじゃない？　……それとも、まだそこまでには至ってなかったかしら？」

犠牲者が常に偶数人…⁉　私は混乱する頭を整理しながら、これまでの事件を思い返した。

一年目は現場監督が死んだ。

一人のはず。

二年目は悟史くんの両親だから…二人。

三年目は…神主さん一人。…いや、妻の自殺も陰謀《いんぼう》なら、二人と言えなくもない…。

そして四年目は、叔母が死に、…悟史くんが失踪した。

悟史くんの失踪も陰謀なのだとしたら、…確かに犠牲者は二人。…本当だ。一年目の事件を除けば犠牲者は常に偶数人数、つまり二人だ。

いや待てよ。…一年目の事件は四年目の悟史くんの事件に酷似するとさっき自分で結論付けたじゃないか。主犯格が未だ行方不明であることは、悟史くんと同様に、『鬼隠し』で消された可能性も否定できないと。

「……………………………。」

「ね？　そうでしょ？」

まるで、難解な数学の問題を、黒板の前で解き明かしていくように、鷹野さんは私を諭《さと》した。……私は頷《うなず》けなかったが、かといって否定の言葉も口にできなかった。

「ヒントはこのくらいでいいかしら…？　二人で存分《ぞんぶん》に語り明かしたかったんだけど、あなたが孤独を好むなら仕方がないしね。…くすくすくす。」

「……失礼な口の利き方をしてすみませんでした、三四さん。私のことは詩音と呼んでください。」

「…ぷ、……くすくすくすくす…！」

私があっさりと口の利き方を翻《ひるがえ》したのが、彼女には小気味《こきみ》良く感じたのか、しばらくの間、満足そうに笑っていた。どことなく、胡散《うさん》臭い雰囲気を醸《かも》し出す女性、鷹野三四。本当なら、こんな怪しい人間とは関わりたくはない。

だが、…人との出会いが著《いちじる》しく限定されている私には、数少ない貴重な出会いではあったし、…彼女がしようとしている話に興味は隠せなかった。

「改めて自己紹介するわね。鷹野三四よ。三四って呼んでくれると嬉《うれ》しいわ。」

「よろしくです三四さん。私は園崎詩音。魅音の双子の妹にあたります。詩音と呼んでください。」

三四さんが握手の真似事を求めて来たので、私はそれに応えて、ささやかな仲直りとした。

「さっきの話を聞かせて下さい。二人犠牲者が出ると言いましたね？　一人が祟りで、もう一人が…えっと、生贄とか言いましたか？」

「………ねぇ詩音ちゃん。このお話で盛り上がる前に、どうしてこの話に興味があるか聞かせてもらってもいいかしら？」

彼女は、少し背を屈めて私の目を覗き込んだ。…あまり気持ちよくはない。

「………三四さんこそ、私のことをどこまでご存知です？　ご存知なら、おおよその見当はつくんじゃないかと。」

「さぁ…。何年か遠くの全寮《ぜんりょうせい》制の学校にいて、最近、興宮に戻ってきたとしか知らないわよ…？」

「そうですか。じゃあ想像つきますよね。私がいない間に起こった連続怪死事件。私はよくわからないので調べてるんです。ちょっとした興味本位で。」

「…………なるほどね。興味本位で、ね。」

私のことを、魅音だと思わず、詩音だと即答したこの人だからこそ。…何となく、悟史くんと私のことも知っているような気がした。

……大石のような強力な情報網があるならいざ知らず、どうして彼女がそこまでのことを知っていると思えるのか、自分でもわからない。

ただその、……彼女の瞳に浮かぶ、全てお見通しのような色合いがそう思わせるのだ…。

「三四さんにも聞きます。さっき私のことを、オヤシロさまの祟りについて調べる同志と言いましたね。なぜ祟りなんか研究してるんですか？　そして、連続怪死事件の犠牲者は偶数人であるとも言い切りましたね。雛見沢村連続怪死事件は、確かに通称でオヤシロさまの祟りと呼ばれています。なぜ、祟りを研究すると、連続怪死事件にまで踏み込むことになるのですか？」

「詩音ちゃん、質問が一度に多過ぎるわね。それに何が聞きたいのか、ややこしくてわかりにくいわ。」

う…。思わず黙り込んでしまう。聞きたいことが多過ぎてこんがらかったかもしれない。

「順に答えるわね。……私が研究しているのは祟りじゃなく、もっと広義《こうぎ》。鬼ヶ淵村の風《ふう》俗史《ぞくし》よ。平たく言えば、古代雛見沢村の知られざる歴史、暗黒史について研究しているの。」

「おにがふち村⁇　鬼ヶ淵って、あの鬼の国につながってるっていう、村の奥にある底無し沼のことですか？　あと知られざる歴史、暗黒史って…何です？」

私は疑問に思ったことを矢継《やつ》ぎ早《ばや》に聞き返していく。

その内容は三四さんにとって、どれも聞かれたい内容らしく、とても嬉しそうに笑っていた。

「鬼ヶ淵村というのは雛見沢村の明治以前の名前よ。暗黒史というのは、……薄々は知っているでしょう？　人食い鬼の歴史は。」

……あぁ……、人食い鬼の話か。雛見沢村に伝わるおとぎ話だ。

大昔、沼の底の鬼の国から鬼たちがやって来て、村人と戦ったけど、結局、仲良く住むことになって。それで、村人は人と鬼の血を半分ずつ受け継ぐ、半人半鬼《はんじんはんき》の仙人《せんにん》になった…というヤツ。

私の頭の中に、昔どこかで聞かされたおとぎ話が、どんどんと蘇ってくる。

「雛見沢に縁のある人なら、誰もが知ってる当り前の昔話よね。では、その半人半鬼の仙人たちが、…時に山を下り、人をさらって食らった宴《うたげ》の話は知っている？」

「え？　……な、何の話ですか？」

「村人たちの体に半分流れる鬼の血は、…鬼は鬼でも人食い鬼の血だったって話は、聞いたことない?」

「…………あぁ、…………まぁ、そんな話もありますねぇ。」

私は曖昧に笑ってはぐらかした。雛見沢は元々は閉鎖的な寒村《かんそん》だったが、戦後にじわじわと勢力を伸ばし、今や興宮の町を含め、広域にその勢力を広げている。

そんな雛見沢出身者を快く思わない人たちや、差別して毛嫌いする人たちが少しいて、そんな人たちが私たちを罵《ののし》るとき、よく「人食い鬼」と呼ぶのは何となく知っていた。私たち若者は、そんなに気にしない中傷《ちゅうしょう》なのだが、…年寄り連中はこの手のものに、過剰に反応して目くじらを立てるのだ。笑い事では到底《とうてい》済まないくらいに。

だから私たちは、人食い鬼という言葉は禁句《きんく》として、気安く口にしない。反抗期《はんこうき》真《ま》っ盛《さか》りの私であってもだ。

そんな私でさえ避《さ》ける禁句をあっさりと口にする三四さんは、そんなことはまるで気にしない風だった。

「…気に障《さわ》った?」

「何がですか?」

「……人食い鬼って単語を忌《い》み嫌《きら》う村人は多いからね。気に障ったなら謝るけれど。」

「年寄り連中は気にするらしいですけど、まぁ、私はそんなには気にしてませんので。…それより続けて下さい。」

「ありがとう。じゃ、続けるわね。……古代の村人たちにはね、人を食らう食人《しょくじん》の習慣があったらしいの。そして、その食人の儀式《ぎしき》を様式化し、様々なセレモニーや文化、風習を生み出したと言われている。私たちが六月のお祭りだと思っている綿流しだって、ちょっと早い夏祭りなんかでは断じてない。本来は犠牲者をさらい、食べるために行なう食人の宴だった。…彼らはね、犠牲者を拘束台《こうそくだい》に縛《しば》りつけ、お魚をおろす時みたいに、ハラワタを引きずり出してそれを川に投げ捨てたとされている。ほら、魚のハラワタって、ワタって言うじゃない？　それが語源よ、綿流しの。」

「ワタ、流し…。」

「そうよ。お布団《ふとん》の綿なんかで誤魔化すようになったのは、私の研究では明治の頃からじゃないかと思うわね。まさかこの昭和の時代に、そんな恐ろしいことが堂々とできるわけもないのだし。」

「…………………。」

…三四さんの話は……あまりに突拍子《とっぴょうし》もなかった。苦笑いの域を超え、唖然《あぜん》とさえなる。

私が、にわかには信じられないと思っていることは、その表情で一目瞭然なようだった。

「もちろん、思いつきのでっち上げなんかでは断じてない。誰にも見せないって誓うなら、綿流しの辺りの研究ノートを見せてあげてもいいけれど…？」

三四さんは足元に置いていたペーパーバッグから、かなり使いこまれたスクラップ帳を取り出すと、バラバラッとめくってみせた。

ちらっと見ただけでも、かなり真面目に研究されたものであることがうかがえた。

「……あ、ありがとうございます。お借りできるものなら、後でゆっくり読んでみたいと思います。」

「えぇ、いいわよ。本当は閲覧厳禁《えつらんげんきん》の秘密ノートだけれどね。……くすくす、研究の同志になら、特別に見せてあげてもいいわね。」

三四さんはもったいぶりながらも、私にスクラップ帳を預けてくれた。これを読むだけでも、今夜まるまるとかかりそうだ。軽く見ただけでも、中身の濃《こ》さはうかがえる。様々な文献《ぶんけん》のコピーや引用《いんよう》が書かれてあって、単なる妄想ノートの域を超えていることは明白だ。

「…………一番最初に三四さんは言いましたよね。毎年の事件で一人が祟りで死に、一人が生贄にされて失踪すると。」

生贄にされて、失踪する。……悟史くんは、失踪している。……生贄にされて…？　生贄って……何……？　三四さんはその問いもまた嬉しいものらしく、また別のスクラップ帳を取り出すと、私の胸に押し付けた。

「読めばわかるけど、掻《か》い摘《つま》んで話すわね。…オヤシロさまの祟りとは、簡単に言えばオヤシロさまの怒りのこと。オヤシロさまが怒ったから、バチとして祟りが起こる。それはわかるわよね？」

「一応わかります。……ダム戦争で、村に敵対した人間たちにオヤシロさまが怒り、祟りが起こったと、そう言いたいわけですよね。」

「そうね。でね、オヤシロさまの祟りというのは、放置《ほうち》してはいけないの。〝もっともっと大きな祟りを招く〟からね。だから、神職である古手家の歴代当主たちは、オヤシロさまの祟りがある度に、そのお怒りを鎮めるために、生贄を捧げる必要があったの。それを生贄の儀《ぎ》と呼ぶみたいなんだけどね…。」

「じゃあつまり………、毎年、綿流しの日にオヤシロさまの祟りで一人死んで。その祟りを鎮めるために、さらにもう一人を生贄にして殺してると、そう言うんですか⁉　でも、一人しか死んでませんよ現実に。生贄に捧げられたなんて聞いたこともない…！」

「死体が出ないのは当然よ。だって、生贄の儀式は、犠牲者を鬼ヶ淵の沼に沈めることなんだもの。あの沼は、一度沈めば二度と浮き上がることはないと言われる底無しの沼。……死体なんて、出ようはずもない。」

「じゃあ…毎年のもう一人の犠牲者は、みんな沼の底に沈んでると…？」

悟史くんも、あの暗緑《あんりょくしょく》色の沼の底に…沈められていると…？

「さぁ……。本当に沼の底に沈められているかはわからないわ。でも、連続事件を起こしている人たちが、それを意識して一人を消していることは間違いないと思うわね。」

ダム戦争に加担した村の敵たちが、毎年の綿流しの日に、オヤシロさまの祟りによって一人ずつ死んで行く。

そして、そのオヤシロさまの祟りを鎮めるために、毎年一人ずつ、生贄に捧げられて行く。……二度と浮かばぬ沼の底に沈めてることになっているから、死体は絶対に出ない。

「そう、つまり。……雛見沢村連続怪死事件というのは、祟りとそれを鎮めるための生贄の二つでセットになったもの。そして、それを毎年繰り返すことによって、ダム戦争時の仇敵を、毎年二人ずつ殺していけるシステムのことを指しているの。」

「…………………………。」

「私の話は省略《しょうりゃく》し過ぎてるからね。多分、ちょっと信じ難《がた》いとは思う。だからこそ、あなたに預けた研究ノートをね、時間をかけてゆっくり読んで欲しいの。内容を理解できたなら、私の話がそういい加減なものでもないことがわかるはず…。」

突然、そこで男の人の声が聞こえた。

鷹野さ〜んと、向こうの入口のところで、帽子を被《かぶ》った中年の男性が手を振って呼んでいる。

「…ごめんなさい、待ち人が来たみたい。もっとゆっくり話がしたかったのに残念。…でも機会はまだこれからもあるでしょうしね。そのノートはそれまで預けておくわね。中身をよく読んで理解できたなら、私のいい話し相手になってくれるのを楽しみにしているわね。」

三四さんは一方的に話を切り上げると、足早に中年男性のところへ向かって行った。

私の手元には、彼女に押し付けられた、年季《ねんき》の入った二冊のスクラップ帳が残っている。

男性と合流した三四さんは、こちらに手を振ると、そのまま図書館を出て行った。…私は、再び着席し、三四さんの秘蔵の研究ノートをぱらりと開く。

雛見沢村連続怪死事件。…通称、オヤシロさまの祟り。このノートを深く知ることで、何かの真相に近づけるかもしれない…。事件の根底や意味を知れば、…やがて、村の何者がどこまで関わっているかを知る、強力な手掛《てが》りになるかもしれない。

悟史くんは…何に巻き込まれ、どのような顛末《てんまつ》を経《へ》て、……消えたのか。それを知るための答えが、この二冊のノートのどちらかに書かれているに違いない。………考察ノート、鷹野三四。

私は今度こそ、誰にも覗きこまれないようにしながら、慎重にノートのページをめくり始めた…………。

魅音との再会

図書館が閉館の時間になったので、私は閉め出された。途中、お惣菜屋《そうざいや》さんでご飯とおかずを簡単に買い、我が家に戻ってきた。扉をバタンと閉め、防犯のためにすぐにカギをする。すると、隣の家の扉が開く音が聞こえた。隣の家は葛西だ。…というか、元々このマンションはがらがらで、この階に限れば他に誰も住んでいないのだが。扉の開け閉めの音は結構《けっこう》聞こえる。ということは葛西が、私が帰ってきたことに気付き、何か用があってやって来るということだ。私は一度閉めたカギを開け、扉越しに大声で言った。

「葛西なの？　カギは開いてますよー。」

「葛西さんじゃないよ、詩音。」

この声は。私の背筋がびくっと跳《は》ねる。

「入るよ…？」

「………どうぞ。　お姉。」

扉がゆっくりと開き。……私の双子のもう一人、園崎魅音が姿を現した。手には、どこかのお菓子屋《かしや》で買ってきたようなケーキの箱。顔には、おずおずとした愛想《あいそ》笑いが浮かんでいた。

「……どうぞ上がってって言うまで玄関に突っ立ってるつもりですか？　どうぞ上がって。全然可愛くない部屋で申し訳ないけどね。」

「…落ち着いた雰囲気のとこだね。」

お姉は初めて上がる私の部屋に、ほんの少し緊張をしているようだった。

「生活は……どう？」

「新しいガッコはやっぱりつまらないです。一応通ってはいますけど、気分が乗らない時はサボらせてもらってます。全寮制だとなかなかそうは行かないですからね。」

「あはははははは。聖ルチはやっぱり辛かったか。」

「ちぇー、お姉も一度閉じ込められてみろってんです。」

「あはは、ごめんごめん。ケーキ買ってきたからさ、食べよ？」

魅音がケーキの箱を開けると、チーズケーキが二つ覗く。私たちは食べ物の好みは異ならない。だから同じものを揃えるのが一番だ。私とお姉はチーズケーキを食べながら、しばらくの間、歓談《かんだん》した。学園での生活とか、そういうことを色々と。

「必要な家具とかがあったら言ってね。融通《ゆうずう》できるかもしれないから。」

「ん──。この部屋にもようやく馴染《なじ》んできたとこだけど、近い内に引き払《はら》うかもしれないから家具はノーサンキューです。うちのお父さんが興宮に住むつもりなら戻って来いってうるさいんですよ。…お父さんにゃ会いたくないいんだけど、かと言って逆らうのも怖いしな──。」

「あはははは。お父さんも、詩音がいなくなって寂しそうだったから、何だかんだ言っても、帰って来たら喜ぶと思うよ。」

「ちぇー、他人事だと思ってー。」

「あはははははは。」

思えば、園崎詩音として生活することを許されてから、お姉とこうして落ち着いて話をするのは初めてだった。こうして魅音と話していると、……あの園崎本家での冷酷《れいこく》な次期当主の顔は重ならない。次期当主の魅音と、私の双子の魅音は別物だ。

人の身に鬼を宿すのが園崎家の当主。今でもまったく変わらない私たちの体は、背中に鬼の刺青《いれずみ》があるかないかにおいてだけ、致命的な違いを持つ。背中に鬼の刺青を入れられた時、魅音には次期当主としての運命が与えられたのだ。

…………そう。だからあの魅音は、…この魅音とは違う魅音なのだ。爪を剝がされた時、…魅音を呪いもした。

だが、もし私が次期当主で、目の前の魅音が爪を剝がされる立場にいたならば。……………やはり同じになったに違いない。

「…………詩音。……爪は、……治った？」

「もうすっかり傷口は塞《ふさ》がったからね。最近は目立つのがかえって嫌なんで、包帯《ほうたい》みたいなのもしてないです。でも、まだだいぶ歪《いびつ》でね、あまり人には見せられないかな。」

私は意地悪に笑いながら、爪が生《は》えかかっている三本の指を見せる。魅音が言葉を失い、少し俯く。

「……謝らなくていいよ。魅音だってあそこは仕方なかったんだからさ。次期当主の役割を演じただけ。恨んじゃいないから。」

「…………………ごめんね……。」

「OK！　その謝罪で私は全部チャラにした。でも！　もう一度謝ったらそれは取り消し！　一生許さないよ！」

「え⁉　何それ…⁉」

「お姉は一度謝りモードに入るとなかなか抜けられない悪い癖《くせ》がありますからね。私の方で区切《くぎ》らないときりがないんです。」

「……本当に…許してくれるの…？　悟史とのことも……？」

悟史くんの名前を魅音の口から出されると、…胸が疼《うず》く。…まるでずいぶん昔の傷痕《きずあと》が疼くみたいに。

「…………詩音が悟史のこと、好きなのは…もちろん知ってたんだよ。」

「あれだけの大勢の前で熱愛宣言しちゃいましたからねー。何だか今さら恥ずかしくもなんともないや。あはははは。」

「でも、…婆っちゃはあれで本当にけじめが付いたと思ってるんだよ。詩音がちゃんと自分でけじめを付けてみせたから。それで全部終わり、って。」

「……そうでなきゃ困ります。あれだけ痛い思いしたんですから。」

「悟史、………どこに行ったんだろうね。」

その一言で、私の心臓がぐっと押し付けられ、…喉元《のどもと》が苦しくなる。

つい先ほど、私は自分の口で言った。全部許す、チャラにする、と。その舌の根も乾《かわ》かないのに、……その口約束が歪んでいく。

魅音のその一言で、まるで私が私でなくなったみたいに。……魅音、あんた今、なんて言った…？　悟史、どこに行ったんだろうね、……だって…？　他でもない、…あんたが知っているんだろうが。それを何だって…？　どこに行ったんだろうね、…だって……？

自分の眼球《がんきゅう》が飛び出るかと思うほどに両の目がキリキリと痛み出す。喉の奥がヒリヒリと絞《しぼ》り上げるように苦しくなる。

「……………………………！」

魅音の顔色がさっと変わる。私の般若《はんにゃ》のような形相《ぎょうそう》に、気付いたらしかった。私たちは同じ人間だ。…相手の考えてることは、口に出さなくてもわかる。だから、表情までも見せるなら、胸の内を全て吐《は》き出していることにすら等《ひと》しい。

「………………ぁ、………………ご、…………ごめん…………。」

もう謝らなくていいと釘を刺したはずなのに、魅音は再び謝罪を口にした。……こいつの首根っこを締め上げてやる…。

悟史くんをどうしたのか、どこへ隠してしまったのか、白状《はくじょう》させてやる…。

もしも…生贄にして鬼ヶ淵の底に沈めたなんて言いやがるなら……今この場で絞め殺してやる………ッ!!!

「悟史のことは…………本当に知らないの……。」

嘘だ。

「…本当……。婆っちゃだって何も知らない。…本当なの…!」

「嘘だ嘘だ嘘だ。……じゃあ本当にオヤシロさまの祟りで『鬼隠し』にあったとでも言うつもりなのか。祟りなんてあるもんか、祟りなんてあるもんか。」

呪いの言葉が次々と喉の奥から吐き出される。…だが、それはもはや私の意思で吐き出されているものではなかった。そう、……鬼だ。

半人半鬼の私の中に眠る鬼が、………目覚めて、私の喉を通して、呪いの言葉を吐き出しているのだ。そして、私の腕が、…いや、鬼の両腕が、…魅音の喉に掛かる。

「お前たちが悟史くんを『鬼隠し』にしたんだ…。お前たち園崎本家が、お前たちがお前たちが!!　返して、私の悟史くんを返して!!　返してええッ!!!」

私の両腕がゆっくりとだけど、万力《まんりき》のように容赦《ようしゃ》なく、魅音のか細い首を絞め上げていく………。その時、魅音の手が私の手に添えられた。…その魅音の手の指。

私と同じように、左手の小指から中指の三本の爪が、同じように歪な形をしていた。

「………魅音？　これは………どうしたの……。」

魅音の両目から、涙が零れ落ちた。

聞かなくてもわかる。私と同じ傷。…私と同じ、けじめ。

傷の治り方も、私とそっくりだった。……じゃあ、私と同じ頃に、同じ傷を…？

「…………詩音だけが…爪を剝がされるなんて……っく、……可哀想過ぎるんだもん……、……えっく…！」

魅音が嗚咽《おえつ》を漏《も》らす。……私は魅音の首を絞めたまま、立ちすくんでいた。

「……詩音がね、悟史のこと好きだってわかって。……私、詩音と悟史に幸せになって欲しかったんだよ……。……っく…だって、…だって…。詩音ばっかり…いつも可哀想で……、私たちは同じ双子なのに、…なんで詩音ばっかり…いつも差別されて………ひっく…！」

私が悟史くんを好きになったように、…魅音が悟史くんを好きだったとしても、何の不思議もない。…私たちは同じものを好み、同じものを愛すのだから。

それを、…この馬鹿魅音は、…私に下らない義理立てをして。……本当に馬鹿。

「私ね、……私ね…。婆っちゃにね、怒鳴って言ったんだよ…。詩音と悟史をそっとしてあげて欲しいって!!　ひっく!　……そしたら…けじめを付けたら見逃そうという話にって……ぅっく!　だからね、だからね!　ちゃんと詩音ががんばったから……、もうね、二人は普通に過ごしても良かったんだよ…。なのに、…なのに…、悟史いなくなっちゃった……。こんなのひどいよね……ひど過ぎるよね…?　うっく……ひっく…!」

　この馬鹿は、…人を騙《だま》すために自在《じざい》に涙腺《るいせん》を緩《ゆる》められるほど器用じゃない。

　そんな、不器用な涙だから。……私の中に宿《やど》った乱暴な感情は、まるで水に溶けるように…消えていく。

「……信じて、…詩音。………本当に悟史がどうしていなくなってしまったのか……わからないの。……園崎家とか婆っちゃとか、本当にそういうのは何も関わってないの!　婆っちゃは詩音のけじめで全てを許した。だから…悟史に何かするなんて絶対にないの………………!」

「………………………魅音、…ごめん。……苦しかった…?」

　私は首に掛けた手を解き、……そのまま魅音を抱きしめる。

「…ひっく………、……苦しくなんかないよ…。詩音はもっともっと、…苦しかったんだよね…?　ひっく……。」

　……私は、私の中に潜む鬼の形相を持ったもうひとりに怒鳴りつける。

　この魅音の涙を私は信じる、と。確かについさっきまで、私は悟史くんを失踪させたのは園崎本家だと信じてきた。だが、魅音は絶対に違うと言った。涙を流しながら。その涙は、私たち姉妹にとっては、これより上はない絶対の信頼の置ける言葉。だから信じる。悟史くんを園崎本家が失踪させたなんてことは絶対にない。

ジャア、…悟史クンハ、オヤシロサマノ祟リデ消エタト、本気デ思ウノカイ？

……祟りなんて信じない!! でも、魅音は違う、やってない！

祟リデモナク、園崎本家デモナイナラ、ジャア誰ガ悟史クンヲ『鬼隠シ』ニシタッテ言ウンダイ？

知らないよそんなことは！ とにかく魅音じゃない！ 魅音が違うと言っているんだから、園崎家じゃない!!

馬鹿詩音。……悟史クンノ無念ノ声ヲ、聞コエナイフリヲスルト言ウンダネ…？

わかってるよわかってる!! 鬼のあんたに言われなくたってわかってるよ、聞こえてるよ!! 笑ったような困ったような顔をしながら……誰の助けもないことを知ってるのに……「むぅ…」なんて、曖昧な声を出しながら…困ってるのが聞こえてくるよ……!!

悟史くんはきっと私が何とかする!! 生きているなら助け出す!! 殺されているなら復讐する!!! だけど、それは魅音じゃない！ あんたがしたいのは復讐じゃない、ただ誰かのせいにして腹いせがしたいだけ!! 私は私だ、鬼じゃない！ お前なんか、私の中の一部でしかないくせに!! 私を乗っ取ろうなんておこがましい!! 消えろ、鬼め!! そして

二度と現れるな…‼

私の奥底の、鬼の感情が薄れて消えていく………。全身の力が抜け、…私は魅音を抱いたまま、床にへたり込んだ。

「……詩音……大丈夫……？」

「…もう、……大丈夫だよ、……魅音。」

「……私たちは、…どうして魅音と詩音なんだろうね…。どうして、同じひとりであってはいけないんだろうね…。」

「やめなよ。…私たちはもう何度もそれを自問《じもん》してきたよ。…でも、答えなんか出ない。…現実に私とあなたは魅音と詩音。…それが現実。」

「私ね…自分が魅音でも詩音でも…どっちでもいいんだよ。私たちは私たち、公平な関係でいたいのに…。」

「……仕方がないよ。…魅音の背中には鬼が宿ってる。…当主を継ぐ定《さだ》めが宿ってる。……それは仕方がない。」

「私、いやだ。……鬼なんかいらない、鬼なんかいらない……。私は鬼じゃない、鬼じゃない…。同じ人間なのがいい……。」

魅音は鬼で、…詩音は人間。……同じ双子のはずなのに、…私たちは隔《へだ》てられている。人と鬼が一緒に暮らすことなんて、…やっぱりできないのだろうか。……できたはずだ。

人と鬼は、…仲良く暮らしたんだ。それこそが、雛見沢村の伝説じゃないか。……人と鬼は仲良く暮らしたって。それを末永《すえなが》く、オヤシロさまが見守ったたって。…………魅音。詩音。…悟史くん。……鬼とか、…人間とか。オヤシロさまの祟りとか、…雛見沢村連続怪死事件とか。…悟史くんの失踪とか。

私たちは互いを抱きしめたまま……、まどろみに落ちていく。全てを、抱きしめたまま。

ノートの五十ページ

鷹野三四とは、その後しばらく交流があった。彼女の本質は、猟奇《りょうき》趣味《しゅみ》と、それに負けないくらいの偏執的《へんしつてき》な好奇心《こうきしん》だった。

だから彼女の話は、常に話半分くらいに聞くよう心掛けなければならない。

……でないと、……悟史くんが本当に、祟りで消えてしまったと信じてしまいそうになるから。彼女の話す雛見沢村の暗部の話は、興味深い話ばかりだった。彼女にとっては推測や憶測でしかないはずの中には、園崎家に籍《せき》を置く自分だからこそ真実だとわかるものも時に含まれ、その考察《こうさつ》の鋭《するど》さには舌を巻いた。

彼女はオヤシロさまの祟りを、古代の宗教的な儀式の延長と捉《とら》えていた。つまり、オヤシロさま崇拝の狂信者《きょうしんしゃ》による犯行だ。彼女の独自《どくじ》の説によるならば、雛見沢村には信仰を中心とした一派があり、それを中心に御三家が組み上げられているという。

そして、明治以降に失われたという、鬼ヶ淵村の仙人たちの誇りを取り戻すために暗躍《あんやく》をしている、というのだ。三四さんの話はスケールが大きく、全体で見ると、なるほどなと思う面もある。

だけど、悟史くんの失踪した理由に局所的《きょくしょてき》にスポットを当てると、何の説明にもならない。

目の粗《あら》い説でしかなかった。

ノートの六十四ページ

大石との情報交換は、たまに思い出した頃に行なわれた。私も大石も、互いの新情報に期待したが、どちらにも新情報はなく、いつも茶飲《ちゃの》み話に終わった。

もはや、新幹線で東京へなどという話は心の拠《よ》り所《どころ》にさえならない。

デマであることは明白だった。大石は心を許せないやつではあったけど、…公平な取引という意味での誠意はある男で。単身《たんしん》、根気強く調べてくれたと思う。

私も大石なら真偽《しんぎ》を確かめてくれるに違いない怪情報やデマを仕入れてきては伝えた。いつしか、そんな会合《かいごう》もだんだん、大石の新しい仕事に圧迫《あっぱく》されるようになって。……何かあったらいつでもお電話ください、という風になって、潰《つい》えた。

大石が調べなくなり、私の調べにも限界を来《きた》し。……悟史くんの失踪は『鬼隠し』という超常現象によるもの…という、とんでもない意見がまかり通るようになってくる。雛見沢では、悟史くんの失踪は「転校」と称され、口にすることがはばかられるようになっていた。

……「転校」なんていう言葉で、……悟史くんを消してしまうな……。

ノートの八十五ページ

昭和五十七年のオヤシロさまの祟りの渦中にある時は、私は新しい情報に一喜一憂し、その度に自分の頭の中の仮説をひっくり返した。

でもそれはものすごく自分に負担になることで。……それだけのことでも私を十分に疲弊《ひへい》させていった。疲労というのは残酷《ざんこく》だけど、とてもやさしい包容力《ほうようりょく》があって。怒りや悲しみ、疑いなどの、抱くだけでも私を衰《おとろ》えさせていく感情を、少しずつ少しずつ、眠らせていく。

悟史くんのことを絶対に忘れない。

忘れて生きていこうなんて思わない。

そう常に心の中で念じ続けている。念じ続けることで、…悟史くんの思い出を眠らせないように、ずっと、ずっと。悟史くんとの楽しい思い出と一緒に、……恐ろしい感情も、悲しい感情も、ずっと、ずっと。

そして、長い時間が経過する…。

時代は昭和五十七年から昭和五十八年へ……。

〈ひぐらしのなく頃に解　第一話～目明し編～　下巻に続く〉

本書は、２００４年発表の同人ゲーム『ひぐらしのなく頃に　目明し編』のシナリオをもとに著者である竜騎士07氏自らが全面改稿し、２００８年に講談社ＢＯＸより小説として刊行されたものを、加筆訂正のうえ文庫化したものです。

Illustration　ともひ
Book Design　Veia
Font Direction　紺野慎一

使用書体
本文１ ——— FOT- 筑紫オールド明朝 Pro R＋游ゴシック体 Std D〈ルビ〉
本文２ ——— A-OTF 明石 Std＋游ゴシック体 Std M〈ルビ〉
本文３ ——— 游ゴシック体 Std M＋游明朝体 Std M〈ルビ〉＋ヒラギノ明朝 Pro W3〈かぎ括弧〉＋FOT- 筑紫オールド明朝 Pro R〈感嘆符・疑問符〉
見出し ——— 凸版ゴシック Pro W7＋凸版明朝 Pro W8〈約物〉
柱 ——— FOT- 筑紫オールド明朝 Pro R
ノンブル ——— ITC New Baskerville Std Roman

☆星海社文庫　リ1-08

ひぐらしのなく頃《ころ》に解《かい》 第一話《だいいちわ》 目明《めあか》し編《へん》（上《じょう》）

2011年9月8日　第1刷発行
2020年9月28日　第2刷発行

定価はカバーに表示してあります

著　者——竜騎士07《りゅうきしぜろなな》
©Ryukishi07 2011 Printed in Japan

発行者——太田克史《おおたかつし》

編集担当——太田克史

編集副担当——平林緑萌《ひらばやしもえぎ》

発行所——株式会社星海社
〒112-0013 東京都文京区音羽1-17-14 音羽YKビル4F
TEL 03(6902)1730　FAX 03(6902)1731
https://www.seikaisha.co.jp/

発売元——株式会社講談社
〒112-8001 東京都文京区音羽2-12-21
販売 03(5395)5817　業務 03(5395)3615

印刷所——凸版印刷株式会社
製本所——加藤製本株式会社

落丁本・乱丁本は購入書店名を明記の上、講談社業務あてにお送りください。送料負担にてお取り替え致します。

なお、この本についてのお問い合わせは、星海社あてにお願い致します。

本書のコピー、スキャン、デジタル化等の無断複製は著作権法上での例外を除き禁じられています。

本書を代行業者等の第三者に依頼してスキャンやデジタル化することはたとえ個人や家庭内の利用でも著作権法違反です。


ISBN978-4-06-138918-2　　Printed in Japan

漫画で英霊たちの逸話を学んで、
Twitter配信4コママンガ
ツイ4で
(@twi_yon)
好評連載中!!
コミックス第①②巻(以下続刊)、好評発売中!!
先輩！泣いてる黒子の人だっているんですよ！
イケメン☆イケボ魔僧の襲来
坂田金時 平安時代生まれ！
生まれも育ちも足柄山だ
酒呑ちゃんいつの間に
五体四散して命を失ってしまったので
さんの身体はその力に耐えきれず

理由はできれば
知りたくない
ひとまわり
絆《きずな》をもっと深めよう!!
漫画／津留崎優
監修／TYPE-MOON 東出祐一郎 桜井光
ヒストリカルチェック／森瀬繚
©TYPE-MOON / FGO PROJECT
教えてFGO
偉人と神話のぐらんど
足柄というのは
神奈川県の
地名ですね
時が　時代が
人がタラスクを
許し給うたのです
私はその
何よりも
嬉しい
いきなり
グーパン
信じられます?
証書による

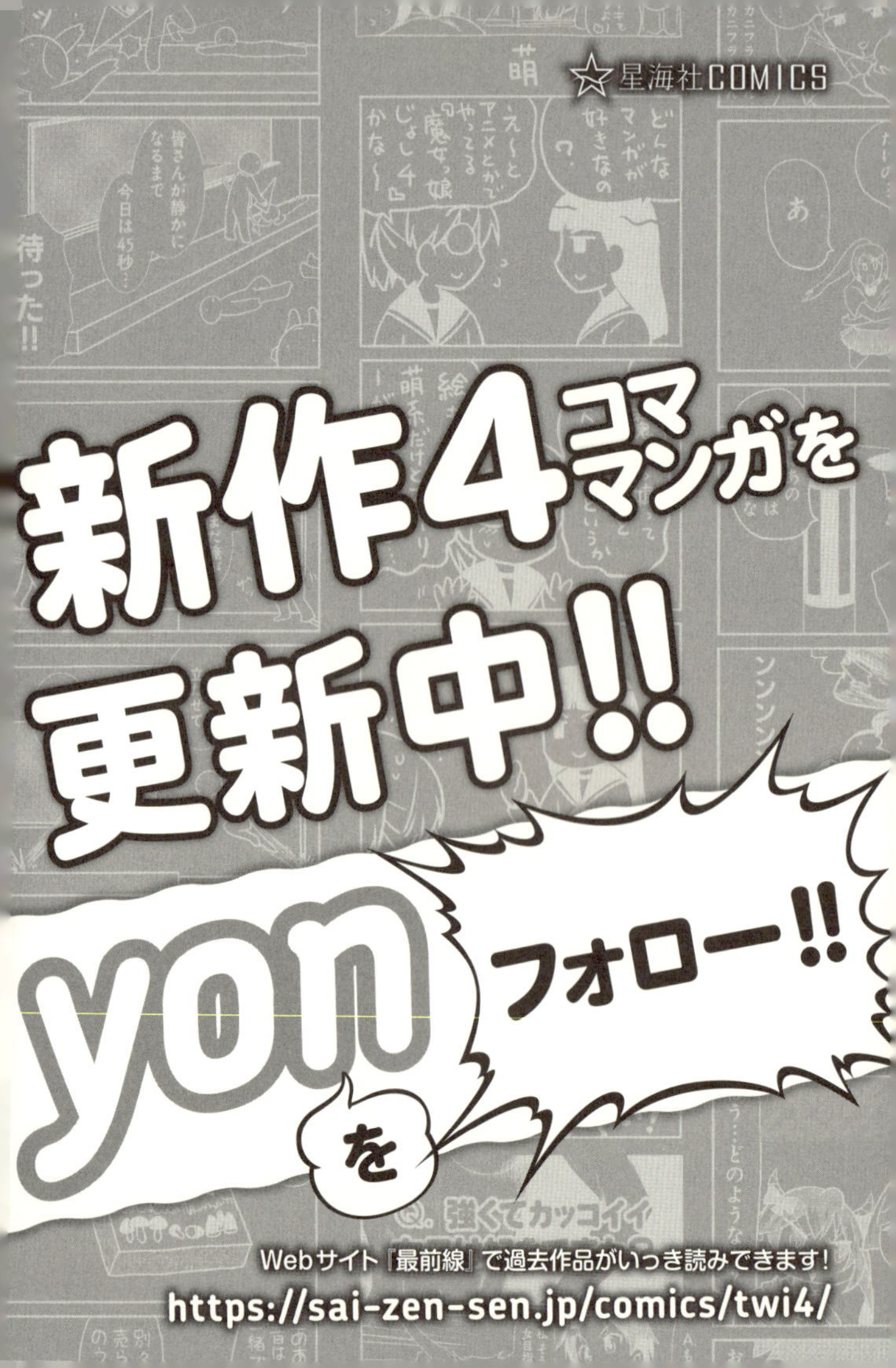
☆星海社COMICS
新作4コママンガを
更新中!!
yonを
フォロー!!
Webサイト『最前線』で過去作品がいっき読みできます!
https://sai-zen-sen.jp/comics/twi4/

ツイ4
Twitter 4 koma
毎日
ツイ4は365日
Twitterにて連載
@twi_

SEIKAISHA

星々の輝きのように、才能の輝きは人の心を明るく満たす。

その才能の輝きを、より鮮烈にあなたに届けていくために全力を尽くすことをお互いに誓い合い、杉原幹之助、太田克史の両名は今ここに星海社を設立します。

出版業の原点である営業一人、編集一人のタッグからスタートする僕たちの出版人としてのDNAの源流は、星海社の母体であり、創業百一年目を迎える日本最大の出版社、講談社にあります。僕たちはその講談社百一年の歴史を承け継ぎつつ、しかし全くの真っさらな第一歩から、まだ誰も見たことのない景色を見るために走り始めたいと思います。講談社の社是である「おもしろくて、ためになる」出版を踏まえた上で、「人生のカーブを切らせる」出版。それが僕たち星海社の理想とする出版です。

二十一世紀を迎えて十年が経過した今もなお、講談社の中興の祖・野間省一がかつて「二十一世紀の到来を目睫に望みながら」指摘した「人類史上かつて例を見ない巨大な転換期」は、さらに激しさを増しつつあります。

僕たちは、だからこそ、その「人類史上かつて例を見ない巨大な転換期」を畏れるだけではなく、楽しんでいきたいと願っています。未来の明るさを信じる側の人間にとって、「巨大な転換期」でない時代の存在などありえません。新しいテクノロジーの到来がもたらす時代の変革は、結果的には、僕たちに常に新しい文化を与え続けてきたことを、僕たちは決して忘れてはいけない。星海社から放たれる才能は、紙のみならず、それら新しいテクノロジーの力を得ることによって、かつてあった古い「出版」の垣根を越えて、あなたの「人生のカーブを切らせる」ために新しく飛翔する。僕たちは古い文化の重力と闘い、新しい星とともに未来の文化を立ち上げ続ける。僕たちは新しい才能が放つ新しい輝きを信じ、それら才能という名の星々が無限に広がり輝く星の海で遊び、楽しみ、闘う最前線に、あなたとともに立ち続けたい。

星海社が星の海に掲げる旗を、力の限りあなたとともに振る未来を心から願い、僕たちはたった今、「第一歩」を踏み出します。

二〇一〇年七月七日

星海社　代表取締役社長　杉原幹之助
代表取締役副社長　太田克史